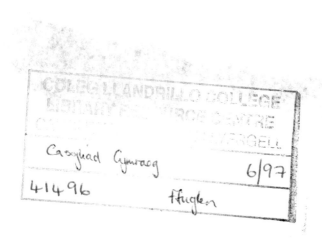
Argraffiad cyntaf: Rhagfyr 1994
Ail argraffiad: Tachwedd 1996
Trydydd argraffiad: Mawrth 1997

Lluniau'r clawr trwy garedigrwydd S4C

Rhif Llyfr Rhyngwladol: 0 86243 337 1

Cyhoeddwyd yng Nghymru
ac argraffwyd ar bapur di-asid a rhannol eilgylch
gan Y Lolfa Cyf., Talybont, Ceredigion SY24 5HE
e-bost ylolfa@netwales.co.uk
y we http://www.ylolfa.wales.com/
ffôn (01970) 832 304
ffacs 832 782

Pam Fi, Duw, Pam Fi?

JOHN OWEN

I gofio ffrind a phrifathro

Ifan Wyn Williams

ac i ddiolch i'r rhai a safodd,
yn yr oriau du.

LLUN 2 Medi

Ysgol fory. Dosbarth Pedwar. Wy'n cyflawni hunan-laddiad heno.

MAWRTH 3 Medi

Fel ŷch chi'n gweld, wy' dal 'ma. Nid bod ysgol wedi gwella. Gwa'th os rhywbeth. A wy'n hollol siŵr 'mod i wedi dewis y pyncie TGAU anghywir, ond weda i ddim wrthyn "nhw", achos dyn a ŵyr, bydde'r dannod "wedes i ddicon" yn 'y ngwthio i lyncu'r Domestos.

Na, yr unig reswm wy' dal 'ma'n sgrifennu'r cach 'ma yw dwy' ddim yn ca'l 'y nysgu 'da "gwrandwch arna i, dwy' ddim 'ma i fod yn gocyn hitio i neb; bues i'n y coleg am dair blynedd". "Cwd haf ffŵld mi" yntê byti!!

Un o'r rhesyme pam nagon "nhw'n" ecstatig abythdi 'newis i – Îfs. Neu Dewi Tomos Ifans i roi 'i enw "Lwc owt ma' bolacin ar y ffordd" iddo fe. Point yw, ma' fe'n laff, a ma' ysgol mor uffernol o BORING y rhan fwyaf o'r amser, wy'n fodlon gwneud Ffrangeg ac Astudiaethau Clasurol jyst er mwyn chwerthin. Ond dŷn "nhw" ddim yn gweld hwnna'n gall iawn. So? Pwy sy moyn bod yn gall yn bymtheg yn codi'n un ar bymtheg?

Yr wythnos gynta hibo – sa i'n gweld dim byd o'i le ar yr athrawon yn ca'l diwrnod i baratoi bob wythnos. Allen i gôpo'n iawn ag wythnos pedwar diwrnod. So, beth yw'r uchafbwyntiau? Gweld Soffocleese yn colli'i dymer? Heb UNRHYW amheuaeth. Bril!! Mae 'i *nostrils* e'n lledu jyst tam' bach yn y corneli, a mae 'i fysedd e'n twitsho, 'nenwedig 'i un bach e. Mae'n mega laff – ond wy'n rîli becso 'i fod e'n mynd i ga'l strôc ne rywbeth un o'r dyddie 'ma – mae'n siŵr o fod yn drigen os yw e'n ddeugen; 'na gyd nath Îfs o'dd gwenu arno fe – onest – gwenu! Wel, o'dd e wedi dweud mai Gazza o'dd Duw Groegaidd Chwaraeon, ond nagon i'n gweld bod hwnna'n rheswm i Soff ymateb fel pyff adyr! Grêt, wy'n credu gwnes i'r dewis cywir yn Ast. Clas., ma'r cwrs 'ma o chwerthin dyddiol yn mynd i neud byd o les i fi.

Ma' Drama'n o cê ar y funud, dim gwaith ysgrifennu, dim ond y pocsi Ffolio, ond ma' Maths a'r pethe *borin'* Cwricwlwm Cenedlaethol erill, neu'r CACAS fel ŷn ni'n eu galw nhw, yn anhygoel o *brainwashin'*.

Ma' Llinos yn y grŵp Drama. God, mae hi mor lyfli, wy'n mynd i ga'l y gyts i ofyn iddi ddod mas 'da fi cyn diwedd wythnos nesa . . . Wedi ailystyried hwnna, wy'n addo i'n hunan y gofynna i iddi cyn i fi orffen yn yr ysgol. Ie, nabod fi, dwy eiliad cyn i fi orffen, so os wediff hi "na" galla i ddianc ar y bỳs heb fecso 'mod i wedi neud twat o'n hunan. A dyw e ddim 'mod i'n hyll, sa i'n credu.

O cê, sbots, ond ma' sbots 'da pawb yn Nosbarth Pedwar – o na, do's dim 'da Rhydderch Llŷr ap Gwynfor ap Llywelyn "lwc at mei biwtiffwl ffês" Edwards. Os yw ei frein e gymaint o seis â'i enw, nage coleg bydd e moyn ond Tardis i fynd â fe i barthau na fu bod dynol yno o'r blaen.

Shytyp, Rhys. Ble o'n i? – o ie, sbots a Llinos – edrychodd hi arna i yn y wers Ddrama, ac ath popeth yn feddal. (Mei God, 'sa'r bois yn gweld hwnna!) Eniwei, wy'n ddyn, wy'n gwbod 'ny achos ges i fath nithwr a ma' pethe od iawn yn digwydd i 'nghorff i. Lyferli!!!

SUL 8 Medi

Pan greodd Duw nos Sul, o'dd e wir yn creu ffurf ar artaith adnabyddir fel "wyt ti wedi gorffen dy waith cartre?" syndrom.

Wy'n siŵr bod miliwn o bethe gwell 'da Mam i'w neud na stico geirie poeth i'n ymennydd i. Wel ma' Dad 'na wrth gwrs, 'yn whâr fach, Mam-gu gro's yr hewl – dyw e ddim fel 'sa diffyg pobl o gwmpas y galle hi feithrin ei galluoedd arnyn nhw, ond na, fi yw gwrthrych mawr ei serch nos Sulaidd "Wyt ti wedi gorffen dy waith cartref?" Nagw wrth GWRS dwy' ddim wedi gorffen 'y ngwaith cartref, 'sneb sy â hanner brein byth yn gorffen eu gwaith cartref 'sbo bore dydd Llun ar y bỳs ac yn ystod y cyfnod lyfli 'na cyn gwasanaeth, pan fo'r Staff yn cael eu *pep talk* gan y Shad. (Y "Shad" yw'r Prifathro – a ma'r Staff wastod yn mynd i'r *pep talk* ar fore dydd

Llun achos dŷn nhw ddim yn 'i weld e wedyn am weddill yr wythnos.) Ac wrth gwrs, nabod y'n Staff ni, ma' rhyw dair blynedd o waith cartref wedi cael ei osod yn ystod y penwythnos cyntaf. Wy'n siŵr eu bod nhw i gyd yn mynd ar eu gwyliau i Lydaw a de Ffrainc ac yn meddwl, "O ie, galla i roi Rhys ac Îfs yn y cachu yn ystod penwythnos cynta'r tymor newydd trwy roi'r gwaith cartref mwyaf hir ac anhygoel o anodd yma iddyn nhw". A ma' hwnna'n beth arall, os yw athrawon mor dlawd, shw ma' nhw'n gallu fforddio gwyliau yn Llydaw a de Ffrainc? Ar wahân i Soff wrth gwrs, sy'n byw yng Nghroeg am bump wythnos yn trïo ffindo bedd Zews.

(Ma' Mam newydd weiddi arna i eto. Wy' yn 'i charu ddi, onest, ond os yw pethe'n mynd i fod fel hyn bob penwythnos, ma' gwa'd rhywun yn mynd i lifo – "Cwd bî ê gwd thing" yntê os taw rhai aelodau o'r Staff rhagddywededig fydd berchen ar y cyfryw. God, ma'n *Welsh* i wedi gwella!)

LLUN 9 Medi

Wy'n gadel. Wy' deffinitli'n gadel y twll pocsi drewllyd yna a elwir yn ysgol.

Gès beth? Ma' Dosbarth Pedwar yn gorfod ca'l gwasanaeth gyda Dosbarth Tri (neu blwyddyn naw deg tair ar ddeg, yn ôl gofynion y CACAS). Ond nage 'na gyd; ma' Andrew "Ma' Duw wedi'n achub i" Owen yn cynnal y gwasanaeth!!

Wy'n mynd i gynnal protest. (O'dd Îfs, wel

onest!!) Bore 'ma, o'dd e'n sefyll mas y ffrynt 'da'i grŵfi gitâr (thri cord wynder cid, Dafydd Iwan ble wyt ti nawr?) yn canu am Pedr ac Ioan un dydd yn mynd i'r deml yn llawn hyder ffydd. Byt not onli – o'dd dishgwl i ni, ar rannau arbennig o'r gân, glapio i rythm y blydi ffrigin gitâr. Nawr *come on*, ma' trïo 'ngorfodi i i gredu mewn Duw yn un peth ond ma' neud prat ohona i wrth drïo neud i fi gredu yn beth arall. Clapo dwylo, holl fechgyn a merched Dosbarth Pedwar, yn clapo'u ffrigin dwylo fel morloi. A'r peth yw, os nagon ni'n neud e o'dd Soff ac Achtwng yn pigo arnon ni. "Duw cariad yw, grwt," whap gro's y pen. "Dysga hwnna erbyn fory neu fwra i di 'to." O'dd Sharon Slag a'r merched yn wyndyrffwl, sgrechen a chlapo fel idiots ar gae ffwtbol ac Andrew "Mae Duw yn caru pawb" yn credu'u bod nhw yng nghanol trŏedigaeth. Wy'n gweud 'tho chi nawr, do's dim ffordd wy'n mynd i wasanaeth 'to. Os o's rhaid i fi fitsho, troi'n fwy o *aetheist* nag ydw i, troi'n Fwslim, neu'n llysieuwr, wy'n neud e, achos smo fi'n ishte trw'r crap 'na eto.

. . . O ie, ac o'dd Llinos 'di siarad â fi'n rîli neis amser cino.

MAWRTH 10 Medi

Yr ymarfer Drama cyntaf ar gyfer *blockbuster* blyn-yddol yr Adran Ddrama. Nawr wy'n gwybod 'mod i ac Îfs 'di dewis Drama yn yr opsiyne TGAU, ond dwy' ddim yn gweld 'i fod e'n deg bod Prys "Olivier" yn y'n gorfodi ni i gymryd rhan – wy' moyn ta beth, ond nage 'na'r *point*. Mewn ysgol ddemocrataidd, dyle fod yr hawl 'da ni weud "na", ond 'na fe, ma' ymddygiad call oddi wrth oedolion sy'n athrawon mor debygol ag Andrew "Ma' Duw yn siarad â fi" Owen yn troi'n bagan.

A beth yw'r rhagddywededig mega cynhyrchiad? *Agi! Agi! Agi!* Wyndyrffwl! Cyfle gwych i'r bois *macho* ddangos eu hunain ar y "llwyfan awr" megis. Be sy wir yn bygo fi yw, ma' Dosbarth Chwech (a dwy' ddim yn mynd i Ddosbarth Chwech na choleg – brwydr arall man'na 'da Mam a Dad) yn credu eu bod nhw'n *God's gift*. Wir yr. A hyd at ddoufish 'nôl, o'dd y rheini ohonyn nhw o'dd ag unrhyw sens yn fwy boncyrs nag Îfs! Ond 'na fe, 'na beth ma' parchuso'n neud i chi – a cha'l y'ch ethol yn swyddog. Wy' 'di clywed Dad yn gweud 'tho Mam yn aml pan yw e'n golchi llestri, "*power corrupts*", a siŵr o fod ma' fe'n cyfeirio at ei phenderfyniad hi i bido golchi llestri neu dyw hi ddim yn cwcan bwyd. (Mam yn gallu bod yn bolshi iawn withe!!)

Ond ym mherson y swyddogion 'ma, sydd hanner yr amser yn ca'l ffag ar y bỳs ac yn siarad Saesneg – ma' hwnna'n rhywbeth arall sy'n bygo fi, siarad Saesneg, ond weda i fwy am 'na mewn munud.

Ble o'n i? O ie, *Agi! Agi! Agi!* Wy' yn y corws, a Llinos ac Îfs, ac yn achlysurol, ni'n gorfod gweiddi llinellau mas a bod yn rhan o'r sgrym. Ma'r Ddrama 'ma mor secsist mae'n anhygoel. Ma' Llinos yn gorfod edmygu (gif mi ê bycit!!) Tomi Mawr, sy'n cael ei chwarae gan Gareth "Lwc at mei bylj" Davies. Oreit, mae e'n chwech troedfedd, a ma' fe'n 'itha gwd-lwcin sbo, am rywun sy wedi gorchfygu acne, a do's 'da fe ddim help 'i fod e'n alluog, ond wir yr, ma' 'i weld e'n ŵglo Llinos yn neud fi'n siwpyr mad. Ac wrth gwrs, 'sdim byd galla i neud, achos ma' fe'n actio! Fy mhen-ôl megis!! Ma' fe'n enjoio pob eiliad, a sa i'n credu 'i fod e'n gorfod actio lot ta p'un!!

Yr unig damed neis o'r ymarfer o'dd aros wrth y gât a cha'l *chat* bach 'da Llinos nes i Dad ddod. O'dd e'n hawdd anwybyddu Dosbarth Un, mae'u brwdfrydedd nhw i ishe bod yn y Ddrama 'ma yn troi'n gyts i (o'n i arfer bod fel'na? Iych!). Ond o'n i'n cael *chat* neis 'da Llinos ac yn edrych 'mlaen am o leia dri chwarter awr arall, pan ddath Dad – yn brydlon am y tro cyntaf ers i fi fynd i'r blydi ysgol.

Onest, ma' rhieni mor anystyriol.

"Don't slam the door so hard." *Knickers!* Lwcus bo' fi heb slamo'i ben e! Sbwylo'n tsiansys i fel'na.

3.00 a.m.

Wy'n gorfod ysgrifennu hwn nawr.

Wedi cael breuddwyd od iawn. Wy'n credu 'mod i wedi ca'l 'y mhrofiad rhywiol cynta i.

O'n i'n cerdded lan y mynydd ag o'dd Llinos 'da fi. Peth nesa o'n i yn y rhedyn ag o'n i'n 'i chusanu ddi. Wedyn o'dd hi'n bwrw glaw. 'Na gyd. A dihunes i ac o'n i'n wlyb. Wy'n teimlo'n ofnadw. Falle 'mod i'n byrfyrt. Sa i byth yn mynd i siarad â hi 'to ar 'y mhen 'yn hunan.

A wy'n gorfod cuddio'n siorts a 'nghrys i 'wrth Mam.

13

A wy'n gorfod newid y shîts.

Bygyr it.

Sa i lico bod yn Nosbarth Pedwar, a chysga i ddim rhagor nawr.

A ma' chwaraeon fory.

Bydde fe lot haws ffindo bag plastig.

MERCHER 11 Medi

Wel, diwrnod bendigedig arall.

Ma' Îfs 'di ca'l ei ddiarddel. Ail wythnos y tymor, a ma' fe 'di mynd.

Athrawon eto. O'n ni 'di gorffen y wers chwaraeon, (rygbi nid chwaraeon, brwydr nid rygbi, rhyfel nid addysg gorfforol) ac o'n ni'n ôl yn yr ystafell newid yn barod i fynd i'r gawod, neu o roi ei enw arall iddo fe, "beth am edrych ar dongs pawb i weld pwy sy â'r mwyaf", pan ddarganfyddodd Îfs nagodd shampŵ 'dag e (ma' fe'n iawn i chwaraewyr rygbi iwso shampŵ yn y gawod nawr, ond dŷn ni ddim eto wedi ennill yr hawl i ddefnyddio *conditioner*). Ta beth, wedodd Spikey a Rhids, ffrinds Îfs, wrtho fe i fynd i ofyn i'r merched, gan fod y ddwy stafell newid gyferbyn â'i gilydd. Pawb yn chwerthin wrth gwrs. Falle bod wal Berlin wedi dymchwel, ond yn y'n hysgol ni, bydde fe'n haws croesi'r Niagara Falls ar rafft na mynd i stafell newid y merched. Chi'n nabod y teip o athrawes chwaraeon – cyhyrau ar ei haeliau a dwrn ar bob bys?!

Nagodd bwriad 'da Îfs i fynd ond wedyn,

wedodd ei "ffrindiau", "Ti'n *chicken*", wrtho fe. Wel 'na 'i ddiwedd e dweud y gwir, achos ma' Îfs yn fodlon derbyn unrhyw her. Wy'n cofio gorfod 'i stopo fe rhag dweud Ff . . . Off wrth y Shad yn Nosbarth Un pan wedodd rhywun o Ddosbarth Pedwar wrtho fe gele fe'i alw'n *chicken* am byth pe na bai e.

Wel, off ag Îfs a'i dywel wedi'i rapo rownd ei ddarnau gwerthfawr, i guro yn barchus ar ddrws y merched. O'dd hwnna'n ddigon o risg i hala fe i Irac am wythnos, ond wedyn, ga'th Spikey y syniad anhygoel o nico'i dywel a'i wthio fe mewn trwy ddrws y merched. A ie, pwy o'dd yn dod mas o ystafell y merched pan o'dd Îfs yn fflasho'i ddyfodol i'r byd a'r betws ond Margaret Mysls. Edrychodd hi unwaith, wel, dweud y gwir, yn ôl Îfs, edrychodd hi ddwywaith, achos ma' fe'n fachan mawr am ei oedran, wedyn dath y sgrech, a dath Mr Thomas mas o'i gwtsh e (iawn iddo fe wishgo tywel yng ngŵydd Margaret wrth gwrs – ni'n sicr bod hanci panci yn digwydd man'na amser cinio). Ar ôl i Îfs guddio'i wendid, (eto dibynnu ar ba safbwynt sy 'da chi sbo) gas e wishgo, a'i dynnu gerfydd ei dei (diolch am hynny) i weld y Shad. Wel, o'dd hwnna'n fistêc affwysol ar ran Mr Thomas achos dyw'r Shad ddim yn lico ca'l ei ddistyrbo yn y prynhawn.

Ers i'r ysgol ariannu'i hunan ma' pob prynhawn wedi'i neilltuo i drafod llogau banc, a faint o arian ma'r glanhawyr yn ca'l am fopo'r tai bach. Wedyn, o'dd e'n gorfod gweld y Dirprwy. Ma' hon yn stori hir ond mae wir werth yr ymdrech. Nawr 'sneb yn mesan 'da'r Dirprwy. Whech troedfedd pump, ac wedi'i adeiladu megis yr Wyddfa, ond yn dewach.

Ar ôl i Îfs ga'l yr owtin gwaetha ers Dosbarth Dau pan drydanodd e gwningen y Labordy Byw-ydeg yn ddiarwybod, gas 'i ddanfon adre. Wy'n gwbod 'i fod e'n uffernol i Îfs, ond nage fe o'dd ar fai, Spikey a Rhids yw'r ddau dwat mwyaf di-hid wy'n nabod, a pham bod Îfs yn cymysgu 'da nhw ddealla i fyth.

So nawr, ma' Mam a Dad, neu Lucretia a Herman (fel y'u hadwaenir gennyf yn yr oriau blin) yn fy rhybuddio rhag cymysgu â nhw etc. etc. etc. Bog off, fy rhieni annwyl, rydwyf yn dewis fy ffrindiau, ysywaeth ni allaf ddewis fy nheulu yntê!

MAWRTH 17 Medi

Ffili boddran sgrifennu wythnos diwetha. Ma' fe mor od yn ysgol heb Îfs, fel 'sa'n echell i 'di mynd. Dath e'n ôl heddi, ac wrth gwrs ma'r maffioso Staff wedi dechre pigo arno fe'n barod. Wsgwrth, nagyw e'n gallu dweud dim achos hwthodd ei rieni fe pan ddigwyddodd y diarddeliad. Wel, dyw e ddim yn neis bod mab Doctor yn neud shwd beth. So heddi yn y gwersi o'dd e'n ecstra cwrtais – ond mae e mor glyfar. Er 'i fod e'n gwrtais, wy'n gwbod ei fod e'n cymryd y pis hefyd. Smo nhw'n gallu gweld 'na, a ma' fe'n grêt. (Od fel ma'r athrawon yn "nhw" nawr. O'n i'n dwlu arnyn nhw yn Nosbarth Un a Dau a Thri i raddau, ond ma' rhyw frwydr anweledig wedi dechrau 'leni a sa i'n gwbod pam.)

O ie, ymarferion Drama yn ecstra diddorol.

Chweched Dosbarth yn whare lan 'da "Olivier" – wedi colli dau ymarfer, a hynny heb reswm!! So, ma' Prys "Olivier" wedi rhoi rhybudd cyhoeddus os collan nhw un arall, ma' nhw mas. Gwd. Gobitho byddan nhw. Cofia, sa i'n gwbod pwy alle gymryd eu lle nhw achos 'sneb arall digon profiadol i wneud prif rannau. So ma' Gareth "Chi'n hoffi 'mhen-ôl i, ferched" ar ei rybudd olaf. Grêt.

Llinos yn trïo siarad â fi'n gyson amser cino, ond wy' wedi bod yn neud esgusodion bod ymarfer 'da fi. Ar ôl beth ddigwyddodd yn 'y mreuddwyd, sa i'n teimlo fel risco dim byd eto. Er, nage'i bai hi o'dd e, ife.

Ma' Maths wedi cymryd *nose dive* o safbwynt fy niddordeb, gyda llaw. Wel, y pwynt yw pan yw'r Athro yn *bored* 'da'r pwnc, shwd allan nhw ddisgwyl i'r disgyblion enjoio? Ma'r slej sy'n dysgu, ma' fe'n ddigon neis ife, Malcolm Maths, neu M2 fel ni'n 'i nabod e, ond fydde dim gwanieth mawr 'da fe 'san ni'n gweud bod dau a dau yn bump. Cofiwch 'sdim lot o wanieth 'da fi. Ond yr hasl mawr yw bod y CACAS yn gofyn asesiad parhaol, a diwedd pob pocsi mis, ŷn ni gyd yn gorfod mynd trwy'r artaith o drïo cofio popeth heb ddeall dim. *Still*, spôs gallen i fod yn dost ne rywbeth.

MERCHER 18 Medi

Wthnos i heddi bydda i ym Mhenyrheol am dridie. Bril! Canolfan awyr agored y Sir yw hwnna, a ma' fe'n lŷsh o le. Ma' syniad 'da'r Shad – whare teg,

17

dyw'r dyn ddim yn hollol ansensitif i anghenion unigolion anghenus Dosbarth Pedwar – ma' syniad 'da fe y bydde cymdeithasu 'da'n gilydd am dridie mewn canolfan awyr agored yn helpu disgybleth yr ysgol.

Stiwpid ife! Ond sdim ots achos wy'n colli tridie o ysgol, ma' Îfs yn mynd (a Spikey a Rhids) a Llinos (ma' ychydig o broblem feddyliol fan'na 'da fi, ond wy'n gwitho ar y peth).

Eniwei, diwrnod anhygoel o uffernol ar wahân i dalu'r taliad olaf i Benyrheol. Ma' Achtwng wedi cymryd yn ei phen 'mod i'n gallu siarad Ffrangeg yn dda. "Wî Wî" ddyle'i henw hi fod sbo yn dysgu Ffrangeg, ond am ryw reswm, ma' Achtwng wedi stico. Ta beth, dim ond yn gofyn pob blydi cwestiwn i fi yn y wers heddi. A fi'n eu gwbod nhw gyd! Ffliwc. Ond wrth gwrs, Îfs yn tynnu arna i wedyn. So jyst i dafoli'r sefyllfa, megis, ar ddiwedd y wers, pan ofynnodd hi i fi "Ouvrez la fenêtre", fe agores i'r drws. "Non, non, Jean Pierre, mon ami," medde hi, "la fenêtre." So agores i'r ddesg. Rhyw dwitsh bach yn dod i'r llais, wedyn "Jean Pierre, je répète, ouvrez la fenêtre". A phan agores i ddrws y cwpwrdd fideo, oni bai bod y *cloche* wedi taro bydden i wedi *allez* at y Dirprwy. Ond 'na fe, gethon ni laff.

IAU 19 Medi

Alla i ddim â dweud llawer nawr (wy'n ysgrifennu hwn yn yr ysgol) ond wy'n cachu'n hunan. Ma'

Gareth "Ble ma' Hollywood" Davies wedi ca'l y *chuck out*, a ma' Prys "Clint Eastwood" wedi gofyn i fi gymryd y brif ran!! Wy'n gorfod mynd i'r bog i fod yn sic.

10.00 p.m.

Wy' dal 'ma – jyst.

Onest tw God, dechre'r ymarfer do'dd Gareth "Lwc at mei tîth" ddim 'na, a hwthodd "Olivier" fel Iwo Jima. "Rhys," wedodd e, "darllena'r brif ran." Wel, olreit, ma' hwnna'n digwydd withe os o's ymarfer 'da rhywun – teimlo'n brat yn neud, ond sefwn yn y bwlch leic ife. Ond diwedd yr ymarfer, ma' fe'n 'y nghymryd i naill ochor a dweud 'tha i 'i fod e wedi penderfynu rhoi'r brif ran i fi oherwydd agwedd ddi-hid ac amhroffesiynol Dosbarth Chwech. O Mei God!!!!!!!!!!! Bues i jyst â neud yn 'y nhrowsus yn y fan a'r lle! Sa i'n gwbod shwd gyrhaeddes i gât yr ysgol.

O'dd Llinos 'na, ond ffiles i weud dim byd. Sa i'n gwbod shwd i weud 'tho Îfs a Duw a ŵyr beth wediff maffia Dosbarth Chwech pan sylweddolan nhw bod cid bach o Ddosbarth Pedwar wedi disodli y duw ei hunan.

O Ffwc!

Sori, ond o'dd rhaid fi weud 'na. Beth 'naf i nawr??

Mae'n nos Sul eto, a ddo' o'dd un o ddiwrnode mwyaf anodd 'y mywyd . . . O'dd ymarfer Drama drwy'r dydd yn yr ysgol. Yr un cynta ers i Prys "Mel Gibson" gyhoeddi mai fi o'dd i gymryd y brif ran.

O'n i'n meddwl 'mod i mewn gwasanaeth eglwys pan wedodd e, tawel megis buasai'r rhech leiaf wedi atseinio. Uffernol. Wedyn pan wedodd e "reit, dechreuwn ni", y sibrydion a'r edrychiadau oddi wrth y rheini sy'n hanner addoli'r rhagddywededig Gareth!! Sôn am ishe marw! Wrth gwrs gwenu nath Îfs a dod draw yn syth.

Ath yr ymarfer yn olreit, ond sa i'n gwbod shwd alla i whare prat penfawr sy'n blysio pob merch ma' fe'n ei gweld, ac sy'n chwaraewr rygbi heb ei ail yntê! Ail natur wrth gwrs. Na sîriys styff, sa i'n credu bod gobeth caneri 'da stîm rolar 'da fi i neud hwn. Weda i wrth Prys "Spielberg" wthnos nesa 'i fod e wedi gwneud camgymeriad mwya'i fywyd.

Maths yfory.

Ond wy'n gorfod siarad abythdi Llinos cyn mynd i gysgu/swoto.

Wy' ffili cario mla'n i'w hosgoi ddi. Dwy' ddim ishe ta p'un. Sa i 'di ca'l profiad fel'na ers 'ny, wedyn falle bod y peth 'di paso.

Dwy' ddim yn siŵr withe os taw fi sy ishe mynd mas gyda'i, neu'r syniad 'mod i ishe i'r bechgyn wybod 'mod i'n gallu llwyddo i ddenu rhywun mor bert â hi. Ydy hwnna'n swno'n dwp? Sa i'n deall 'y nheimlade'n hunan withe. Licen i siarad ag Îfs abythdi'r peth, ond bydde fe'n wherthin am 'mhen i. Ma' fe'n ymddangos mor grŷf, er gwaetha'i antics a'r dwli, ma' fe'n gwbod beth ma' fe moyn, a wy'n wilibowan rhwng dou feddwl drwy'r amser.

Reit, 'na ddigon o hwnna.

Nawr, beth alla i ddysgu am 'yn hunan wrth swoto'r Hafaliadau Rhagosodedig?

A ma'r addysg ŷn ni'n ei chael yn wir berthnasol i'n anghenion on'd yw hi?

LLUN 23 Medi

O'dd y Prawf Maths wedi cyrraedd yr isafbwynt gwaeth-af posib.

Ffili ateb dim.

Ymarfer Drama yn drychinebus. Wy'n teimlo fel Sam Tân heb ei injan – noeth.

A wy' ffili siarad â Llinos, ac a dweud y gwir wy'n teimlo'n 'itha *pissed off* â phopeth so wy'n mynd i'r gwely.

MAWRTH 24 Medi

Mae bywyd yn llawer iawn rhy . . . rhy gymhleth i rywun syml fel fi. Heddi, dath dwy ffrind agosa Llinos ata i, sef Nia a Jên, i weud 'tha i bod Llinos eisiau mynd mas 'da fi, ond do'dd hi ddim nawr achos 'mod i wedi'i hanwybyddu ddi gymint yn ystod y pythefnos diwetha. Ydy hwnna'n gwneud sens i unrhyw un ar wahân i wallgofddyn? Buon nhw'n siarad 'da fi drwy'r awr ginio, ar wahân i ymarfer Drama. Onest, beth o'n nhw'n dishgwl i fi weud?

"Actshiwali, ges i freuddwyd wlyb yn meddwl am fynd mas 'da Llinos, licech chi weud 'na wrthi i weld os bydd ei syniad hi ohona i fel darpar ŵr dal yn uchel?"

Ac wrth gwrs, ymhen dau ddiwrnod, ni off i Benyrheol gan golli dydd Gwener a Maths ac Achtwng a Soff. Gallen i'n hawdd iawn ddod i barchu y Shad, a'i syniadau blaengar ym myd addysg.

Ymarfer Drama'n o cê, ar wahân i olygfa'r sgrym lle gwasgodd Îfs 'y ngherrig i a sgreches i a cha'l bolacin am wneud gan Prys "Stanislafsci". Byw y rhan, myn hyffarn i, wy'n folon acto i'r ysgol, ond sa i'n mynd i golli 'nyfodol i'r ffrigin Adran Ddrama na neb arall.

Wy'n credu bod Îfs tam' bach, bach yn genfigennus ohona i. Ac wrth gwrs, gan fod Spikey a Rhids yn y corws (ma' mwy o siâp acto ar fwncis yr hysbyseb *tea bags* na sy ar y ddou 'na) yn 'i annog e, ma' pethe'n gallu mynd tam' bach yn . . . wel, dyw'r un teimlad o fod yn un ddim 'na. A dwy' ddim moyn colli Îfs fel ffrind o gwbl, ac os o's perygl o hynny, Drama neu beido, prif ran neu beido, rhoia i'r gore iddi.

MAWRTH 1 Hydref

Newydd ddod 'nôl o Benyrheol – wy'n sgrifennu

hwn yn y bath actshiwali.

Epic! Hollol epic laff!!

Prys "Bertolt Brecht" ath 'da ni a'i *side kick*, Branwen "Peggy Ashcroft". Chware teg o'n nhw'n bril, jyst gadel i ni fod rîli, ar wahân i'r gwaith gosod sy mor anhygoel o hawdd galle rhywun o'r Ysgol Feithrin ei wneud. Cyrraedd, dim trydan, toriad yn yr ardal. Nawr, ma' Penyrheol yn hollol ddu bitsh, canol y wlad, so iwsodd Prys "Baden Powell, wastod yn barod" lifoleuadau'r bws mini i ga'l y stwff mewn i'r Ganolfan.

Grêt, so rhannon ni wedyn i'r ystafelloedd cysgu cyn dod 'nôl lawr i ga'l swper lyfli o fara menyn a chaws.

So ath Îfs a fi a Spikey a Rhids i'r un ystafell – mistêc. Peth cynta nath Rhids er mwyn rhoi gole i ni, o'dd crynhoi anferth o gnec, gollwng ei drowsus a chynnu'r *methane* ddeilliodd o'r ffrwydrad. Onest tŵ God, ma' rhywbeth bach yn bod arno fe. O'dd y fflam fel tafod buwch, ac yn las, ond nage 'na ddiwedd y peth, o'dd cymint o nerth yn y gnec, ath y fflam hyd at flew Rhids ag ath e ar dân!! O yffarn, wy'n wherthin nawr! 'Na le o'dd e'n bownso abythdi'r stafell yn sgrechen – ac wrth gwrs dath Prys "Gwobr Dug Caeredin" i'n tawelu ni i weld beth o'dd yn bod, ond o'dd e ffili gweld dim – lawn gystal achos o'dd Rhids yn y gornel bella'n cuddio'n edrych fel iâr 'di plufo. Stopon ni ddim wherthin trw'r nos. Wel, o'dd y jôcs wedyn trw'r tridie – "O's matsh 'da rhywun?", "Gwynt llosgi 'ma" (pan o'n ni'n cerdded), "O! on'd yw'r wy 'na'n edrych yn debyg i rywun?" Ma' hwnna'n mynd i fod yn rhan o chwedloniaeth yr ysgol am byth!

Ta beth, setlon ni tua hanner nos, ond ... am ddeng munud wedi hanner dath y trydan 'nôl, ac o'n ni gyd wedi gadel pob gole 'nghyn.

(A ma' Mam newydd weiddi lan i weld os wy'n olreit – gofyn os o'n i 'di gorffen 'y ngwaith cartref!!)

Wel, diwrnod wedyn ar ôl brecwast, ar ôl i fi ac Îfs sgeifio allan o wneud sgwad, o'n ni'n gorfod mynd ar y Cwrs Antur – na, dim hedfan ar weiren trwy'r goedwig *à la* Rambo, jyst taith gerdded saith milltir dros anialdir crimp yr ardal. Wy'n dwlu ar gerdded, wir yr, ond o'dd e'n pisho glaw. "O na," medd Prys Antarctic Scout, "dim ond *drizzle* yw e." O ie? Wel, os taw dim ond *drizzle* yw e, shwd ma'r pysgod 'na 'di boddi??

Clatsh bant ife, tri ar ddeg o blant bach Cymru a dau athro penwan. O'dd y ffermwyr lleol siŵr o fod yn meddwl bod parti wedi dianc o'r lwni bin lleol! Ond 'na fe, addysg gyflawn yn ein hysgolion Cymraeg i greu y dinasyddion newydd – swno fel rhywbeth mas o ddogma comiwnyddol – ma' hanes yn handi! Hyd yn oed TGAU! – ond 'na be sy yn Llyfryn yr Ysgol i Rieni. Creu y dinasyddion newydd?? Mwy tebygol o greu niwmonia yn y dinasyddion. Ta beth, stryglo lan, a Llinos yn trïo cadw'n ochor i a 'na le o'dd e, dou gae o gopa Bryn Nebo megis ... y tarw mwya, duaf, hyllaf, wy' 'di 'weld yn 'y mywyd erio'd (nage 'mod i wedi gweld lot ife!).

Pawb ishe troi'n ôl, gan gynnwys yr athrawon – ac eithrio Spikey. Onest, pam bod Îfs yn dewis ffrindie 'da gwendid meddwl?? O'dd e'n gwishgo anorac goch! Chi'n gwbod beth nath e?

Whipo'r anorac off a sefyll 'na i herio'r *thing*!! Wir yr!! Dyw e ddim yn chwech stôn i gyd a jyst whech troedfedd yn sefyll 'na'n gweiddi ar y tarw 'ma. "Der mla'n te, byt, so i ofan ti. Der mla'n. *Go on* bois, dros y ffens. 'Na i gadw fe *at bay*!"

Wel, o'n ni i gyd yn pisho'n hunain ormod i symud. O'dd e mor ffyni! Ond wedyn, penderfynodd y tarw gymryd y peth o ddifri . . . Sa i 'di gweld Spikey'n symud fel'na erio'd o'r bla'n! Wrth gwrs, o'n ni i gyd 'run peth – anghofiwch *Chariots of Fire* am sbîd!! O'dd e mor bril!

(Dŵr yn ôr, 'na i jyst roi rhagor o ddŵr twym mewn. Na, Mam, dwy' ddim wedi boddi. Bog off, chwaer fach, iwsa'r tŷ bach lawr llawr. Pam na all pobl sylweddoli bod ishe ymlacio ar rywun pymtheg codi'n un ar bymtheg cyn wynebu treialon ofnadwy yr wythnos addysgol sydd i ddod?)

Ble o'n i? O ie, dethon ni'n ôl, yn hollol nacyrd a socan. So, stripo off ife, dillad newydd i gyd a sychu'r gweddill yn y caban sychu. So 'na le o'dd pawb yn eu tracwisgoedd C & A, ar wahân i Llŷr ap Meredydd ap Rhydderch "Lwc at mei sbotles ffês" o'dd yn gorfod gwishgo un 'da Nike. Os do fe, Îfs, Spikey, Rhids a fi'n 'i gymryd e gerfydd 'i ddilo a'i freichie, tynnu'i dracwisg, ond gadel 'i hunan barch, a'i gloi e'n y cwtsh glo. Diolch i'r drefn, o'dd Prys "Tensing" a Branwen "Sherpa" yn golchi, so chlywon nhw ddim, ond pwdodd y Ffês am weddill y noson, a wy'n fodlon beto bydd llythyr oddi wrth 'i rieni fory yn cwyno am ddiffyg gofal athrawon. Bydde hynny'n drueni, achos nage bai Prys a Branwen o'dd e mewn gwirionedd. Ta beth, y noson honno, O God, sa i'n gwbod a ddylen i ysgrifennu hwn mewn dyddiadur hyd yn oed, achos tase Mam yn 'i ffindo fe??!!

Yn syml, dath Llinos, Nia a Jên mewn i'n stafelloedd ni ganol nos, pan o'dd y gwarchodlu athrawyddol wedi mynd i gysgu!!

O cachu'r hwch, wy'n gorfod mynd, ma' Mam tu fas y drws fel banshî, neu aelod o gymdeithas gwarchod plant rhag cael eu llabyddio am iswo'r dŵr twym i gyd, a chadw chwiorydd bach rhag pisho'n eu nicers gan fod y tŷ bach lawr llawr wedi torri. Dim ots, ma' cof da 'da fi.

MERCHER 2 Hydref

Wy' mewn gormod o dymer i ysgrifennu dim heno. Falle bydda i mewn gormod o dymer fory hefyd. Dweud y gwir falle bydda i wedi hwthu'n blydi top erbyn deg o'r gloch heno.

SADWRN 5 Hydref

Newydd ddod adref o ymarfer – chware teg i Prys "de Niro" a Branwen "Streep", ma' nhw'n rhoi'r gore i'w Sadyrne am ddim, ac yn erbyn pob dis-gwyl, ma "Achi Achi Ychafi" yn siapo. Ond . . . at ê cost!

Dydd Llun diwetha o'n i ffili ysgrifennu achos o'n i mor blydi mad. Wy' dal yn mad. Ges i 'nghyhuddo o siarad Sisneg gydag Îfs!! Fi ac Îfs??!! O'n i mor mega *pissed off,* mae'n anhygoel. Gall y Staffioso 'y meio i am bopeth arall, gan gynnwys y *Great Train Robbery* a'r Ail Ryfel Byd ond . . . siarad Sisneg?? Dyw e just DDIM ar yr agenda. Fydden i ddim, wy' ddim moyn a . . . ffrigin 'el. Ma' nhw'n paso miloedd o blant bob dydd sy â mwy o barch iddi rheche nag i'r Iaith a dŷn nhw ddim yn dweud gair, achos eu bod nhw'n dawel, ddim yn rhoi hasls ac yn *crawley bum licks*, ond achos 'mod i ac Îfs, er yn hollol (wel, sa i'n gwbod os ŷn ni'n hollol) anghonfensiynol ond achos dŷn ni ddim yn dig-wydd ffito mewn 'da gweledigaeth rhai o'r Staff o shwd dyle disgyblion gweddol alluog fihafio, ma' nhw'n dewish y'n cystwyo ni â'r union beth ma' nhw'n gwbod sy'n mynd i'n hala ni'n benwan.

Do's dim ffordd o'dd Soff wedi gallu'n clywed ni'n siarad ta p'un. "Ewch at y Dirprwy." Blydi hel, os aiff Îfs at y Dirprwy lot mwy tymor 'ma, bydd ei rieni fe'n amau 'i fod e'n cal affêr 'dag e. Wrth gwrs, Sasgwatch, ond 'i fod e'n fwy, yn ca'l rîal blow owt arnon ni. Cyfrifoldeb i'r Ysgol, i'ch Gwlad a'ch Iaith. Ffycin hel, pwy sy'n siarad Cymraeg ar y bysys?? Nage ffrigin Dosbarth Swyddogol Chwech. Pwy sy'n mynd i gigs a pherswadio a thrïo trefnu bysys? Nage'r Staff sy'n mynd i Glwb y Cymry unweth y mis a'r 'Steddfod unweth y ganrif. O's UNRHYW syniad 'da'r prats 'ma shwd beth yw e i fyw yn y cymoedd, o gartref hanner Cymraeg a mynnu bod yn Gymro Cymraeg – y rhan fwyaf o'r amser, ar wahân pan wy'n gorfod siarad â Dad. Gwnes i adduned i'n athrawes Ysgol Gynradd Safon Pedwar na fydden i'n siarad Sisneg yn yr

Ysgol Gyfun, a wy' wedi cadw'r addewid, a ma'r slej 'na sy'n meddwl mwy am Roeg nag yw e'n meddwl am Gymru yn 'y nghyhuddo i o bido caru 'ngwlad??!! Cym ddy refoliwshyn, boi, ti fydd y cynta'n erbyn y wal!

Ta beth, ma' Îfs a fi wedi cyhoeddi rhyfel cudd yn erbyn Soff ac Astudiaethau Clasurol – dim gwaith cartre'n brydlon, dim ateb cwestiyne o gwbl a, gan mai ni'n dou sy'n breit sbarcs, bydd y tawelwch yn gwneud byd o les i'w *ego* fe. So gall e glywed 'i lais 'i hunan mwy nag erioed. A hefyd, rŷn ni'n hepgor y daith i Gaerfaddon ym mis Mawrth – dim arian. 'Sdim lot o bŵer 'da ni fel disgyblion, ond yr ychydig sydd, fe'i defnyddir yn DRWYADL.

Nia a Jên yn "hefi" iawn heddi yn ystod toriad cinio "Ych Ych Ychi". Mae'n debyg bod Llinos yn siarad lot amdana i. Ma' Jên mor lyfli, wy' ffili gweud 'thi am findo'i busnes 'i hunan achos mae wir yn poeni am 'i ffrind. Ma' Nia mor sych a streit – sa hi'n neud i lemwn gywilyddio. Ond fel wedes i, wy'n lico Llinos hefyd, ond dwy' ddim mewn sefyllfa i wneud unrhyw fath o gomitment ar hyn o bryd oherwydd galwadau Drama (celwydd pur wrth gwrs, dwy' ddim ishe gwneud unrhyw gomitment achos . . . wel, sa i'n siŵr pam. Nid y freuddwyd 'na, ddim rîli. Wy' moyn trïo'r profiad . . . ma' hwnna'n ofnadwy, gwneud iddo fe swnio fel 'san i'n tynnu rhywbeth o shilff mewn siop). Wy' moyn 'i chusanu ddi, ac eto, dwy' ddim – achos wy' ofn y newid fydde'n dod yn sgil hwnna. Sa i'n neud sens o gwbl odw i . . . ? 'Shgwl, wy' lico 'mywyd i fel mae e ar hyn o bryd. Wy'n sicr moyn mynd mas 'da merched ond dwy' ddim ishe i ddim byd newid ar ôl i fi fynd mas 'da nhw. Chi'n deall? God, pan wy'n edrych ar luniau o Mam a Dad cyn iddyn nhw briodi a'n ca'l ni, ma'r gwahanieth nawr yn gobsmacin o syfrdanol. Nid yr allanolion yn unig fel gwallt a ffigur, ond ma' Dad wastod mor "hefi" am bopeth, ac i rywun briododd yng nghanol y Chwedegau Swingin, ma' fe'n rîli od. Ma' Mam hefyd wastod yn becso am rywbeth. Nawr, nagon nhw fel'na cyn priodi, so ife perthyn i rywun sy'n creu y newid?

A'r un man i fi gyfadde, wy' hefyd ofn y syniad o secs – rhyw – GWNEUD e! Ie, ie wy'n deall y technegau gystal â neb, ma'r gwersi Bywydeg ac Addysg Ryw yn dda iawn. Ond 'sdim lot o sôn am emosiwn yn y gwersi 'na, a 'na'r peth wy'n ffindo'n anodd i'w handlo.

Wy'n mynd i stopo sgrifennu'r dyddiadur 'ma, ma' fe lot rhy agos at y gwirionedd, a wy'n methu côpo gyda hwnna "achos mae fi'n cael pen tost pan mae fi'n thinco bythdi that".

Swnio'n debycach i Ddosbarth Un bob dydd. Trueni na fydden i. O'dd bywyd lot haws pryd 'ny.

Llinos 'di bod ar y ffôn am awr a hanner. Mam a Dad wedi bygwth 'y nhaflu i mas o'r tŷ o'r herwydd. Pam fi, Duw? Pam fi?

MAWRTH 8 Hydref

Llinos yn "hefi" iawn amser cinio. Ond o'dd rhaid fi weud 'thi eto, nes bod y Ddrama 'di 'pherfformio wythnos nesa, 'sdim ffordd alla i siarad gyda'i am y sefyllfa.

O ie, ma'r Ddrama wythnos nesa. Sa i'n gwbod 'y ngeirie'n berffeth, ma' M2 wedi ca'l yr egni o rywle i roi digon o Faths i ni a fydde'n cymhlethu Einstein, a ma' Soff yn sydyn iawn yn credu bod gwareiddiad y byd clasurol a'r dysgu'n gysylltiedig â'r lle hwnna yn bwysicach nag anadlu, bwyta a chachu. Ond y gwelltyn sydd wedi hollti cefn y camel arbennig hwn yw Achtwng. Heddi, "iff yew plis", co hi'n cyhoeddi bydde'n rhaid i bob un sy'n gwneud Ffrangeg gymryd Llydawr i'w letya ar ddechrau mis Tachwedd. Sylwer, nid "a fyddech", ond "ma' disgwyl i chi". Ond nage 'na gyd, fel rhan o'n cwrs (sa i byth yn mynd i bleidleisio i'r Ceidwadwyr tra bydda i fyw) CACAS, bydd pawb sy'n dilyn y cwrs Ffrangeg yn mynd i Lydaw am wythnos i fyw gyda theulu sy'n siarad dim ond Ffrangeg!!!! "Ei am not an 'api pyrson." Shwd allai'r hwch fowr front sbringo rhywbeth fel'na arnon ni??? O, bydd Mam a Dad a'n whâr wrth eu bodd, agor cysylltiadau ag Ewrop, cyfle newydd, profiad . . . Bog off, sa i'n mynd i fwthyn ym Mharis i weld teledu sa i'n deall, a byta bwyd sy'n nido abythdi yn y'ch bola chi ar ôl 'i lyncu fe. Ie, ie, wy'n gwbod taw blwyddyn nesa yw hwnna, ond bydd e ar 'yn feddwl i nawr. Ma' shwd beth â *Childline* i ga'l. Wy'n mynd i ffono. Artaith, 'na beth yw hwn. Arteithio fi.

Ymarfer Drama yn ymylu ar fod yn ddoniol heno. Ma' Prys "Wy' ffili clywed eich geirie" a Branwen "Bydd e'n iawn ar y noson" wedi galw ymarfer am bob nos wthnos 'ma. 'Sbo hanner awr wedi wyth. *Brilliant*. All neb rhesymol ddisgwyl i ni wneud gwaith cartref ac ymarfer tan yr oriau 'na. Ta beth, bydd y Staff yn browd ohonon ni siŵr o fod yn cynnal enw da'r ysgol. Ei mîn, bydd Soff hyd yn oed yn gwenu o weld ysbryd Thespis yn cerdded lawr y neuadd yn fy mherson i (Thespis, thicis! . . . Dim ots!).

MERCHER 9 Hydref

"A'ch aseiniad parthed Teml Dionysos ac Apollo."

Swno'n syml on'd yw e? Gwrando, bod yn rhesymol? Efallai bod yn ystyriol? Pidwch bo'n sili – ni'n siarad am Athrawon!!

" 'Do'n i ddim gatre 'sbo hanner awr 'di naw, Syr."

"Ydy hynny'n esgus dros esgeuluso gwaith academaidd?"

Wel ydy actshiwali.

"Wel wy'n cynrychioli'r ysgol, Syr."

"Rŷch chi wedi dewis gwneud y Ddrama 'ma am is-ddiwylliant Rygbi. Wel, boed felly. Ond rŷch chi hefyd, rhag i chi anghofio, wedi dewis gwneud pwnc TGAU."

A gallen i'r un mor hawdd ddewis pido'i neud e hefyd, y Mediwsa Ddiawl. O na, tasen ni'n perfformio drama am Charon neu Afon Stycs, neu Oidipos a'i ffordd neis o drin 'i fam bydde hwnna'n grêt. Is-ddiwylliant . . . blydi snob.

So, ar ben popeth arall, wy' nawr yn gorfod gwneud cosb (wy'n credu bo' Athrawon yn cael rhyw wefr rywiol o ddweud y gair cosb – ma' nhw'n 'i iwso fe mor amal), ymarfer ar gyfer y ddrama, cadw i fyny â 'ngwaith cartref a thrïo anadlu nawr ac yn y man.

Ffein. Ffein. Wy' wastod wedi gwbod 'mod i'n siwperhiwman mewn gwirionedd, a dyma 'nghyfle i i brofi'r peth.

Ond wy'n mynd i GA'L Soff. O'dd rhaid fi berswadio Îfs i bido mynd am 'i wddwg e amser egwyl pan o'dd e ar ddyletswydd, ond cyn sicred â bod Zews yn ei gerbyd, ma' Soff yn mynd iddi chael hi cyn diwedd y flwyddyn ysgol 'ma.

MAWRTH 15 Hydref

Ma'r perfformiad cynta 'di bod heno. Heb ga'l munud i sgrifennu, ymarfer dydd Sadwrn trwy'r dydd, a phenderfynodd Prys "National Theatre" bod ishe rhagor o ymarfer ar y corws dydd Sul. Mynd i'r ysgol ar ddydd Sul!!! Eniwei, o'dd e werth e, achos o'dd y perfformiad heno yn o cê. Ddim yn haeddu Oscars sbo, ond o'dd y gynulleidfa fel 'san nhw'n dwlu ar y peth, craco wherthin rhan fwya o'r amser. Neb yn anghofio'i linellau, a'r gymerad-wyaeth ar y diwedd yn 'itha byddarol.

Ond, ond, ond, ma' hwnna i gyd yn pylu i ddifancoll gyfochr â'r newyddion 'ma. Wy' wedi gweld yr Ysbryd Glân, neu fersiwn daerol ohono fe – Y Shad!! Yep!!

O'dd y Shad 'na heno yn gwylio'r peth! Nawr ma' fe'n hanner tymor wthnos nesa, a dwy' ddim wedi'i weld e ers wythnos un, ond 'na le o'dd e heno, yn siarad cyn dechre'r perfformiad yn dweud pa mor falch o'dd e bod yr ysgol yn gallu llwyfannu rhywbeth fel hyn yn y dyddie yma, ymroddiad Athrawon a rhieni – dim ffrigin gair am ymroddiad plant o'dd e?! Wel onest tw God, o'dd y cast o'dd yn sefyll o gwmpas ar y sgaffaldiau (Prys "Brecht" yn feri with it) wel, o'n nhw'n hollol gobsmacd, i'r gradde pan hwthodd Jones y Gêm 'i chwiban i ddechre'r Ddrama, gwmpodd ryw cid o Ddosbarth Un off y lefel isa achos nagodd e'n nabod y dyn o'dd yn siarad a wedodd rhywun wrtho fe mai fe o'dd y Childcatcher o'r ffilm, *Annie*. (O feddwl, ma' trwyn y Shad yn anystyriol o hir!) Ac, ac, ac, o'dd SOFF 'na. Onest! Cofia, wherthinodd e ddim o gwbl. Wy'n credu o'dd gwynt arno fe ar ryw bwynt neu'i gilydd achos o'dd golwg boenus iawn ar 'i wyneb e, ond wherthinodd e ddim. Yn ôl pob sôn ma' Achtwng a M2 yn dod fory. Iahŵ, fy ffrindiau mynwesol, gwaith cartrefyddol.

O, ddim mor neis, o'dd y Chweched wedi gweud 'tho Llinos i weud 'tho i 'u bod nhw'n dod nos yfory, gan gynnwys Gareth "Chi moyn snog nawr" Davies, i weld beth ma'r "Twat Bach" wedi llwyddo i greu allan o'i ran ef. Bydd hwnna'n grêt, a mwy na thebyg bydd y blydi lot ohonyn nhw'n ishte'n y rhes ffrynt yn rhythu arna i.

Twll iddyn nhw! O'dd e'n lyfli cael actio heno. O'n i'n lico fe. Nagon i'n credu bydden i. O'dd e fel 'san i'n bodoli ar lefel arall rywsut. Hynny yw, pan agores i 'ngheg i'r llinell gynta, do'n i ddim yn siŵr a fydde unrhyw beth yn dod mas, ond fe ddath e, a wedyn hedfanodd popeth heibio fel corwynt o gyflym. Smo fi'n debyg o gwbl i Tomi Mawr (enw'r cymeriad wy'n portreadu), wel, wy'n gobitho dwy' ddim, pen mawr, hunanrodresgar, drychwch arna i.

Sa i fel'na, sa i'n credu. Ond o'dd e mor neis i whare rhan rhywun fel'na. I bido ca'l bod yn fi fy hunan!

Ac o'dd Llinos yn edrych o bell, ac o'n i moyn siarad gyda'i heno. Y tro cynta ers ache wy' 'di teimlo y gallen i siarad â'i, a theimlo'n ddiogel. Falle taw 'na beth ma' cael ychydig o hyder yn neud i chi. Ond ife ffug hyder yw e? Sa i'n gwbod. Ma' Mam a Dad a'r whâr a'r treib i gyd yn dod nos Fercher a wedyn bydd y cyfan ar ben. Tair noson a whech wythnos o baratoi yn diflannu. Gorfod dweud, o'dd wyneb Martha Drafferthus (yr Athrawes Ysgrythur) yn bril heno pan ganodd y corws y gân "Mae bola Meri Ann wedi chwyddo a Tomi y Maswr sydd ar fai". O'n i'n wherthin am ei phen hi'n cochi. Ond whare teg. Ma' pethe fel'na'n naturiol on'd ŷn nhw?

Wel ma' nhw'n naturiol i aelodau'n tîm Rygbi cynta ni ta p'un.

Wy'n hapus. Wy'n mynd i'r gwely, a 'sdim ots 'da fi os wy'n breuddwydio am unrhyw beth. Nos da, byd hardd, cysgaf er mwyn breuddwydio. O ie, dyna'r rwb yntê (ie, wy' 'di darllen *Hamlet* hefyd!!).

IAU 17 Hydref

Ma' rhieni'n gallu bod 'chydig yn *embarrassing*. Ath Mam a Dad dros y top yn llwyr heno. Dim ond hala blode ata i cyn dechre'r perfformiad, a charden lwc dda! Nawr 'sa Stripogram 'na bydden i'n gwerth-fawrogi. Sôn am gymryd y *piss*. Wrth gwrs o'dd rhaid i Îfs fynd un yn wa'th. Ath e mas i'r cae, pigo bwnshyd o chwyn a'i gyflwyno fe i fi o fla'n y cast. Wrth gwrs wy' ffili dweud dim byd cas wrth y rhagddywededig rieni gan 'u bod nhw'n credu 'u bod nhw'n bod yn neis, ac o'n nhw wrth gwrs yn ôl 'u diffiniad nhw, ond ma'n rhaid iddyn nhw sylweddoli bod dou fyd gwahanol yn 'y mywyd i. Y byd lle wy'n 'u cadw nhw ar wahân, a byd yr ysgol. A ddyle'r ddau fyth gwrdd, neu os ŷn nhw'n gorfod cwrdd, fel nethon nhw heno, fe ddyle fod o dan reolaeth lem iawn, iawn.

Ta beth, ma' popeth 'di bennu, a hanner tymor wythnos nesa. Cyn hynny, parti'n ca'l 'i gynnal nos Wener i ddathlu popeth, gan gynnwys y Ddrama, yn nhŷ Spikey a ma' pawb 'di ca'l gwahoddiad. Af i. Bydd e'n laff a ffordd neis o ymlacio. Yn enwedig o gofio ar ôl hanner tymor bod y Lydawes yn dod i aros. Mei God. Y pethe wy'n neud i hybu Ewrop.

Wy'n gorfod dweud, wnes i fwynhau perfformio'n ofnadwy, ac er 'mod i wedi bod mewn lot o bethe ers dechre 'ma, 'ma'r brif ran gynta ges i erioed, ac o'dd e'n lyfli. San i ddim yn cyfadde 'na wrth neb arall, ond o'dd e'n lyfli bod yn ganolbwynt sylw pawb – am y rhesyme iawn hefyd! (Ma' *change* yn newid!) Digon nawr. Wy'n teimlo tam' bach yn fflat ar ôl hwnna.

GWENER 18 Hydref

Wy'n ysgrifennu hwn cyn mynd i'r parti.

Heddiw digwyddodd ail wyrth yr wythnos –

daeth y Shad i'r gwasanaeth a llongyfarch aelodau Dosbarth Pedwar (blwyddyn tri deg naw) ar 'u llwyddiant yn cynnal enw da'r ysgol yn 'u perfformiadau proffesiynol yn ystod yr wythnos!! Gobsmacd neu beth?!! Cofiwch, ma'n rhaid fi weud bod gweld wyneb Soff werth y sioc, a allai fod yn farwol, o weld y Shad. Ma'r duedd 'ma 'da'i wyneb e o droi'n borffor, a'i wefusau i ddiflannu i ganol toes ei ên cwadriwpl. Y pry' copyn ei hunan yn canmol yr union blant ro'dd e wedi bod yn wir gas wrthyn nhw am "gynnal enw da'r ysgol". "Reit on", frawd. Ma'r chwyldro ar y gorwel.

Dal yn teimlo'n fflat er gwaetha'r ffaith bod yr hanner tymor o 'mla'n i. *Some* hanner tymor. Mynydd o waith cartref a wedyn paratoi i "entyrteino'r" Ffrog.

Nawr 'i bod hi'n amser mynd i'r parti sa i moyn mynd. Ma' Îfs yn dod draw erbyn hanner awr 'di saith.

Wy' 'di bod yn y bath ers dwy awr – mae Mam a Dad yn siopa yn Tesco's nos Wener so wy'n ca'l llonydd. O'dd 'y nghro'n i 'di shrinco fel rhywbeth mas o Terminator Dau erbyn i fi ddod mas. Ma' popeth yn mynd yn llai yn y bath.

O'n i'n edrych ar 'yn hunan yn y drych. Ma' corff olreit 'da fi. Dyw e ddim yn gyhyrog, ond dyw e ddim yn edrych fel wimp chwaith, ac yn y llefydd iawn, wel, wy'n cymharu'n olreit gyda'r bechgyn erill, ar wahân i Eric "Errol Flynn" ond ma' fe'n abnormal – 'sneb wy'n nabod yn ddeg modfedd a hanner. Ma' fe'n ffiedd. Jôc yw, ma' fe'n browd o hwn, ac yn y cawodydd ma' fe fel 'sa neidr wedi'i ollwng yn rhydd.

Sa i'n gwbod pam wy'n siarad abythdi Eric "Flynn" ta beth, oni bai mai becso odw i am ganlyniadau pob parti.

Ma' rhyw *thing* yn mynd o gwmpas Dosbarth Pedwar bod yn rhaid i chi "fynd" 'da cymaint o ferched ag sy'n bosib. Beth ma' hwnna'n profi? Bod gwefuse fel hwfyr 'da chi a secs dreif fel rocet? 'Na be sy'n bod arna i. Beth os nad aiff neb 'da fi? Wy'n gwbod bod Llinos ishe, ond achos wy'n gwbod 'ny, dwy 'i ddim ishe. Os chi'n deall 'na. Do'n i ddim arfer bod fel hyn. O'n i'n gwbod yn iawn beth o'n i moyn, ac yn mynd "amdano fe" megis. Nawr, os oes tato pob i de wy' moyn *chips*, os o's salad wy' moyn tato. A wy'n neud e jyst er mwyn bod yn lletchwith.

So 'ma fi, wy' 'di gwishgo ddeg gwaith yn barod a newid 'nghrys gymint â 'ny. O'r diwedd ma' jîns du 'da fi, a chrys porffor sidan. Sgitshe duon â bwcwl, a wy'n drewi o *aftershave* Lynx er nagwy'n lico fe lot, hwnna yw'r drewdod gore ar y funud yn ôl y ffynonellau sy agosaf at fod yn "hip".

Wy'n gobitho bydd e'n olreit ar ôl y drafferth 'ma i gyd.

SUL 20 Hydref

Wy' gartre o'r ysbyty. Ie, ysbyty. Ma' hi'n stori mor uffernol o anhygoel wy'n credu wertha i hi i *storyliners Pobol y Cwm*. Ma' llygad du 'da fi, pedwar pwyth yn 'yn ael dde, a lot o gleishe. A ma'n 'mhoblogrwydd i gyda Dosbarth Pedwar wedi cyrraedd y sêr.

Ble ddechreua i?

Wel, dath Îfs i'n nôl i, eisoes wedi cael cwpwl o ddrincs. O'dd e 'di dwyn chwech o gans Stella Artois o guddfan 'i dad – cuddfan 'sneb ond 'i dad fod i wybod amdano fe. Reit, i'r parti ond, wrth gwrs, o'dd Spikey a Rhids rownd y gornel. O'n i'n gwbod pryd 'ny bod trafferth ar y ffordd. Cyrraedd tŷ Spikey, a 'na le o'dd pawb yn aros yn y garej. (Pidwch gofyn i fi pam ddath Spikey 'da Îfs i'n nôl i – dyw rhesymoldeb ddim yn rhan o eirfa'r brawd.) Ta p'un, mewn â ni, miwsig lan, a phobl yn dechre joio. Whare teg i Spikey, o'dd e 'di trïo – llwythi o grisps o gwmpas y lle ac ymgais at frechdanau. Yr amod wrth gwrs oedd y'n bod ni mas a 'di clirio cyn hanner nos achos bod 'i rieni fe'n dod 'nôl tua un y bore. O'dd Llinos yn edrych yn lyfli, a dechreuon ni snogo – ie wel, ma' gwynt parti yn effeithio arna i. Achos sa i'n yfed. Wel o'dd Llinos a fi ar y grisiau, yn snogo. O'n i 'di ca'l epic laff cyn 'ny. Achos o'dd Sharon Slag wedi lando yn y parti 'ma, ac o'dd Rhids wrth gwrs yn ffansïo'i tsiansys.

So mewn â nhw i stafell wely Spikey yn y gobeth bydden nhw'n ca'l llonydd, achos ma' Sharon wedi ffansïo Rhids er pan o'dd e'n ddwy oed neu rywbeth. Ta p'un, dath Îfs lan llofft i sbeio ar Rhids a 'na le o'dd gang ohonon ni, gan 'y nghynnwys i, yn pipo mewn trw'r drws 'ma ar Rhids a Sharon yn cusanu a phethach. Ond yr eiliad roiodd Rhids 'i law yn uwch na'i wast hi, whap, co hi off. "Pwy ti'n meddwl ti yn? Mel Gibson? Ti'n meddwl fi'n tart nagyt ti? Wel fi blydi ddim, reit!" A mae'n dechre gweiddi a sgrechen!! 'Ma Rhids mas o 'na fel bollt. Pŵr dab, o'dd y cyfan yn pwt yp job. O'dd Nia a Jên, ffrindie Llinos, 'di gweud wrth Sharon i gymryd y *piss* mas o Rhids!

Pan ddath e mas a'n gweld ni 'na, o'n i'n meddwl 'i fod e'n mynd i abseilo dros y banisters! A Sharon yn dechre wherthin wrth gwrs!

Wedi 'ny dath y gnoc.

Sylwon ni ddim wrth gwrs, ond munud nesa o'dd Îfs lawr llofft fel 'sa'i fywyd yn dibynnu arno fe ac yn dechre gweiddi.

O'dd Gareth a'i gronis Chweched Dosbarth yn y cyntedd yn feddw iawn . . . Ishe 'ngweld i . . . i weld faint o "ddyn" o'n i!!!

Wel, fel wedes i, dwy' ddim yn gyhyrog iawn, ond dwy' ddim yn wimp, so lawr â fi ond cyn i fi gyrredd o'dd Îfs a Spikey a Rhids 'di dechre ymladd â Gareth a'i gronis. Ma' nhw'n taeru mai nage nhw ddechreuodd e, ond beth o'dd dishgwl i fi neud? Sefyll 'nôl? O'dd Îfs yn trïo'n amddiffyn i. So wades i miwn, a'r peth nesa wy'n cofio yw gweld tro'd rhywun yn dod i gwrdd â'n wyneb i a 'na ddiwedd 'yn ymdrech i i efelychu Mike Tyson. Fel mae'n digwydd dyna ddiwedd y ffeit hefyd, achos pan welodd pawb y ffrwydrad o wa'd ddath o'n wyneb i, o'n nhw'n meddwl bod 'y mhenglog i wedi hollti.

Wsgwrth, rhedodd y Gareth Dewr a'i ffrindiau bant a gadel y gyflafan i Îfs a phawb arall 'i threfnu. Diwedd y gân o'dd ffono ambiwlans, ffono'n fam a 'nhad, a 'nghadw i mewn dros nos achos o'dd *concussion* 'da fi. Grêt ife?? Wsgwrth, dwy' ddim wedi dweud dim wrth 'mam a 'nhad mwy na bod ffeit gyda phobl o'r tu fas wedi digwydd a'u bod nhw wedi rhedeg bant. Heddlu, heddlu a mwy o heddlu? Dim ffordd. Ma' blwyddyn ar ôl 'da fi nes bod y cachgwn 'na'n gadel yr ysgol a dwy' ddim ishe ca'l 'yn nabod fel snechgi. Dad yn gandryll ond tyff, alla i fod yn stwbwrn hefyd withe. Mae'n debyg bod Sharon Slag yn *amazing*. Mae ffili godde Gareth ers iddo fe honni'i fod e wedi cael 'i ffordd wrywaidd gyda'i yn Nosbarth Tri. Dath hi mas o'r gegin a'r gyllell fara yn cyhwfan megis baner o'i chylch: "You bastard. Leave 'im alone or I'll chop yer bollocks off, yer small-pricked twat!"

Ma' iaith liwgar ddisgrifiadol iawn gyda Sha' pan yw hi'n dewis. (Alla i ddim deall pam 'i bod hi'n y grŵp isaf gogyfer â Saesneg.) Wy'n teimlo'n flin dros Spikey. Do'dd 'i rieni e ddim yn gwbod am y parti, a fydden nhw ddim wedi gwbod, ond mae'n debyg bod 'y ngwaed i wedi sbyrtio i bobman yn y cyntedd gan gynnwys, rywffordd neu'i gilydd y nenfwd, so wedyn o'dd y broblem o waredu'r staen yn drech na bwriad Îfs o beinto fe yn y fan a'r lle!

Pam fi ife? Pam fi? O'n i moyn cymryd rhan Tomi Mawr? Nagon. Do, do, enjoies i fe, ond dyw e ddim gwerth llygad du a phedwar pwyth odi fe? Llinos fel Florence Eos Nos, yn mynnu dod gyda fi'n yr ambiwlans hyd yn oed! A dal 'yn law i bob cam!!

"Your boyfriend, is 'e love?"

"Yes," medde hi wrth y bachan ambiwlans. Nage "*Sort of*", ond "Yes".

Blydi hel!!!

Beth 'san i wedi ca'l mwy o ddolur na ches i? Byddai'n honni'n bod ni'n briod?

Y peth mwya *embarrassing* ddo, yn yr ysbyty, o'n i'n gorfod ca'l tetanus . . . yn 'y nhin – o'dd 'y mraich i'n brifo gormod. Peth yw, nyrs nath e, nage *male* nyrs ond un FENYWAIDD. Offwl! 'Sneb wedi 'ngweld i fel'na ar wahân i Mam, a ddim wedi 'ny ers o'n i'n beder o'd!

"Come on, lovely boy, seen bigger and better." Siarad comon fel'na. Sa i'n gyfarwydd ag e!!!

(Newydd ga'l dishgled o de yn y gwely.) Ma' Mam yn ecstra neis i fi nawr, trïo 'nghael i gyfadde pwy nath e. Dim ffordd.

'Na fe, ma' wythnos 'da fi i adfer rywfaint. Ar y funud wy'n edrych fel y *Creature from the Blue Lagoon*, ar ôl noson wael. (O leia, ymhen yr wythnos, cyn i'r Ffrog ddod, bydda i'n edrych fel rhywbeth o'r byd hwn.) 'Mhen i'n brifo nawr. Llinos 'di bod ar y ffôn ac Îfs, Spikey (sy'n *grounded* am yr wythnos i ailbapuro/peintio'r cyntedd), Nia, Jên a rhywun di-enw yn ôl Mam.

Mae e bron werth bod yn dost i ga'l y sylw 'ma – bron!!

MAWRTH 22 Hydref
(Hanner Tymor)

Shwd ath dy hanner tymor di, Rhys? Grêt, bues i'n gorwedd yn gwely drw'r wythnos 'da 'mam a 'nhad yn edrych arna i bob dwy funud a'n whâr yn poco'i thafod arna i. Ffordd wreiddiol i dreulio dy wyliau, Rhys. Bog off!

IAU 24 Hydref

Ma' Mam wedi cyfaddawdu heddi a 'ngadel i mas. Wir yr, wy' byth yn mynd i fod yn rhiant. Ma' nhw mor *obsessive*! A'r unig reswm wy' mas heddi yw 'mod i'n ca'l tynnu'r pwythe fory. Ma'n lygad i'n edrych yn shiti o hyd. Ma'r sglerotig (diolch i wersi Bywydeg) – y *bit* gwyn yw hwnnw i chi anwybodus- ion – yn goch i gyd, a ma'r cleisho yn edrych fel caws Dad, glas a phydredig. Bydd ysgol yn laff dydd Llun os na welliff pethe'n rhyfeddol.

Galwade ffôn od hefyd, rhywun 'na, yna rhoi'r ffôn 'nôl yn ei grud yn syth.

GWENER 25 Hydref

Ma' nhw mas, a ma' rhimyn o graith 'da fi lle o'dd blew 'yn ael i fod. Wyndyrffwl. Wy' nawr yn edrych fel Rambo Gon Rong.

Ges i brawf llygaid hefyd a do's dim byd o'i le man'na. *Detached retina* neu rywbeth diddorol fel'na.

Ges i fynd mas i'r dre prynhawn 'ma 'da Mam, ar yr amod 'mod i'n 'i ffono hi i weud 'mod i 'di cyrraedd, 'mod i'n riporto i'r heddlu deirgwaith i ddangos 'mod i'n iawn, a 'mod i'n ôl yn tŷ cyn pen hanner awr. Na sîriys, ma' Mam wir wedi ca'l shiglad – pwynt yw, fi gafodd y whalad ond hi yw'r fam sbo.

Cwrdd ag Îfs, Spikey a Rhids a Llinos a Nia a

Jên a, a, a, a, a . . . O'dd PAWB yn dre. Pawb yn panico achos y gwaith cartre 'do'n nhw ddim wedi'i neud ac Îfs yn rhefru ynglŷn â beth o'dd e'n mynd i wneud i Gareth ddydd Llun. Nid hwn yw cyfnod mwyaf hapus fy mywyd bach byr. Dwy' ddim wedi fy magu i fod yn arwr Bryn Fônaidd, mae'n amlwg. O'dd pawb arall ishe mynd i weld ffilm, do'n i ddim, na Llinos, so yn y diwedd llwyddon ni i gael llonydd jyst yn cerdded rownd dre. Wy'n gallu cofio'r sgwrs mor glir . . .

HI: Wy'n dy lico di'n ofnadw ti'n gwbod.
FI: Wyt ti?
HI: Ti'n meddwl unrhyw beth ohona i?
FI: Odw.
HI: Beth?
FI: Wy'n lico ti. Sa i'n gwbod faint wy'n lico ti, ond 'y mod i.
HI: Falle bod hwnna'n ddigon 'te.
FI: Ydy e'n ddigon i ti am y tro?
HI: O's dewish 'da fi?
FI: Wy'n flin.
HI: Ti heb wneud dim byd.
FI: Dy arwain di mla'n falle.
HI: Ti heb.
FI: Wy' 'di drysu gymint withe, sa i'n siŵr beth wy' moyn.
HI: Wy' fel'na hefyd.
FI: Wyt ti?
HI: Ma' pawb siŵr o fod.
FI: Ma' 'da fi drueni dros bawb 'te.
HI: O't ti'n ddewr yn y parti.
FI: O'n i'n dwp.

HI: 'Sdim gwanieth withe o's e.

FI: Sori?

HI: Ma' dewrder yn golygu gwneud pethe twp.

FI: Ti'n meddwl?

HI: Os ti'n caru rhywun, dyw e ddim yn dwp.

FI: Sa i'n caru Îfs – wel, ddim fel'na.

HI: Na, ond fe yw dy ffrind gore di.

FI: Ie.

HI: A bydde fe'n gwneud unrhyw beth drosot ti.

FI: Bydde.

HI: A tithe fe.

FI: Bydden.

HI: Wel nage twp o't ti. Dewr. Do's dim ofn lle ma' cariad.

FI: Ma' hwn yn hefi.

HI: Ofn?

FI: Odw.

HI: Paid bod.

FI: Ti'n glyfrach na fi.

HI: Dyw deg "A" yn TGAU ddim yn mynd i roi monopoli i fi ar deimlade.

FI: Mwy hefi.

HI: Sori.

FI: A fi.

O'dd hi'n sgwrs wyndyrffwl. Mor ddwys. Mor bersonol. O'n i'n teimlo'n rîli aeddfed gyda'i. Ac o'n i'n meddwl 'i bod hi mor ysgafn, ond dyw hi ddim o gwbl. Ma' meddwl rîli da gyda'i a dyw hi jyst ddim yn swot fel o'n i'n meddwl, ma' brein gyda'i. Galle unrhyw un fod yn swot, ond 'sdim lot o bobl yn glyfar hefyd o's e. Sa i'n thic, ond dwy'n ddim o'i gymharu â Llinos. O jiw, o'n i'n teimlo mor agos

44

ati'n siarad. Mwy agos nag o'n i'n snogo a chwtsho a'r pethe erill. 'Na'r peth ife, ni fechgyn i gyd yn siarad ambythdi "fe" fel tase fe'n nod anhygoel i estyn ato fe. Cyffwrdd â bronnau merch, gwneud e, y weithred sy'n y'n troi ni'n ddynion, ond yn y diwedd, ni'n cuddio tu ôl i'r peth 'na.

Ma' nhw'n bwysig, odyn, a sa i'n gwadu nagw i moyn 'u gwneud nhw a theimlo'r un wefr â phawb arall, ond y pwynt yw, ces i fwy o wefr ac emosiwn mas o'r sgwrs 'na na chetho i o neud y pethe erill. Falle taw 'na beth yw ca'l orgasm. Siarad â rhywun nes bod y'ch bola chi'n troi'n gawl, a'ch coese'n rwber. Odw i mewn cariad? Na, sa i'n credu. Er sa i'n gwbod, dweud y gwir. Ma' fe'n deimlad lyfli, y teimlad 'ma o berthyn i rywun – os taw 'na yw e.

SUL 27 Hydref

Depression mwyaf ofnadwy. Ysgol fory. Wedi gorffen gwaith cartref trwy aberthu dydd Sadwrn yn llwyr i'r pocsi thing.

Ddim ishe wynebu'r cach o weld Gareth a'i gronis na'r Staff yn gofyn am y llygad. Shit ar bopeth. Cach, cach, cach.

LLUN 28 Hydref

Ma' gwyrthiau'n gallu digwydd! Ma' Gareth wedi

ymddiheuro i fi! Onest tw God!! Amser cino. O'n i 'di bod yn cerdded rownd trw'r dydd 'da'r tri chysgod 'ma, Spikey, Rhids ac Îfs yn mynd 'da fi i'r tŷ bach hyd yn oed rhag ofn bydde ymosodiad. Amser cino, ciw cino, 'na le o'n i'n ddiamddiffyn am eiliad tra o'n nhw'n dala'u *trays*, a dath Gareth ata i. Gwelodd y tri ohonyn nhw Gareth yn dod, taflu'u bwyd yn yr awyr, nido dros y byrdde, a gweld Gareth yn shiglo'n law i!! O'dd y fenyw ginio o'dd ar ddyletswydd yn wyndyrffwl, "You banshees, wait till I get the 'eadmaster". ("You'll be lucky, love!")

Onest tw God, ymddiheurodd e, gan weud 'i fod e wedi cael hanner tymor uffernol yn gofidio am y peth, a'i fod e wedi ffonio sawl gwaith, ond byth yn siarad ('na'r galwadae o'dd Mam yn meddwl o'dd bai'r heddlu cudd), wedodd e 'i fod e wedi yfed cymint noson y parti nagodd e'n gwbod beth o'dd e'n neud. Pan welodd e'r graith ar 'yn lygad i wy'n siŵr bod 'i lyged e 'di llanw â dagrau. Gerddodd e bant.

"O'dd e'n gwbod bod y bois 'ma, 'twel, Rhys," medde Spikey. Ond chware teg i Îfs, wedodd e ddim byd. Wy'n credu 'i fod e'n gwbod.

Wedyn, yng nghanol hwnna dath y cyhoeddiad bod y Ffrogs 'di cyrraedd!!!!! Wrth gwrs o'n i 'di anghofio bythdi hwn i gyd achos wythnos diwetha.

Mae 'ma.

Dim Saesneg. Mon Français est un petit peu. Mae 'di ca'l stafell 'yn whâr fach, a ma' hi 'di mynd i'r bocsrwm, ac o'dd cino ar ôl dod gartre o'r ysgol yn anhygoel. Mae hi'n llysieuwr. Wel, ma' Dad yn credu bod hwnna'n ail yn unig i fod yn Geidwadwr. So not ê gwd start ife.

Ond whare teg, bytodd hi bîns ar dost yn ddigon di-ffws a Mam yn addo trefnu pethe'n well erbyn y diwrnod nesaf. Gwylio teledu wedyn, ond wrth gwrs, hi ddim yn dirnad bod sianel Gymraeg 'da ni ac yn meddwl bod y Saesneg yn swnio'n Almeinig iawn!! *Pobol y Cwm* yn Almaeneg! (Achtwng, eine peinten Glanen os gwelwch yn ddaen!) Ond y *stunning bit* o'dd, pan ofynnodd hi a alle hi ffono gartre. Wel, beth o'dd 'da Mam i'w weud ond wrth gwrs! Bril! O'dd wyneb Dad ar ôl chwarter awr yn ddrych o anghrediniaeth – "Bloody school's wrong. Sendin' children to use phones to France. Shouldn't be allowed. I'll bill the bloody school" . . . "Yes, love, tha's alright. *Mère* alright?" O, mae e mor rhagrithiol! Os wy' ar y ffôn yn lleol am chwarter awr, 'sdim arian mynd i fod 'da fi am ddegawd, eto ma' hon yn codi'r National Debt wrth filiyne a ma' fe'n wên i gyd. Ond, *thank God*, mae'n lico'n whâr fach i, wedyn mae'n siarad 'da honna, mwy na mae'n siarad 'da fi. A ma'r ysgol 'di trefnu iddyn nhw fynd i weld y llefydd o ddiddordeb yn ystod y dydd fel Sain Ffagan a Big Pit. Wyndyrffwl. Rhowch lonydd i fi! A ma'n gas 'da fi weud hyn, ond wir, mae'n gwynto'n od. Falle'i fod e'n rhywbeth Ffrengig, sori Llydewig, Galaidd!! Ond dyw e ddim yn wynt allen i gymryd ato fe.

Mae Spikey hefyd wedi cael un o'r rhain i aros gydag e. Os bydd hi'n gall pan eith hi'n ôl bydd pont arall wedi'i hadeiladu i berthynas Cymru a'r cyfandir.

'Ma'r wythnos hwya'n 'y mywyd. Mae 'di mynd heddi diwedd y prynhawn. Ma'n Ffrangeg i wedi gwella lot. Nawr wy'n gallu gweud "Ffyc Off" yn Ffrangeg! 'Na'r unig beth o'dd Spikey moyn gwbod, a nawr ma' fe'n dweud hwn yn gyson yn y gwersi i gyd ar wahân i rai Achtwng wrth gwrs! Ma'r boi off 'i ben!! Wthnos uffernol o *boring*, dweud y gwir. Dim byd i'w wneud ond mynd â hi i ddisgos trefniedig yr ysgol, mynd â'i yn y car i weld y mynyddoedd lleol, ffindo bwyd galle'i fyta (ma'r busnes llysieuol 'ma'n rhywbeth wy' moyn meddwl ambythdi) ac osgoi 'i llygaid. Ie, chi'n gallu gweud yn iawn pan yw rhywun ishe siarad am fwy na'r tywydd!! Noson ola, o'n i'n yr ystafell folchi, heb follto'r drws – wel dŷn ni ddim yn tŷ ni, ni'n deulu sy'n ymddiried trw'r trwch ife. Ta p'un, o'n i'n sefyll 'na yn 'y nillad isha yn barod i fynd trwodd i'r gwely pan ddath Demienne, neu beth bynnag o'dd hi, mewn yn ddiarwybod!! *Like hell*. "O, pardonne moi," meddai yn giglo, a chau'r drws tu ôl iddi 'da ni'n dou 'na!! "Tu es un grand garçon, n'est-ce pas?!!" A do'dd hi ddim yn cyfeirio at 'y nhaldra i, alla i weud 'tho chi!! Ys gwedodd y blôc 'da'r trwyn mawr o'dd yn Arlywydd Ffrainc, "Non, Non, Non, Non, Non" wrth Brydain ynglŷn ag ymuno â'r Farchnad Gyffredin (diolch Gwersi Hanes) wedes i fwy na "Non" wrthi hi. O cê, falle na ddylen i fod wedi gweud bod clwyf gwenerol arna i (wy'n meimo'n arbennig o dda pan fo'r galw'n codi) ond bydde'n well 'da fi fyta garlleg am weddill 'y mywyd na chusanu'r *thing* 'na. A gyda llaw, do's dim ffordd wy'n mynd i Lydaw blwyddyn nesa i aros 'da'r *man-eater* 'na – yn ystod mis Hydref bydd rhyw wendid ofnadwy yn 'y ngoddiweddyd i a fydd yn 'i wneud e'n gwbl amhosib i fi feddwl am osod troed ar long i groesi'r Sianel neu fentro'r twnnel oherwydd clawstroffobia i fynd i ymweld â'r brodyr Ewropeaidd. So fory, wy'n mynd i aros y nos 'da Îfs. (Wy'n gorfod tshecio mewn 'da'r Bòs a Dad ddwywaith y nos. Ond o leia wy'n symudol 'to.) Allez le ffrigin France!!!

MAWRTH 5 Tachwedd

Dim yn digwydd. Ysgol yn *boring*. Bywyd yn *boring*. Heb weld Llinos ers wythnos. Mae 'di mynd ar Gwrs Mathemateg. Can iw bilîf it? Cwrs Mathemateg! Dim byd ond Maths am bump diwrnod. Ma'r byd oddi ar ei echel. Drama'n o cê, lot o waith byrfyfyr. Ond ma' Spikey yn mynnu rhegi trwy'r amser. Wy'n cytuno os yw e'n codi fel rhan annatod o'r gwaith y dylid caniatáu i'r iaith lifo'n naturiol ond 'sdim ishe fe ddweud "Blydi bore blydi da, blydi switsh y blydi golau" etc. A'r peth yw, cerddodd y Shad drwy'r stafell ar un o'i ymweliadau prin â'r byd a'r ysgol hon, ond sylwodd e ddim! Neu os do fe, wedodd e ddim. God Bless 'im! O MA' BYWYD YN BORING!!

Dyw bywyd ddim mor *boring*. Cynnwrf mawr, mawr, mawr heddi trwy'r dydd. Dechreuodd yr holl beth yn syth ar ôl gwasanaeth pan o'dd Andrew "Rho dy nerth i ni Arglwydd i fwrw plant bach Cymru" wrthi'n galw ar 'i ddychymyg, i drïo bod yn neis i ni. Ta beth, yn y cyntedd ar y ffordd mas, o'dd un o "ffrindie" Sharon Slag. Wel, wy'n defnyddio'r gair "ffrind" yn 'itha llac – o'dd e whech troedfedd a deunaw modfedd, bythdi tri deg stôn, wedi gwisgo mewn lledr du, a'r peth yw, o'dd 'i feic modur masif e yng nghyntedd y neuadd!! Wel, fydde neb wedi'i glywed e'n cyrraedd tase fe mewn Tornado jet achos cynnwrf y canu boreol, ac o'dd e 'na, yn ishte, a ni'n ffeilo mas i fynd i gofrestru. Wrth gwrs, daeth Sharon mas wedyn a sefyll gyda fe a dechre dadle gyda fe. Wel, gellwch chi ddychmygu'r dagfa yn y neuadd wrth fod neb yn symud tra oedd y Ddrama Fawr yn digwydd fan hyn.

Ta beth dath Andrew "Ma' Duw yn noddfa a nerth i mi, clapwch eich dwylo, diawled!" allan i weiddi arnon ni yn 'i ffordd arferol, garedig i fynd i'n gwersi, pan welodd e'r ddrychiolaeth Satanaidd o'i flaen e, ac un o'i hoff ddisgyblion e, oedd yn canu â mwy o arddeliad na neb bob bore wrth gymryd y *piss* allan ohono fe, yn sefyll/eistedd ar draws y peth 'ma a elwid yn feic, ond oedd yn debycach i geffyl un o Farchogion yr Apocalyps! (Ma' fe werth gwneud Astudiaethau Crefyddol Gorfodol hefyd!) Nawr wy'n credu bydde'r brawd wedi mynd gartre'n dawel ar ôl siarad â Sharon, ond pan ddechreuodd Andrew "Ma' diwygiad ar y ffordd" weiddi ar i'r Diafol adael tir yr ysgol, ath pethe'n flêr. Pan gododd y mynydd i'w lawn faint, o'ch chi'n gweld y gwa'd yn mynd o gorff Andrew "Rho i mi nerth i wneud fy rhan", a phan gydiodd e ynddo fe wedyn a'i roi e ar gefn ei feic, o'dd y gweddïau yn ffleian fel bwledi – "Duw sydd noddfa a nerth i mi, cymorth hawdd 'i gael mewn cyfyngder". Wrth gwrs o'dd Îfs gorfod bod yn ddoniol a gweud ife dyma'r Triumph o'dd Moses yn reido pan ddath e mas o'r Aifft. A 'na le o'dd Sharon, a rhagor o Staff erbyn hyn yn edrych, yn trïo ca'l y Giant Haystacks i wrando "Come on now, Bernard (Bernard, onest!!!). Leave 'im go. 'E 'aven done nothing to me." Ond nagodd Bernard moyn gwrando, rèf i'r beic a mas â fe o'r cyntedd ac Andrew "Arglwydd dyma fi, ar Dy alwad Di" yn sgrechen, a Sharon yn rhedeg ar 'i ôl yn gweiddi "You stupid sod, i's M2 tha' gave me a bollacking, nor 'im!!" Wel, ar y pwynt 'na, sa i 'di gweld Staff yn rhedeg mor gyflym i gofrestru yn 'y mywyd. O'dd Bernard llawer mwy effeithiol na'r Shad i ga'l pobl i fod yn brydlon. Tebyg bod M2 wedi rhoi stŵr i Sharon am bido neud 'i gwaith cartre. Alla i ddim cofio 'na'n hunan gan fod M2 yn rhy ddiog i roi stŵr iddi hunan am bido anadlu – ond 'na fe, 'na fersiwn Sharon.

Wel ta p'un, 'ma ni mas yn un cwt hir i'r cae ysgol, a 'na le o'dd Bernard ac Andrew "Dal fi fy Nuw, dal fi i'r lan" yn reido rownd cae yr ysgol "acha rat" ys gwedodd Mam-gu. A thua thrydedd ran o'r ysgol yna'n sgrechen a chefnogi – sa i'n siŵr pwy o'n nhw'n cefnogi, ond o'n nhw'n sgrechen ta p'un. Wedyn, dath y Shad mas – sa i'n gwbod o ble – yn 'i glogyn, a sefyll ar ganol y cae. Mistêc. Deffinit mistêc! Pan ddath y beiciwr hibo gyda Andrew "Mae'n Duw ni mor fawr, mor gryf ac mor nerthol", cwbwl nath Bernard o'dd gafel yn un llewys o'r clogyn ymerodrol o'dd fod i ga'l effaith ac argraff arno fe siŵr o fod, a refo bant, ac o'dd y Shad yn sefyll 'na, *minus* 'i glogyn, *minus* un llewys o'i siwt a *minus* ei hunan-barch yn llwyr!!

Ta beth, stopodd popeth pan ddath y cops – Andrew "Yr Arglwydd yw fy Mugail" yn lando'n fflat ar ei din ar domen sbwriel gardd Astudiaethau Garddio Pedwar Thicis, a Bernard yn refo rownd y cae ysgol unwaith eto i gymeradwyaeth fyddarol a chwibanu hanner yr ysgol o bumcant o'dd wedi digwydd ishe mynd i'r tŷ bach yn ystod y munudau yna.

Sa i 'di wherthin cymint ers mishodd. Bril!! Hollol Bril!! O'dd Sharon yn ofnadw o ypset ddo – o'dd Andrew "Maddau iddynt canys ni wyddant pa beth maent yn 'i wneud" ddim yn rhyw hapus chwaith. Peth yw, ar ôl yr arddangosfa 'na, sa i'n credu bydd y Staff yn rhy barod i bigo ar Sharon eto rhag ofn bydd Bernard ishe ymarfer 'i sgilie gyrru ar rywun arall!! O'dd Sharon gorfod mynd adre yn y fan a'r lle, y Shad yn mynnu'i bod hi'n mynd i nôl 'i rhieni hi i'r ysgol ar unwaith. Mwy o obeth ffindo Shergar mewn tun bwyd cŵn! Mae'i thad hi rywle rhwng Cymru ac America – hynny yw, 'sneb yn gwbod pwy yw 'i thad hi, a mae 'i mam hi'n ifed rhan fwya o'r amser mewn unrhyw dafarn sy'n fodlon mentro'i cha'l hi mewn 'na! Wy' lico Sharon, a mae wastod yn siarad Cymraeg 'da fi, ond do's dim clem 'da Athrawon shwd fywyd sy gyda ni tu fas i'r ysgol. Ma' rhyw ddallineb rhyfedd yn dod drostyn nhw. Dim ond bod y gwaith cartre 'na'n gyson gywir, arian i'r Urdd, arian i'r Gronfa, nodyn absenoldeb y diwrnod wedyn – ond ma' rhai o'r bobl wy'n nabod, ma' bywyd uffernol o anodd 'da nhw, do's dim cydymdeimlad nac ystyriaeth yn cael 'i roi iddyn nhw oherwydd hynny. Faint o Athrawon sy 'di gorfod codi'i mam o'r llawr achos 'i bod hi'n feddw dwll am hanner awr 'di pedwar y prynhawn, cliro'i chyfog hi, 'i rhoi hi yn y gwely, wedyn ysgrifennu traethawd ar "ddylanwad Zews ar y Sêr", neu rywbeth yr un mor berthnasol i fywyd hyfryd seraidd Sharons y byd.

Sori, wy'n pregethu, ond mae e'n fy mygio megis yn ofnadwy, achos bydd y busnes 'ma heddi'n dilyn Sharon o gwmpas fel llysnafedd am weddill 'i hamser 'ma. Not ffêr.

GWENER 8 Tachwedd

Sharon yn absennol heddi, ac Andrew "Tydi a wnaeth y wyrth", ond ma' siwt newydd 'da'r Shad. *Boring* iawn ar wahân i hynny.

Cwrdd â Llinos fory.

Diwrnod rîli lyfli yng Nghaerdydd gyda Llinos, heb weld neb o'r ysgol, gartre a Mam yn gweud bod Îfs wedi ffono. Whare teg, wedodd hi nagodd hi'n gwbod ble o'n i. Ma' Mame'n gallu bod yn 'itha sensitif withe on'd ŷn nhw? 'Na gyd nethon ni o'dd ca'l bwyd yn y Burger King, cerdded o gwmpas, wedyn gweld ffilm.

Ar un pwynt, dalodd hi'n law i yn cerdded lawr y stryd, ac o'dd e mor naturiol, nagon i'n teimlo'n *embarrassed* o gwbwl, a buon ni fel'na am o leia hanner awr yn dal dwylo. Ar y trên ar y ffordd adre, gusanodd hi fi, neu gusanes i hi, sa i'n siŵr nawr. O'n ni jyst yn ishte 'na yn siarad am ddim byd, ond o'dd e'n swno'n hynod o debyg i rywbeth pwysig. Edrychon ni yn llygaid y'n gilydd a llithrodd y cyfan iddi le. Ma' hwnna'n swnio mor naff achos wy' 'di snogo gyda Llinos cyn hyn mewn partïon, ond o'dd 'i chusanu hi heddi fel tasen i'n i chusanu ddi am y tro cynta – o'r bla'n wy'n credu 'mod i'n cyflawni disgwyliadau'r bobl o nghwmpas i, ond heddi, o'n i'n teimlo 'mod i'n neud beth o'n i ishe neud a nage beth o'n i'n credu o'n nhw moyn i fi neud. Odi hwnna'n neud sens? A nethon ni ddim snogo na dim byd sili fel'na wedyn, jyst un gusan a gorffwysodd hi 'i phen ar 'yn ysgwydd i am weddill y daith. O'n i'n teimlo'n rîli aeddfed.

SUL 10 Tachwedd

Ei dont leic Syndeis OR Myndeis!

MAWRTH 11 Tachwedd

O'dd Sharon yn ysgol heddi yn edrych yn ofnadwy. Dangosodd hi 'i bron chwith i fi – claish masif, du. Bernard ddim yn hapus gyda'i hymddygiad yn 'i gefnogi fe wthnos diwetha, so dyna'i chosb. So wedes i wrthi (fi sy mor brofiadol) i bido â derbyn y fath ymddygiad wrtho fe.

"Beth fi'n gallu neud, Rhys? Fi'n lyfo fe."

Blydi hel, ma' bywyd yn annheg i rai.

MERCHER 13 Tachwedd

Pan fydda i'n darllen y dyddiadur 'ma ymhen ugain mlynedd bydda i mor *embarrassed*.

Ma' Îfs wedi dechrau ar 'i gynllun anhygoel o ddial ar Soff. 'Ni dal yn gwrthod cydymffurfio â'r gofynion gwaith cartrefyddol etc., hyd nes i'r athro ildio. Wel ta p'un, wy'n credu bod cynllun Îfs yn 'itha *brilliant*. Ma' 'i frawd e, Îfs, yn y Coleg Celf, ac fel rhan o'i gwrs ma' fe'n gorfod gwneud masgiau Rhufeinig. Chi'n gallu'i weld e on'd ŷch chi! Ma' Îfs yn mynd i ddwgyd cwpwl ohonyn nhw, eu trochi nhw yn yr ardd, wedyn mae e'n mynd i ddod â nhw mewn mewn cwpwl o fishodd a honni wrth Soff 'i fod e 'di ffindo nhw ar bwys claddfa Rufeinig. Not onli, ma' Îfs wedyn yn mynd i gynnig i Soff bod yr Adran yn cael y masgiau fel arwydd o'i werthfawrogiad personol e am safon yr addysg mae 'di derbyn. Ma' hwn mor bril!!

Wrth gwrs, ma' Îfs yn bendant bod yn rhaid i ni newid y'n hagwedd ni at waith yn raddol er mwyn gwneud i Soff gredu mai ei ddisgyblaeth e sy 'di gweithio ac yn y blaen, wedyn fydd e ddim yn amau dim. Ma' hwn MOR bril! Ond dyma'r nocowt pynsh – ar ryw bwynt arbennig, ar ôl i'r Ffolios TGAU ni fynd mewn siŵr o fod, ac i Soff gyhoeddi'r darganfyddiadau gwych yma mewn cylchgronau ledled y byd (wel, y shir) ma' Îfs, ar ôl y wers olaf, yn mynd i gwympo yn erbyn yr arddangosfa bydd Soff yn siŵr o godi'n 'i ystafell, malu'r masgiau a'r potiau shiti Rhufeinig a chyhoeddi i Soff beth yw'r gwirionedd! Sa i'n credu neith Îfs e rîli, ond 'na'i gynllun. Gwd on'd yw e???? Wy'n credu weithe 'i fod e tam' bach yn faleisus – ond dyw cymryd y *piss* allan ohono fe ddim yn mynd i wneud unrhyw ddrwg odi fe. Wel, o cê, falle dinistrio'i ffydd e ym mhlant y dyfodol, ond 'i broblem e yw honna ife.

O twll, sa i'n mynd i feddwl mwy.

IAU 14 Tachwedd

Dim amser i anadlu. Gwaith cartref.

GWENER 15 Tachwedd

Wy'n ystyried enwebu Shad gogyfer â Gwobr Nobel Heddwch.

Dath y cyhoeddiad mwyaf melys erioed i 'nghlustiau heddiw. Mae'r Shad yn 'i ddirfawr ddoethineb wedi penderfynu, oherwydd gofynion cyrsiau TGAU, a natur wahanol yr arholiadau terfynol, na fydd blwyddyn tri deg naw, neu Ddosbarth Pedwar fel y'n hadwaenir, yn sefyll arholiadau ddiwedd tymor y Nadolig, dim ond ar ddiwedd tymor yr haf. Ma'r dyn yn gawr, mae e'n sbeshial, a mewn gwirionedd wy' wastod wedi'i barchu fe. Ma' fe'n broffwyd, Goliath a meddyliwr. Dyle fe fod mewn prifysgol – na, yn y llywodraeth yn arwain pobl ar shwt i drin plant sensitif Dosbarth Pedwar a deall eu hanghenion.

DIOLCH, Shad bach, rwy'n dy garu.

Prynhawn Dydd SUL 17 Tachwedd

Sa i'n siŵr os yw prynhawn dydd Sul yn wa'th na nos Sul. Ma' *Eastenders* newydd orffen, felly ma'r broses o roi'r meddwl mewn stad comotôs wedi gorffen. A nawr ma' Dad yn cysgu wrth wylio ffilm am yr Ail Ryfel Byd, a ma' Mam yn gorffen treiffl yn y gegin. Ma'n whâr fach i moyn i fi whare gyda'i ar ei chyfrifiadur, ma' mynydd o ysgrifennu ishe'i wneud i amryfal bynciau hyfryd, a sa i'n gallu gweld pwynt mewn gwneud ffrig o ddim. Falle pe bawn i'n grefyddol fydde dydd Suliau ddim cweit mor *boring*.

Bydden i'n ffono Îfs, ond bydde Dad, er 'i fod e'n cysgu, yn clywed clic ffôn yng nghanol corwynt gwaetha'r ganrif achos 'i fod e'n golygu'i fod e'n gorfod talu rhywfaint.

Ma'r mŵd 'ma'n od, achos dwy' ddim yn *depressed*, dwy' ddim yn hapus, wy' yng nghanol rhyw fôr o gyffredinedd sy'n ych-a-fi iawn. Wy'n cofio Llinos yn dyfynnu un o feirdd Cymru ata i wythnos diwetha: "Chwyth ef i'r Synagog neu chwyth ef i'r dafarn" – sa i'n siŵr pwy o'dd e, ond wy'n deall ystyr hwnna – pido bod yn y canol. Cweit. Syth ymlaen, byti, pwy bynnag wyt ti.

Nos SUL 17 Tachwedd

Wel, wel, wel, wel!

Bythdi pump o'r gloch o'dd hi, fi lan lofft yn ystyried fy nyfodol wrth edrych arno fe yn 'yn llaw i – ma' tuedd 'da bechgyn 'yn oedran i i tshieco i weld os yw popeth 'na...cnoc ar y drws. Anwybyddu'r peth, ma' morynion i ga'l. Sgrech annaearol fyny'r grisie – "For you". Diolch, hybarch Dad. Popeth yn 'i le, yn dwt a thaclus. Lawr â fi ac, wrth gwympo dros y tair gris diwethaf, gweld LLINOS yn sefyll yn y pasej a Dad yn gwenu'n sili arna i tu ôl i'w chefn hi.

Do'dd "Beth ti moyn" ddim y ffordd fwyaf cwrtais i'w chyfarch, ond fydden i ddim wedi ca'l mwy o sioc tase'r Shad 'di bod 'na'n gofyn i fi gymryd y Brifathrawiaeth yn 'i le!

Ishte'n y lolfa wedyn a Dad 'na fel coeden wedi gwreiddio'n 'i gader freichie a'r teledu'n blabran 'i rybish dydd Sulaidd.

"Licet ti ddod mas am dro?"

"Goin for a walk are you?" (a finne'n meddwl bod Dad ffili deall Cymraeg).

("No, father, we are going to have mad passionate sex in my bedroom.")

"Yes, Dad."

"Cofiwch ddod 'nôl mewn awr, gewn ni de hwyr," medde ochr arall Dad, tipyn mwy sensitif i anghenion y funud.

Wel, fel mae'n digwydd ma' modryb 'da Llinos chwarter awr o'n tŷ ni, na wyddwn i ddim byd yn ei chylch 'sbo heddi. Ei llwyth hi'n cyd-gwrdd i fawrygu ail fodryb sy'n perthyn iddi mam o ochor ei thaid-yng-nghyfraith o'r ail briodas wedi dod o Awstralia neu rywbeth fel'na, a Llinos yn ca'l 'i drago'n erbyn ei hewyllys.

A wele hi.

'Sdim lot i'w weld ble wy'n byw, ar wahân i stad tai cyngor fwya Ewrop a nyth lladron gwaetha'r cymoedd. Ond o'dd e'n neis bod yn 'i chwmni hi. Wy'n cofio'r sgwrs eto:

HI: Sori am sbringo'n hunan arno ti.
FI: Na, ma' fe'n lyfli dy weld di.
HI: Ti'n debyg i dy dad.
FI: O mei God.
HI: O'dd e fod yn gompliment.
FI: Ddim os ti'n nabod Dad.
HI: Ma' dy fam yn neis.

FI: Odi.

HI: A dy whâr.

FI: Yn achlysurol. Sa i 'di gweld ti ers wythnos.

HI: Sylwes i.

FI: Na ffono.

HI: Sylwes i ar hwnna hefyd.

FI: Wy' moyn.

   Dim ateb.

FI: Ond wy' ffili ca'l amser rhywffordd.

HI: 'Sdim gwanieth. Dŷn ni ddim wedi addo dim byd, 'sdim llinyn bogel yn y'n clymu ni.

FI: Lico gwersi Bywydeg.

HI: Paid bo'n *embarrassed* achos wy'n siarad abythdi "ni".

FI: Dwy' ddim.

HI: Ti moyn mynd allan dydd Sadwrn nesa?

FI: O'n i'n meddwl taw'r bechgyn o'dd fod i ofyn peth fel'na.

HI: Gofynna 'te.

Rŷn ni fel 'san ni'n siarad mewn rhyw fath o law fer, bron â bod yn god o ryw fath.

Wy'n siŵr 'mod i'n gwbod beth mae'n teimlo, a wy'n sicrach fyth 'i bod hi'n gwbod shwd wy'n teimlo. Sa i'n siŵr shwd wy'n teimlo, ond ma' hi'n gwbod shwd wy'n teimlo. God, rwy'n swno fel prat anaeddfed withe.

O'dd te'n wyndyrffwl. Na wir, o'dd Mam wedi gweud rhywbeth wrth Dad neu o'dd e 'di ca'l tröedigaeth achos sa i erio'd 'di 'weld e mor gwrtais. Licen i 'sa fe mor neis â 'na 'da fi trwy'r amser. Sbôs bydde fe'n lico i fi fod mor neis â 'na 'da fe hefyd! Ac o'dd Llinos, wel, o'dd hi'n siarad mor rhwydd,

60

mor naturiol. Wy'n siŵr 'san i'n gorfod bod yng nghwmni ei theulu hi bydden i'n swno fel Tseinaman 'da atal dweud o'dd yn dysgu ail iaith. Ond o'dd hi mor lyfli a wy'n dod 'nôl at hwn trwy'r amser – mor aeddfed. A wedyn o'dd Mam, pan gynigodd hi olchi'r llestri!!! Ei thôt o'dd hi'n mynd i grio 'da diolchgarwch!! A whare teg, wedodd hi ddim gair abythdi fi'n gwrthod 'u golchi nhw, ar sail egwyddor (sa i'n siŵr pa egwyddor): peth yw, gwrthododd Mam iddi wneud gan ddiolch iddi'r un pryd. Bit pyrfyrsd nagyw e?!! A wedyn cerdded draw i dŷ 'i modryb a'i gadel hi ar y gornel rhag ofn gorfod cwrdd â'r llwythi. O'dd e wir yn neis 'i gweld hi, a ma' hi wedi gwneud ymdrech i gysylltu â fi a beta i bod hwnna 'di cymryd gyts. So Rhys boi, mae e nawr lan i ti i ddangos dy aeddfedrwydd a'i thrin hi 'da mwy o barch, ac os ca i fentro, cariad. Ŵ! rîli hefi!

Nos FAWRTH 19 Tachwedd

Ma' Sharon 'di gadel – wel, 'na'r sôn ta p'un.

Llinos yn lyfli amser cinio, Îfs yn sylwi ar ei lledneisrwydd (gwd gair hwnna ife? Wy'n gwrando yn y gwersi Cymraeg yn achlysurol) a dechre tynnu 'ngo's i bythdi modrwyau.

Cuodd e'i ben e pan wedes i bythdi'r profiad dwys emosiynol gath e yn Nosbarth Tri. Ies! Dosbarth Tri!!! Wna i ddim datgelu dim nawr, ond o'dd Îfs wastod o fla'n ei amser . . .

Nos FERCHER 20 Tachwedd

Boring.

Nos IAU 21 Tachwedd

Mwy *boring.*

Nos WENER 22 Tachwedd

Mega, mega, mega BORING. Bydde'r un man i fi
fyw ar blaned arall.
     'Sdim byd yn digwydd.
     'Sdim golwg ar Sharon, wedyn ma'n rhaid 'i bod
hi wedi gadel.

Nos SADWRN 23 Tachwedd

Wna i fyth gwyno eto ynglŷn â bod yn bôrd. Ma'
heddi 'di bod yn anhygoel. Penderfynon ni, Îfs a
Spikey a Rhids a fi, fynd i Abertawe. Grêt ife, o'dd
Llinos bant am y penwythnos gyda'i rhieni yn
Llundain. Wel o'dd pethe'n sbort, Spikey a Rhids yn
idiots fel arfer, mynd mewn i C&A's a thrïo'r hete
mla'n a cha'l row oddi wrth y menywod. Cofiwch,
ath Rhids rhy bell pan drïodd e ffrog mla'n a

thynnu'i drowser e lan at 'i benglinie. Ma' fe'n swno mor ofnadwy o blentynnaidd, ond mae e'n gymaint o laff wir!! Wel ta p'un, o'n i 'di dod allan o'r ganolfan siopa nawr, ac yn mynd am y Burger King agosa i ga'l rhywbeth i fyta, a digwyddodd y ddaeargryn. Dyw Îfs ddim yn gwelwi am ddim, na'r ddau arall, ond ochr draw yr hewl, yn y'n hwynebu ni, o'dd tyrfa o gefnogwyr (anifeiliaid) pêl-droed Abertawe. Wrth gwrs, ro'dd hi'n Sadwrn gêm, a'r gwrthwynebwyr o'dd Millwall. Nawr WY' 'di clywed am Millwall hyd yn o'd. Pwynt yw, do'dd dim un ohonon ni'n gwishgo sgarff neu ddim byd fel'na i ddynodi pwy o'n ni – sa i hyd yn oed yn cefnogi unrhyw glwb pêl-dro'd. Ond do'dd dim lot o awydd arna i ymresymu â'r pac 'na o *idiots*. Do'n nhw ddim yn edrych fel pobol o'dd yn mynd i'r Ysgol Sul, wedwn ni fel'na.

Medde Îfs, "Jyst rho dy ben lawr a cherdda'n glou."

Fi (thic), "Paid becso, Îfs, smo ni 'di neud dim byd."

Îfs, "Blydi shiffta."

"OI," llais mwyn o'r ochr arall.

RHEWON ni. "Oi said 'oi', oi did." Saesneg cwbwl eglur 'da'r brawd!!

Edrychodd y pedwar ohonon ni tuag at y llais.

"Cym'ier."

Na, sa i'n credu, frawd, a'r pedwar ohonon ni yn cerdded wysg y'n cefne.

"Kill the Welsh bastards."

Nawr wy'n gwarafun hynny, falle gallen nhw amau'n nhadolaeth i, ond pam dal rhywbeth yn erbyn 'y nghenedligrwydd i? A tha p'un, os o'n i'n

"Welsh", beth o'n nhw, achos cefnogwyr Abertawe o'n nhw!!!

Wel na, ffindon ni mas wedyn mai wedi gwishgo sgarffie Abertawe o'n nhw er mwyn cerdded ochr 'na'r ddinas i ffindo unrhyw un i bwno. (Saeson yn slei nagyn nhw!!)

Wel, chwipiodd hwnna i gyd trw'n feddwl i mewn eiliad a hanner a wedyn dethon nhw aton ni, fel ton o ffyrnigrwydd â dannedd a sgrechfeydd uffernol. O'n i OFN.

Rhedeg, y pedwar ohonon ni trwy ganolfan siopa, y Quadrant, ddim yn gweld i ble o'n ni'n rhedeg, jyst mynd. A'r siopwyr yn gweiddi arnon ni, nes iddyn nhw weld pwy o'dd ar y'n hole ni. Wrth gwrs o'dd y ffrigin heddlu i gyd yn y matsh, a neb yn y ganolfan siopa.

O'dd rhyw injan dân yn cael ei harddangos yn y canol 'da miloedd o blant o gwmpas, a'r ysgol wedi'i chodi ychydig. Lan â fi, a'r lleill yn dilyn, wy'n sori abythdi pwsho'r dyn tân mas o'r ffordd, a do'dd ei Saesneg e ddim yn rhy garedig chwaith, ond o leia lwyddon ni i gyrraedd ail lawr y siopau, ac erbyn hynny o'dd corff o ddynion tân yn rhwystro'r iobiaid rhag ein dilyn, 'da'u bwyeill!!

Dal i redeg, trwy Boots, allan trwy'r llefydd cegin, lawr i'r ochr orllewinol – ma' ysgrifennu'r peth fel hyn yn ymddangos mor cŵl, ond ar y pryd o'dd e fel ffilm, ddim yn digwydd i ni.

Wedyn, ar risiau tân Iceland wy'n credu, mas i'r Eglwys lle ma stiwdio *Heno* (ie, wy' yn watsho'r rybish 'na withe). Fues i 'rio'd mor falch i weld *Heno* achos o'dd dou gopar a fan llawn ohonyn nhw newydd gyrraedd. Stopon nhw ni, a wedyn mas trw'r drws arall dath y bleiddiaid o'dd yn barod i'n byta ni'n fyw tase nhw wedi ca'l gafel arnon ni. Gweld y cops, a gweld bod cŵn 'na hefyd, a co nhw ar 'u sodle, rownd ffordd arall, a'r bysed o blismyn ar 'u hôl.

Siaradodd y ddou 'da ni, ond esbonion ni nagon ni hyd yn o'd 'na i weld y matsh a ma' rhaid bod rhywbeth yn y'n lleishie ni o'dd yn ddidwyll achos gofynnodd un os o'n ni'n siarad Cymraeg. O'dd e hefyd. Gadawon nhw ni fynd a gweud 'tho ni ble o'dd yr orsaf. Wrth gwrs o'dd Spikey mor ddewr, o'dd e moyn aros – wir! Pwy o'dd y twats Saesneg 'ma i'w stopid e rhag cerdded o gwmpas 'i ddinas e?? Newidiodd 'i feddwl pan waeddodd Îfs 'u bod nhw'n dod 'to. Gym'rodd e sbel i ga'l e i ddod lawr o'r goeden yng nghanol sgwâr y siope bach, ond o'dd e'n teimlo shwd *idiot* wedyn, do'dd dim rhagor o gwyno abythdi mynd adre'n gynnar!

O'dd e'n brofiad od – wrth ysgrifennu amdano fe nawr, wy'n sylweddoli pa mor agos o'n ni'n pedwar at fod mewn sefyllfa hynod beryglus o safbwynt ein diogelwch. Ond wy'n gorfod dweud hyn, o'dd e'n ofnadw o gynhyrfus. O'dd 'y nghalon i'n ffusto fel gordd, a'r adrenalin yn pwmpo, a wy'n gwbod tase nhw wedi'n dala ni a'n pwno ni bydde fe 'di bod yn uffernol a'r canlyniade etc.

Wy' heb anghofio'r glatshen ges i adeg parti'r Ddrama, ond mei God, o'dd y cyfan fel cerdded ar ymyl dibyn. Ife 'na pam bod plant yn whare athrawon lan a gwneud pethe dwl yn gyson er mwyn y wefr fach 'na, neu'r wefr fawr? Wy'n cofio'r teimlad o rym o'dd 'da fi pan gerddes i ar lwyfan yn "Ychi, Ychi, Ychi" – pob un yn gwrando arna i, corws yn dibynnu arna i, cynulleidfa'n aros am 'yn jôcs i. Sa i di gweud hyn o'r bla'n, ond ro'n i'n teimlo'n bwysig pryd 'ny. Shwd gall Shencs, (cid o Ddosbarth Pedwar sy mewn trafferth beunyddiol 'da'r heddlu) deimlo unrhyw werth yn 'i hunan pan nagyw e'n gallu darllen na sgrifennu na gwneud dim sy'n dderbyniol yng ngolwg yr ysgol, na'r gymdeithas. Mae e'n foi iawn ar un lefel, ond wedodd e wrtha i fishodd yn ôl pan o'dd e'n dwyn, nage ishe'r stwff odd e, jyst ishe'r *thrill* o ddwgyd. Wy'n deall 'na ar ôl heddi. A nage 'mod i'n mynd i droi'n gleptomêniac na'n thŷg pêl-droed – ond ma'r elfen o berygl 'na mewn bywyd yn gwneud y cyfan yn fwy diddorol on'd yw e!

Ei sypôs gallen i fentro pido gwneud 'y ngwaith cartref am wythnos – bydde hwnna'n dod ag elfen beryglus iawn i 'mywyd i!!

Bore SUL *4.00am* 24 Tachwedd

Newydd ddeffro ar ôl cael breuddwyd am Llinos. Wy'n teimlo'n frwnt iawn. Dwy' ddim yn hapus!

Nos SUL 24 Tachwedd

Wy'n gwbod bod beth ddigwyddodd y bore 'ma'n naturiol – ma'r bechgyn yn dymuno i'r peth ddigwydd iddyn nhw pan ŷn nhw'n siarad 'da'i gilydd, ond dwy' ddim yn lico fe'n digwydd i fi. 'Ma'r tro cinta ers mishodd a wy' 'di bod yn ddiflas trw'r dydd achos y peth.

Ffonodd Llinos heno, ac o'dd hi'n gwbod bod rhywbeth yn bod ond wy' ffili gweud 'thi odw i?

Sa i'n gallu dweud wrth neb mewn gwirionedd, er licen i weud wrth Îfs, ond wy' ofan bydde fe'n wherthin am 'y mhen i am fod yn sensitif ambythdi rhywbeth bydde'r rhan fwyaf o fechgyn yn brolio yn 'i gylch e.

Pam ydw i'n gorfod bod yn wahanol iddyn nhw?

Stiwpid cwestiyn. Wy'n falch 'mod i'n wahanol. Sa i moyn bod 'run peth â phawb arall. Wy' moyn bod yn unigolyn.

Mynd i'r gwely nawr i bwdu – ac aros ar ddihun!!!!

Bore LLUN 25 Tachwedd
(cyn mynd i'r ysgol)

O'n i'n gallu'i deimlo fe nithwr cyn mynd i'r gwely. Ma'r spot mwya anferth 'di ymddangos ar 'y nhalcen i rhwng 'yn llyged – a beth yw'r wers gynta heddi?

Ast. Clas. Os wediff Soff rhywbeth am Cyclops fe fydd gwrthryfel. Onest tŵ God, ma'r ffrigin spots 'ma 'di bod dan reolaeth dda ers wythnose, a nawr – bwmff, mega, masif, hiwj, anferthedd sy'n cywil-yddio'r Wyddfa mewn niwl. O bygyr it. Pam na wishga i sach dros 'y mhen ac arwydd ar 'yn ysgwydd i, "Ie, chi'n iawn, dyw Clearasil ddim yn gweithio".

A ma' nhw'n dweud bod hiwmor Dosbarth Pedwar yn blentynnaidd? "O hylô, Rhys," medd Soffacleese. "Gweld bod yr hen Cyclops wedi ymgartrefu gyda thi neithiwr. Na phoener, diolcher nad Mediwsa a ddaeth yntê."

Ffyc off, prat.

O cê, ma'n rhaid fi odde'r bois, a'r merched o ran hynny, ond alla i ddim, a dwy' ddim yn gweld ei fod yn deg gorfod godde *dick head* mwya'r byd addysg. Alla i ddim aros i gynllun Îfs ddwyn ffrwyth, ac erbyn hyn, dwy' ddim yn teimlo unrhyw radd o euogrwydd ynglŷn â gweithredu'r peth. So lan eich un chi, Dionysos!

O'dd Llinos yn rîli lyfli amser cino. Jyst edrych ar y gwrthrych a gweud, "Fe eith e". Dyw e ddim yn deg bod rhywun mor ifanc â hi yn gallu bod mor aeddfed. Ni'n cwrdd dydd Sadwrn a mae 'di ngwahodd i i'w thŷ i ga'l te dydd Sul! Bydd hwnna'n grêt, ond ma' Dad . . . ma' fe'n perthyn i'r genhedlaeth 'na o'r chwedegau o'dd yn credu bod mynd mas 'da merch ddwywaith gyfystyr â phriodi, neu o leia byw 'da'i a cha'l dwsin o blant gyda'i. *Swingin' Sixties*. Onest, ma'n rhieni ni mor ddrwg-dybus ohonon ni nawr, dim ond achos 'u bod nhw wedi bod mor wyllt 'u hunain, ond y gwir amdani yw, ni lawer iawn mwy cyfrifol lle mae rhyw yn y cwestiwn. Ei mîn, sa i'n gallu siarad â nhw amdano fe, nid achos 'mod i'n *embarrassed* ond bod NHW'N teimlo'n lletchwith, ond fydden i ddim yn becso am fynd mewn i gemist i ofyn am gondoms pe bai'r achos yn codi, sy'n amheus beth bynnag. Ond

dweud ydw i, o'n nhw'n bihafio fel 'san nhw wedi
darganfod rhyw. Dyw 'nghenhedlaeth i ddim fel'na.
Wy'n credu 'mod i'n swnio tamed bach yn
hunandybus. Shytyp, Rhys, paid bod yn brat bob
dydd o dy fywyd. Cymer ddiwrnod rhydd nawr ac
yn y man. Nos da.

Nos FAWRTH hyd at Nos WENER (26-29) Tachwedd

Yr wythnos fwyaf *boring* ers y greadigaeth. Gwaith
cartref, mwy o waith cartref, mwy o wasanaethau
gan Andrew "Arglwydd dyma fi", mwy o waith
cartref.

Os weda i taw'r uchafbwynt o'dd byrsto'r llosg-
fynydd ar 'y nhalcen, chi'n deall shwd ma' pethe 'di
bod. O'dd hwnna'n eitha da hefyd, llond drych o
grawn cwstardaidd 'i ansawdd, a jyst tam' bach o
waed 'di ceulo yn profi fod y gwraidd 'di ffrwydro
hefyd. Bodlonrwydd pur yw gwybod bod spot
gwaetha'r mish wedi 'i waredu. Ond ma' un ar 'y
mhen-ôl i nawr. Nage bod neb, ar wahân i'r
bechgyn rygbi yn debygol o weld hwnna, ond ydy
hyn yn arwydd bod 'y ngwa'd i'n rhy *rich* chwedl
Mam-gu?

Llinos trwy'r dydd fory. Lyferli.

Diwrnod lyfli gyda Llinos. Ni'n agos iawn.

Ond wy'n credu bod rhywbeth yn bod ar Dad.

Des i gartre heno bythdi un ar ddeg, yr amser penodedig, ac o'dd e dal lan. Rhyfedd iddo fe, achos nos Sadwrn fel arfer ma' fe'n cysgu am hanner awr 'di wyth ar ôl bod yn yr ardd trwy'r dydd (bywyd ecseiting iawn 'da fe). Ta p'un, o'dd e dal ar 'i draed.

Etho i i'r gegin i gael diod cyn mynd i'r gwely a wedodd e'i fod e moyn gair 'da fi.

Nawr o'n i'n gwbod nagon i wedi neud dim byd o'i le, ac o'n i'n ôl yn brydlon; wedyn do'n i ddim yn becso'n ormodol.

"Now you're growin' up nawr, Rhys."

Cynted wedodd e 'na o'n i'n gwbod beth o'dd ar y gweill. Hwn oedd Y SGWRS a fyddai'n fy mharatoi gogyfer â bod yn ddyn, siŵr o fod. O'dd e mor *embarrassed*, pŵar dab. So ishteddes i 'na a gadel iddo fe fod yn *embarrassed*.

"Your mother and me think we ought to have a chat."

O ie, a Mam yn gwely'n trïo gwrando, siŵr o fod!!

"Yes, Dad."

"Yes."

Der mla'n 'te, o'n i'n meddwl, gwed y "ffeithie" wrtha i.

"Did 'ew 'ave a nice day?"

"Lovely, thanks, Dad."

"Enough money?"

"Yes, plenty thanks."

Wy'n gwbod 'mod i'n ddrwg ond o'dd e'n 'itha ffynni. "Wel see, bach, you are growin' up."

"Yes, Dad. So you said."

"An' me an' your mother think we ought to have a chat."

"Tha's right."

(Ma' tuedd 'da Dad i ailadrodd 'i hunan.)

"You see, bach," (arwydd drwg os o'dd e'n gweud "bach" ddwywaith, sentimental). "One day you will leave this house an' get married."

"I was thinkin' of goin' next week, Dad."

Y saib mwyaf trydanol ers priodas Ledi Diana a Charles.

"O, pullin' my leg is it?"

"Yes, Dad."

"No, as I was sayin', one day you will ger married . . .

(A 'ma'r genhedlaeth bermisif?!!!!)

. . . and you will want to have children."

"O, I don't know about that, Dad. I might not want to get married. I might want to live tally."

(Ystyr byw tali yw byw 'da rhywun heb briodi.)

"Well, I don't think your mother'd like that, boy. But there 'war, up to you . . ."

O'dd e'n mynd i fwy o gors bob tro o'dd e'n agor ei geg.

". . . but your mother an' me, what we don't want is for you to get involved too early like . . . you know."

"No, Dad."

"Well you know, mun, for you to get committed like too early."

Gallen i fod 'di aros 'na am orie yn 'i roi e trw'r

uffern mwyaf *embarrassing* ond wy'n 'itha lico fe rîli, so wedes i,

"Look, Dad, I don't think having sexual intercourse with a girl commits me to marry her, and there's very little chance of her getting pregnant because I know how to use a condom. Good night."

O'dd hwnna'n ddrwg. Wy'n gwbod. Sefodd 'na, a'i geg fel drws ffrynt led y pen ar agor. O'n i 'di cyrraedd 'yn stafell i a gorwedd â 'mhen yn y glustog, ond chlywes i ddim sŵn ohono fe'n cyffro am oesoedd – er clywes i sŵn drws y drincs cabinet yn cael 'i agor. So wy' 'di troi 'nhad yn alcoholic. Wedyn dath e i'r gwely, ag o'n i jyst yn gallu clywed Mam a fe'n hanner sibrwd.

O wy' yn nôti!!!!

Peth yw, er nagw i a Dad yn cyfathrebu lot, ŷn ni'n sort o deall y'n gilydd. Ma' fe'n fanijer pwll glo, brid sy'n marw'n gyflym iawn o'r tir 'ma, a phan gaeith y pwll ymhen y flwyddyn, ma' nhw'n 'i symud e i swydd weinyddol sy'n ymwneud â chau pob pwll. Nagw i'n bod yn sentimental abythdi'r pylle. Lladdwyd 'y nhad-cu i yn y pwll, wedyn ni'n gwbod mai nage nefoedd yw'r lle.

Ma' Dad wastod wedi ca'l hang yp abythdi ffili siarad Cwmrâg. Er bod Tad-cu a Mam-gu ochr Dad yn gallu siarad Cwmrâg, a ma' Mam-gu wastod wedi siarad Cwmrâg â fi a'n whâr, am ryw reswm annelwig yn perthyn i gyfnod arall, penderfynon nhw bido â rhoi'r iaith i Dad, a byth ers 'ny ma'r trip euogrwydd 'ma 'da fe o hyd. O'dd e'n benderfynol 'mod i a'n whâr yn mynd i siarad Cwmrâg; ma' Mam yn gallu. Od ife, nhw ill dau yn dod o'r un stryd yn yr un pentref, eto hi'n siarad, a fe ddim. Be sy'n lyfli abythdi fe yw 'i fod e'n meddwl fel Cymro er nagyw'r iaith 'da fe. A phan fydd 'yn ffrindie i 'ma, ma' fe'n trïo dweud hylô a sut ydych chi wrthyn nhw yn Gymraeg, a ma' fe'n swno'n iawn. Wy'n siŵr pe bai e dim ond yn ca'l rhyw dri mis o wersi bydde fe'n iawn. Ond neith e ddim.

"Long as you an' your sister speaks it, i's allright."

O'n i yn nôti heno. Sa i 'di iwso condom erio'd, a *sexual intercourse*?!! Ma' fe siŵr o fod yn credu bod rêfin mêniac 'da fe fel mab.

Bore SUL 1 Rhagfyr

Newydd gael brecwast. Dad yn yr ardd. Mam yn edrych arna i trwy gornel ei llygaid a hanner gwenu, gwgu. Wy'n mynd i orfod dweud rhywbeth cyn diwedd y bore rât hyn. Ma' nhw'n credu bod secs *machine* 'da nhw fel mab.

Nos SUL

Pethau'n fwy normal er sa i 'di gweud dim.

Dath Mam-gu 'ma i ga'l te. Rownd y ford te ma' fe'n *amazing*, Dad a hi'n siarad Sisneg â'i gilydd, a hi'n siarad Cymraeg â ni, ni'n siarad Sisneg â Dad, a Chymraeg â phawb arall. Galle'r teulu 'ma fod yn diodde o sgitsoffrenia ieithyddol – ond dyw e ddim yn creu unrhyw hasls o gwbl. Ffonodd Llinos yn y nos – ishe fi fynd i aros 'da'i penwythnos nesa i gyd!! Shwd alla i weud wrth Mam a Dad???

LLUN 2 Rhagfyr

Ma' Îfs a Spikey a Rhids a Nia a Jên wedi ymosod arna i bore 'ma, a 'ngorfodi i i fynd i ymarfer côr gogyfer â'r cyngerdd carolau diwedd tymor. Dau air mwya bendigedig yr iaith – "diwedd tymor". Wrth gwrs, erbyn hyn, yn gwasanaeth, ni 'di cyrraedd y carolau. Tawel Nos? No wei. 'Sdim sôn am Sharon gyda llaw. So ar ôl bygwth pob math o ddial, gytunes i.

Peth yw, ma'r staff yn y côr hefyd a gès ar bwys pwy o'n i fel tenor – Cariwso (yr athro Cerdd) wedodd wrtha i 'mod i'n denor – ie, Soff!!

Alla i ddim â chredu'r peth. Wy'n 'i weld e am ddwyawr yr wythnos fel mae a nawr amser cino hefyd.

Ni'n canu'r *thing* bril 'ma, "Ar gyfer heddiw'r bore'n faban bach". Nagon i'n meddwl bydden i'n joio, ond wy' yn. Hen garol Gymreig, rîli hen ffasiwn.

Ma' Soff, wy' newydd ddarganfod, yn dioddef yn uffernol o B.O.!! Yn y gwersi 'sneb yn gorfod mynd yn agos ato fe, ond wrth gwrs yn y côr, ma' fe braidd yn anodd pido sefyll ysgwydd wrth ysgwydd megis. Ychablydi fi. Dyw e ddim fel eira gwyn yn salmon, ei can tel iw.

A ma' Îfs mor ddrwg. Mae e'n faswr, reit, wedyn

mae e gyferbyn â fi yn yr ymarferion a mae e'n gwbl ymwybodol o broblem Soff, a ma'r cythrel yn dal 'i drwyn reit o fla'n pawb a do's neb ond fi a Spikey a Rhids yn gwbod at beth mae e'n cyfeirio.

Gofynnodd Cariwso iddo fe heddi, "O's rhywbeth yn bod ar dy drwyn di, grwt?"

"O's, Syr," medde fe. "Problem 'da'r sinysys, delicet iawn."

A'r peth yw, mae e'n gallu 'i ddweud e 'da'r fath argyhoeddiad a didwylledd. Os ŷn nhw'n 'i amau fe dŷn nhw ddim yn dweud. 'Ddim rhyfedd 'i fod e 'di neud Drama i TGAU.

MAWRTH 3 Rhagfyr

Wy'n gadel.

O na, do's dim arholiade, ond ma'r athrawon i gyd yn y lle wedi colli ar 'u hunain!! Pob ffrigin athro wedi cyhoeddi prawf diwedd cyfnod asesiad erbyn diwedd yr wythnos 'ma a dechrau'r wythnos nesa.

Wy'n mynd ar streic. Ma' hwn yn ridiciwlys. 'Run man 'san ni'n cael arholiade. So ma' Mam a Dad, wedi rhoi'u tro'd lan neu lawr neu beth bynnag a wy'n styc yn y tŷ 'ma nes bod yr asesiadau wedi gorffen.

A dwy' ddim wedi gweud 'tho nhw am benwythnos Llinos.

Ei hêt sgŵl.

MERCHER, IAU, GWENER
(4,5,6) Rhagfyr

Cyhoeddwyd rhyfel rhyngdda i a'n rhieni. Dwy' ddim yn cael aros 'da Llinos.
'Sdim byd arall i'w ddweud.

Nos SUL 8 Rhagfyr

Rhyfel yn parhau. Fi sy'n ennill.

Nos LUN 9 Rhagfyr

Fi sy deffinitli'n ennill gan fod Mam wedi gweud 'tha i i bido â bod mor blentynnaidd. Arwydd sicr bod y polisi o beidio â siarad yn ei gwanhau hi.

Nos FAWRTH 10 Rhagfyr

Ma'r asesiadau 'di gorffen. Wy'n credu bod 'y mhenderfyniad i'w methu nhw i gyd o fwriad er mwyn dysgu gwers i'n rhieni yn benderfyniad call iawn. Gerddes i mas heno heb ddweud gair, a 'nhad annwyl yn gweiddi fel gwallgofddyn, "Come back 'ere, come back 'ere".
Netho i ddim, a des i'n ôl hanner awr yn hwyr!!

"Now listen 'ere boy, this 'as gone on long enough."

"I've got nothing to say, Father, I've done my work. I want to go to bed like a good little boy."

"Myn yffarn i, if I'd spoken to my father like that . . . ! You're lucky not to get the strap, boy!!"

"Childline, Father, Childline!!!"

Ar y pwynt 'na redes i lan lofft achos o'dd 'i law e'n symud at 'i felt e, a ma' rhegi'n Gymraeg wastod yn arwydd 'i fod e ar ymyl y dibyn.

Ond wy'n credu taw fi sy 'di ennill!!!!

Nos FERCHER 11 Rhagfyr

Cadoediad.

Dath Mam i siarad â fi'n syth ar ôl i fi ddod adre o'r ysgol gyda'r rybish arferol ynglŷn â'n lles i, y dyfodol, moyn y gore i fi. Fel wedes i wrthi, wy' moyn y gore i'n hunan hefyd, ond do'n i ddim yn gweld bod 'yn rhwystro i rhag aros gyda un o fy ffrindie gore, lle gallen ni fod wedi cyd-weithio, wedi gwneud lot o les i 'nyfodol academaidd.

Dechreuodd hi grio wedyn, a mae'n gwbod bod hwnna'n rîli cael fi.

So cyhoeddes i gadoediad, a dweud bydden i'n fwy rhesymol tasen nhw hefyd yn barotach i weld 'yn safbwynt i. So ni'n ffrindie, o fath. Gryntodd Dad ddwywaith amser te, so ma' hwnna'n arwydd bod pethe'n iawn.

Noson *boring*, ond ma' pethe'n gwella o fory mla'n achos ma' partis yn dechre, ma' cyngerdd

Nadolig yr ysgol, a'r penwythnos yma wy' yn ca'l aros 'da Llinos o nos Wener tan brynhawn Llun.

O'dd y glint yn llygaid Dad pan gyhoeddes i 'na'n wyndyrffwl!!

Nos IAU 12 Rhagfyr

Wy' newydd orffen paco 'mag i i'r penwthnos. Pants glân (un i bob dydd!), peijamas, y crys neis 'na o'dd 'da fi ers anrhegion pen blwydd y llynedd, dou drowser, dau bâr o socs (dyw 'nhrad i ddim yn drewi), amrywiol wyntoedd neis, pymtheg punt o arian, a'r condoms (na, jôc yw hwnna)!

O'dd heddi'n bril, dim gwersi o gwbl. Wrth gwrs, ma'r athrawon thic, oherwydd eu haddoliad o'r prawf, nawr yn gorfod 'u marcio nhw!!!! Grêt, so i bob pwrpas, ma' gwersi'r tymor 'ma di cwpla. Ma' agweddau o'r CACAS sy'n 'itha neis on'd o's e? Côr amser cino; Soff yn drewi'n wa'th nag arfer ac Îfs yn wherthin gymint esgusodd e ga'l pwl o asthma a gofyn i Gariwso'i esgusodi fe. Dechreues i wherthin wedyn a wedes i bydde'n well i rywun fynd mas hefyd i edrych ar 'i ôl e. A geswch beth o'dd 'da Îfs yn 'i boced?? Stinc boms! Wir yr!! Mor blentynnaidd. O'dd e 'di cymryd nhw off y prat 'ma yn Nosbarth Un gan honni'i fod e'n mynd i'w rhoi nhw i'r athrawon. Wrth gwrs wediff y cid 'na ddim nawr. Ma' Îfs yn mynd i roi un i fi i ollwng drws nesa i Soff. Point yw, fydd neb sy'n canu ar 'i bwys e'n sylweddoli'r gwahaniaeth!

Ethon ni ddim 'nôl i'r ymarfer wedyn, so ethon

ni rownd yr ysgol am dro. O'dd e'n neis siarad ag Îfs ar 'y mhen 'yn hunan, achos fel arfer ma'r lleill 'na hefyd a ma' hwnna'n achosi i ni golli nabod ar y'n gilydd mewn ffordd. O'n i moyn siarad â fe abythdi'r broblem, – wel, dyw hi ddim yn broblem mewn gwirionedd – y busnes breuddwydio 'ma, ond do'n i ddim yn gwbod shwd i godi'r peth achos o'dd e'n gwbod 'mod i'n aros 'da Llinos hefyd. Wedodd e un peth diddorol – pan o'dd e'n sôn ambythdi'i enw fe yn yr ysgol, hynny yw, y ffordd mae'n cael 'i nabod fel tipyn o rebel ac yn y blaen – wedodd e, "Nage fi yw hwnna ti'n gwbod. Nage 'na'r fi iawn".

Ma' hwnna'n *major* cyfaddefiad o safbwynt Îfs.

Ni'n mynd i orfod cwrdd heb y bois rywbryd i ni ga'l siarad yn iawn.

Nos LUN 16 Rhagfyr

Wy' gartre ar ôl y penwythnos.

Diddorol. Ofnus. Cynhyrfus. Rhyfedd.

Wy'n teimlo'n wahanol iawn tuag at Llinos a'n hunan.

Ble alla i ddechre?

Ma' tŷ lyfli gyda'i – hen ffashiwn, hiwj, a'r celfi a phopeth yn Farcs & Spenseraidd iawn, hynny yw, drud.

Mae'i thad hi'n ddoctor, neu o'dd e'n ddoctor ond nawr mae e'n gwitho i'r Swyddfa Gymreig ar iechyd pobl Cymru – dyw e ddim wedi bod i weld Dad eto 'te! Ma'i mam hi'n wyddonydd neu rywbeth, hefyd yn gwitho i'r Swyddfa Gymreig, ond yn gwneud hynny o gartre, sy'n esbonio'r labordy bach *personal Addams Family* o'dd yn y seler!

Ma' nhw'n byw ar ben mynydd a ma'r olygfa yn stynin.

Wy'n malu cachu nawr achos dwy' ddim yn siŵr beth wy'n mynd i sgrifennu neu hyd yn oed os wy' ISHE sgrifennu.

Nos Wener, 'rôl cyrraedd o'r ysgol, do'dd neb 'na, ond o'dd bwyd yn y ffrij.

(Mae'u cegin nhw'n fwy na'n rwm ffrynt ni!) O'dd Llinos yn lyfli, yn gwneud i fi deimlo'n gartrefol.

"Ma' fe'n masif nagyw e?" medde hi.

" 'Itha," medde fi mor naturiol ag o'dd gobsmacd yn 'i ganiatáu!

"Ond ma' fe'n gartre, ti'n gwbod, nage *Wendy house* yw e."

Wel, ma' Llinos a'i theulu'n llysieuwyr. (Neud i fi ystyried . . . os yw doctor yn llysieuwr, beth sy mewn cig??) So, o'n i'n llysieuwr am y penwythnos hefyd. Neis iawn, meind, wnes i ddim gweld ishe cig o gwbwl. Cîsh a salad a thaten trw'i chroen gethon ni a rhyw dreiffl lysh – o'dd hyn i gyd yn y gegin. O ie, o'dd miwsig senter ar y ffenest ac o'n i'n gobsmacd, eto, pan weles i hwn. Ond nage Hei Ffei o'dd e, jyst casét cyffredin 'da spîcyrs anferth!! Mae'i dau frawd hi sy lot hŷn na'i ac yn gorffen yn Rhydychen neu rywle *snobbish* fel'na, hefyd yn mynd i fod yn ddoctoried, ond o'n nhw hefyd yn ffrîcs Ffiseg yn yr ysgol, ac adeiladon nhw'r *thing* 'ma i fynd â sŵn trw'r tŷ i gyd os o'dd ishe. (Erbyn hyn, pan glywes i am 'i brodyr hi a Rhydychen etc.

o'n i'n teimlo tam' bach yn *inhibited* a dweud y lleia, ond 'y mhroblem i o'dd hwnna nid Llinos – o'dd hi'n hollol normal.)

Wedyn, dangosodd hi 'yn stafell wely i fi. O'dd bathrwm 'da fi yn y stafell wely, JYST i fi! En swît ma' nhw'n 'i alw fe, ac mae'n debyg bod pob stafell yn y tŷ, hynny yw, y stafelloedd gwely, 'run peth!! 'Sa Mam yn gweld hwn! Ac o'dd hi'n stafell masif a gwely hiwj. Wy'n siŵr bod Llinos 'di sylwi ar 'y ngheg i o'dd yn trïo dala gwybed, achos wedodd hi wrtha i i bido â theimlo'n ffynni achos bod pethe mor wahanol. So, er mwyn torri'r awyrgylch od, achos wy'n gorfod cyfadde o'n i'n *embarrassed*, bownses i ar y gwely. Mistêc. Bownsodd Llinos ar y gwely hefyd . . . Sa i'n gwbod pwy gusanodd pwy gynta, ond 'na le o'n ni, yn y palas yma ar y'n pen ein hunain, ar 'y ngwely benthyg i'n cusanu'n rîli dwys (shwd arhosodd y cîsh lawr sa i'n gwbod achos arhosodd dim byd arall alla i weud 'tho chi nawr!!)

O'dd pethe'n mynd yn rîli hefi 'da dwylo'n mynd i bobman pan ddath llaish mam Llinos o'r llawr! Rhewes i, wrth gwrs, ond o'dd Llinos mor cŵl . . . "Heia, ni lan man'yn".

Arglwydd!! O'n i fel cath yn ca'l ffit wedyn – codi, sythu'r shîts, sythu'n hunan, neu trïo sythu popeth a Llinos yn pisho'i hunan yn wherthin.

"Paid becso," medde hi. "Ddaw hi ddim lan, mae yn sensitif ti'n gwbod."

Ma'n fam i'n sensitif hefyd o'n i'n meddwl, mae hefyd yn gwbl ddrwgdybus o'n ymddygiad i, a bydde hi 'di bod lan y grisie'n gynt na sgỳd miseil yn rhyfel y Gwlff!! Ond na, cyfan nath Llinos o'dd codi, rhoi cusan i fi, gafel yn 'yn llaw i a mynd â fi i gwrdd â'i mam. A fi'n gwasgu pobman i wneud yn siŵr bod popeth yn gorffwys yn dawel megis.

Nawr sa i'n gwbod beth o'n i'n disgwyl, rhywun â glasys a bwnen o wallt gwyn yn gwishgo cardigan neu beth, ond beth weles i o'dd rhywbeth mas o *Dallas*! Onest tw God, o'dd hi mor bert, gwallt at ei hysgwyddau, dillad Marcs & Sbarcs eto, a'r wên lyfli 'ma. Cydiodd hi yndda i a 'nghusanu i.

"Ma' fe'n hyfryd i gwrdd â ti, Rhys. Shwd wyt ti?" Fel 'sa hi'n 'nabod i ers o leia hanner canrif! A'r peth yw, o'dd hi mor naturiol, o'n i'n teimlo'n naturiol hefyd ac yn ymlacio'n syth. So ishteddon ni 'na gyda'i tra o'dd hi'n ca'l ei chinio, yn siarad. Fydde tad Llinos ddim gartre heno, meddai, achos 'i fod e'n styc mewn cynhadledd yn Llundain, ond bydde fe siŵr o fod 'nôl erbyn p'nawn fory. Mei God, ma' Dad yn ecseited os yw e'n styc mewn pwyllgor yng Nghwm-twrch!!

"Wel, beth ŷch chi'n mynd i'w wneud weddill y nos?"

Edrychodd Llinos arna i a goches i, a wy'n siŵr bod ei mam 'di sylwi hefyd.

"Wy'n mynd allan am ddwyawr," (fy nghalon a suddodd i'r gwaelodion, allen i gopo gyda'r egseitment???), "ond bydda i'n ôl tua hanner awr 'di wyth, gobitho."

Wedyn es i lan i newid, o'n i dal yn 'y nillad ysgol.

O'dd y tŷ bach – sori, stafell folchi – onest, nes i brat o'n hunan – y *bidet* ife. O'n i'n gwbod taw *bidet* o'dd e, ond nagon i'n gwbod shwd o'dd e'n gwitho. So dynnes i 'nhrowsus i drïo fe mas, ond gwasges i'r bwtwm i ga'l dŵr twym – ac ODD e. Sa i 'di teimlo mor stiwpid. Wy' jyst mor falch nagodd neb 'na. O'n i jyst wedi llwyddo i sychu'n hunan a thynnu 'mhants dros 'y nghywilydd pan ddath Llinos mewn a fi'n sefyll 'na yn 'y ngwendid!

"Smo ti 'di newid 'to!"

"Jyst â bod," medde fi'n sefyll 'na.

Do'dd dim golwg symud arni. Chi 'di trïo symud o gwmpas stafell ddiarth yn y'ch dillad isha 'da'ch ces ochor draw, yn trïo ffindo trowser a thrïo dal rhyw fath o urddas? (Ddim yn hawdd, byti, ddim yn hawdd!) So grabes i'r jîns, a gadel 'y nghrys ysgol.

" 'Smo ti'n mynd i wishgo dy grys ysgol heno, wyt ti?"

(Wel, na, do'n i ddim yn meddwl, ond ma' hwnna'n golygu stripo o dy fla'n di, o'n i'n meddwl.)

"O neith e'r tro am nawr," medde fi.

"O na," medde hi. "Der mla'n, rho dy grys porffor mla'n, wy' lico hwnna."

A dath hi draw i ddatod botyme 'nghrys i. Beth allen i 'i neud?

"Llinos, wy'n mynd nawr."

Fi ishe dianc dan y gwely ond Llinos yn dal i ddatod mor hamddenol â 'sa hi'n berwi wy.

"O cê, Mam, welwn ni chi wedyn."

A wedyn, tynnu 'nghrys, a gadael ei dwylo ar 'yn *chest* i ddwy eiliad rhy hir.

O'dd pethe'n dechre codi eto.

So grabes i'r crys porffor a mynd i'r bathrwm. (O'dd 'y ngeirfa i'n dirywio erbyn hyn – a'n *resistance* i.)

Dilynodd hi fi.

"Ti 'di trïo'r gawod eto?"

"Nagw."

"Ma' fe'n lyfli, ond ma'r ddolen sy'n rheoli'r dŵr tam' bach yn od. Jyst gwed a do i i ddangos i ti."

Sgreches i yn fewnol ar y pwynt 'na achos o'n i'n clymu'r botwm top a binshes i'n hunan. Nagon i'n siŵr os o'n i'n galler côpo 'da hwn, ac o'dd hi dal ddim ond yn chwech o'r gloch!!

Ond diolch i ryw drefn ddwyfol, dechreuodd y ffôn ganu, ffrindiau amrywiol yn ffono Llinos, ac er 'i bod hi'n trïo torri sgwrs yn ei blas, neu 'na beth o'n i'n meddwl, o'dd rhywun arall wastod yn ffono. Ffonodd ei thad hefyd i weud hylô – o Lundain!! Ma' rhaid bod miliyne o bunne 'da nhw os ŷn nhw'n galler ffono o Lunden i weud hylô. Os wy' ar y ffôn am fwy na thair munud yn lleol, ma' Dad yn credu'i fod e'n fethdalwr. Ac erbyn i Llinos gwpla siarad â phawb o'dd 'i mam hi'n ôl.

O'n i hanner siomedig, ond yn 'itha balch hefyd. Wy'n gwbod bod dyn yn gorfod gwneud beth ma' dyn yn gorfod gwneud, ond dyw'r dyn 'ma ddim cweit yn barod i gyflawni'r disgwyliadau sydd ohono fe megis – cyn bo hir falle, ond pan wy'n barod.

Wedyn gynigodd mam Llinos win i ni – cynnig GWIN!! Yn tŷ ni, ma' gwin amser Dolig a wedyn wy'n gorfod ca'l dŵr ynddo fe, rhag ofn eith e i 'mhen i! Sa i'n lico'r stwff ta p'un, ond wrth gwrs gym'res i beth. A 'na le buon ni'n siarad, a'r peth yw, do'n i ddim yn bôrd o gwbl, a do'dd Llinos ddim chwaith. Sa i'n credu bod 'i mam hi 'di sbwylio'i "chynllunie", os o'dd cynllunie gyda'i. Peth yw, o'dd hi'n dal 'yn llaw i drwy'r amser – o fla'n ei mam! Ond do'dd ei mam ddim yn *embarrassed* o gwbwl. Blydi hel, yn tŷ ni ma' dal dwylo'n arwydd o briodas o leia.

Wedyn, ffonodd brodyr Llinos o Rydychen, jyst i weud nagon nhw'n dod adre tan noson cyn Dolig achos bod ffrindie iddyn nhw wedi gofyn iddyn nhw bopo draw i Ffrainc am wythnos neu ddwy ar ôl i'r tymor fennu!

Wy'n darllen hwn nawr a ma' fe'n ymddangos mor anghredadwy, ond fel'na ddigwyddodd e. Ma' Caerdydd neu Abertawe'n *major* trip i'n rhieni.

Wedyn, bythdi hanner nos, ethon ni i'r gwely, fi i 'ngwely i, hynny yw, ond y partin shot 'da mam Llinos o'dd:

"Pidwch aros lan yn rhy hwyr, cariad."

A bant â hi i'r gwely ei hunan a'n gadel ni.

Alla i ddim gweud beth o'dd yn digwydd i 'mhen i. Wy'n credu taw'r gwin o'dd e neu'r medd-dod o'r holl ryddid 'ma. Falle bod ymddiriedeth yn well gair. Wy' gorfod tynnu cymariaethau â 'nheulu'n hunan achos 'na'r unig gymharieth sy 'da fi, ond pan yw Mam a Dad yn mynd i'r gwely, ma' PAWB yn mynd i'r gwely a 'na le o'dd mam Llinos yn gadel popeth i ni, gan gynnwys miliyne o boteli o win os o'n ni'u moyn nhw. Wrth gwrs achos eu bod nhw 'na do'n ni ddim 'u hishe nhw, a jyst ar ôl iddi'i mam fynd i'r gwely wedodd Llinos,

"Wy' 'di blino, gwely ife."

"O cê," wedes i a bant â fi.

Dath hi mewn i'r stafell 'da fi. Gaches i'n hunan, erbyn hyn, do'n i ddim yn gwbod beth o'n i moyn na dim. Ond chware teg, 'na gyd nath hi o'dd tynnu'r dwfe, rhoi cusan ar 'y moch i a gweud nos da.

Wy'n gorfod cyfadde, anadles i'n rhwyddach, stripo fel *idiot*, gan anghofio gwishgo 'mheijamas – siorts a chrys T – a chysgu fel craig.

Pan ddihunes i'r bore nesa, o'n i'n meddwl bod rhywbeth yn od. Wel, o'n i'n meddwl 'mod i'n breuddwydio, o'dd e fel 'san i mewn 'sbyty a rhywun yn dal 'yn llaw i. So droies i 'mhen a 'na le o'dd Llinos yn gwenu arna i fel Fflorens Nightingale – a fi'n gwenu fel John Boy Walton. Ond pan sylweddoles i bod Llinos yn gorwedd ar y gwely 'da fi, ac o'dd hi'n gefn dydd gole, a finne'n borcyn fel porchell mewn lladd-dy a'r dyfodol wedi codi o mla'n i, o'n i mor *embarrassed* – a fi'n trïo 'ngore i bido'i ddangos e wrth gwrs, a bod yn gŵl.

"Gysgest ti?"

"Ym, do. Faint o'r gloch yw hi?"

"Hanner awr 'di naw. Ma' brecwast yn barod 'da Mam os ti moyn."

"Dy fam! Blydi hel Llinos, beth os daw hi mewn!!"

"Hi ddanfonodd fi lan."

(Pwy sy'n brat bach cul te??)

"Paid becso, Rhys, ni'n deulu eangfrydig iawn. Ma' Mam yn 'y nhrysto i. Wy'n gwbod beth wy' moyn. Wyt ti?"

(Weetabix a chig moch yn fwy na dim y funud 'ma, o'n i'n meddwl.)

"Ta beth, coda, ac ar ôl i ti ga'l cawod, dere lawr."

Cusan arall a mas â hi.

Beth o'n i fod i feddwl? O'n i'n meddwl 'y mod i'n eangfrydig a gweddol wybodus o'r byd megis, ond o'dd hwn yn newydd a chynhyrfus ond hefyd yn codi ofn arna i.

O'dd brecwast yn lyfli – ond dim cig moch wrth gwrs! Gethon ni'r pethe 'ma – *croissants*. O'dd Achtwng wedi trïo neud brecwast Ffrengig i ni yn Nosbarth Un ond dethon ni gyd â bara gwyn a jam. O'dd hwn yn stoncin serch 'ny, a'r miwsli a mêl, o'r gwenyn sy'n cael eu cadw gan dad Llinos yng ngwaelod y berllan (ei cid iew not, ma' perllan 'da nhw).

"Wedyn, beth newch chi tra bo gole dydd?" medde'i mam. "Ma' fe'n 'itha oer."

"Marchogaeth," medde Llinos.

(John Wayne nid ydwyf – ond lynces i'r abwyd a gwenu.)

"O's ceffyle 'da chi 'te?" holes i. Ar y pwynt yma, tase hi 'di gweud bod hi berchen hanner Cymru bydden i 'di 'chredu ddi.

"O's," medde Llinos. "Yn y stabl ochr draw'r mynydd. Ni'n 'u cadw nhw 'na."

Mor hawdd, nagyw e – "yn y stabl gro's y mynydd." A phan o'n i moyn *mountain bike* yn Nosbarth Tri o'n i'n gorfod gwitho bob dydd Sul yn mynd â'r papure rownd am flwyddyn i helpu tuag ato fe.

So 'na nethon ni wedyn, cerdded milltir i'r stabl, a mas ar y ddou fynydd 'ma o *hunter* o geffylau trw'r dydd.

Rhaid dweud nawr, dyw reido ceffyl ddim fel reido beic. O'dd Llinos, wrth gwrs, fel rhyw *sittin' bull*, yn gallu ishte 'na fel 'sa hi 'di ca'l 'i geni yn y cyfrwy tra o'dd "iwyrs trwli" fel sach o dato yn llithro fel lwmpyn o iau ar hyd ac ar led.

Er gwaetha'r cleishe ar y nhin, a na, welodd Llinos ddim ohonyn nhw, enjoies i'r diwrnod.

Pan ddethon ni off a sychu'r ceffylau a phopeth o'n i'n cerdded fel 'san i wedi hollti'n hunan. O'n i'n gorfod wherthin 'ed, achos o'n i'n gallu dychmygu pa mor hurt o'n i'n edrych; 'sa cerrig tarw 'da fi, fydden i ddim wedi cerdded yn fwy cam.

Ac erbyn inni gyrraedd 'nôl, o'dd tad Llinos 'nôl hefyd a stincin masif Saab CD cofrestriad diwedd-ara yn y clos.

Rhedodd Llinos mewn, a rhoi taran o gusan iddo fe. O'dd e mor neis 'i gweld hi fel'na 'da fe. Wy'n *embarrassed* 'da Mam a Dad i ddangos 'yn nheimlade.

"Dad, Rhys yw hwn."

A'r un croeso bendigedig ges i 'da'i mam noson cynt, a fe'n 'yn holi i ynglŷn â phopeth ond ddim yn *nosey* chwaith, a wy'n siŵr 'i fod e'n *shattered* os o'dd e 'di gyrru o Lundain, ond o'dd digon o amser 'da fe. Ma' nhw'n swno'n rhy berffeth i fod yn wir on'd ŷn nhw? Ond wir yr, o'n nhw'n lyfli.

Watshon ni tam' bach o deledu 'sbo swper. Wrth gwrs do'n ni'n dou ddim wedi byta drw'r dydd tra o'n ni'n marchogaeth, a sylwes i ddim bod ishe bwyd arna i, ond nawr, allen i fyta co's y ford heb sôn am beth o'dd arni. Eto dim cig! Ond y BLAS. Mei God. Gallen i fyw fel hyn. 'San i'n priodi Llinos gallen i fyw fel hyn am byth!

Sori, hwnna'n rîli prataidd peth i ddweud.

So, wedyn, dath nos Sadwrn. O'dd rhieni Llinos, erbyn y drydedd botel o win, yn 'itha meddw, ond yn hapus 'da fe, ac fel y noson gynt, ethon nhw i'r gwely a'n gadel ni. Nawr o'n i 'di bod yn ofalus iawn i bido yfed mwy na dau wydraid. Do'dd Llinos ddim mor ddarbodus.

Ishteddodd hi ar y soffa, nesa ata i, a dechre cusanu. O God, o'dd hwnna'n lyfli. Ond wedyn, rhoiodd hi'i llaw ar 'y nyfodol i, ac o'dd hwnna wrth gwrs fel boncyff. Nage 'mod i'n siocd, wy'n swno mor gul wy'n gwbod, ond o'n i'n meddwl mai fi fydde'n gwneud y mwf cynta. Ond, ymwrolais megis Zews a dal ati, ond dechreuodd hi ddatod 'y malog i, o'n i gorfod gwneud yr esgus stiwpid 'mod i'n bosto ishe mynd i'r tŷ bach,

"O cê," meddai, "ewn ni i dy stafell di."

Beth allen i 'i weud?

'Na'r bishad hwya yn hanes pledrennau dynol, wy'n gwybod 'ny.

Detho i mas o'r stafell molchi ac o'dd hi yn y gwely . . . yn noeth hyd y gwelen i.

Instant tyrn off. Gaches i'n hunan.

O'n i'n teimlo fel plentyn bach. A sa i'n credu bydde'r "bois", er gwaetha'i ffantasïon, wedi ym-ateb mewn unrhyw ffordd arall chwaith.

"Beth am dy rieni?" mewn llais sibrydaidd o'dd yn swnio fel Jabas Jones mewn gwewyr.

"Ma' nhw'n ymddiried."

Ffynni blydi ffordd o brofi ymddiriedaeth o'n i'n meddwl.

"Der mla'n, Rhys, dim ond cwtsho – smo ti ofan."

Wrth gwrs 'mod i blydi ofan, ond shwd wy'n gweud 'ny heb ymddangos fel wimp y ganrif.

So, dynnes i 'nillad, a throi 'nghefn, ond gadwes i mhants mla'n. Wel, *come on*, beth o'dd dishgwl i fi wneud?

So ishteddes i 'na, fel pren, nes iddi hi gydio yndda i a 'nghusanu i.

A wedyn o'n i moyn.

" 'Sdim condoms 'da fi," medden i'n foi i gyd.

"Wy' ar y bilsen."

Farwes i. Wy'n gweud 'tho chi nawr, FARWES i. Wy'n gwybod bod hi'n bymtheg aeddfed, ond ar y BILSEN?!

A nethon ni fe. Colles i 'ngwyryfdod. Collodd Llinos ei gwyryfdod, er o'dd reidio ceffyl ers ache wedi arbed y boen o'i golli.

Ac ar 'i ôl e, gries i. Wir. Gries i'n 'i breichie hi trwy weddill y nos. O'n i'n meddwl 'mod i'n cyrraedd paradwys, ac o'dd e'n ddiffeithwch. O'dd e drosodd mewn munud, ac o'n i'n teimlo'n ofnadwy o frwnt ac euog a do'n i ddim ishe aros 'na dim rhagor – a gries i. A do'n i ddim eisiau cyffwrdd â Llinos, ond o'dd hi'n gallach, fel arfer, na fi. Gwtshodd hi fi a gries i nes gwmpon ni i gysgu a dihuno 'to bythdi hanner awr 'di tri. Es i i'r gawod yn syth wedyn heb ddihuno Llinos ac aros 'na am oesoedd yn ypsét a ffili deall. Wedyn dath Llinos i'r gawod ata i. Dath hi miwn a molchi 'da fi, ond do'n i ddim yn gallu meddwl am 'i neud e 'to, er wy'n gwybod 'i bod hi ishe.

Dethon ni mas a sychu, a wedodd hi sa hi'n siarad â fi yn y bore ac ath hi.

A hwnna o'dd e.

Y peth ma' pob bachgen yn yr ysgol yn siarad amdano fe'n gyson. Wel stwffed e – os odw i'n gorfod teimlo fel'na bob tro wy'n caru, sa i moyn caru.

A dyw e ddim fel 'sa Llinos yn rhywun wy' 'di codi ar waelod cae'r ysgol am gwic ffîl – wy'n dwlu arni'n llwyr.

Falle 'mod i'n hoyw. O mei God, falle nagw i lico merched! Beth weda i wrth Dad a Mam? Beth weda i wrth 'yn hunan.

Wy'n mynd i droi'n fynach. Nagw. Wy'n mynd i ladd 'yn hunan.

Ath dydd Sul, cerdded, gwylio'r teledu a chwarae gêmau, ond ffiles i siarad yn iawn 'da Llinos er, ar yr wyneb, o'dd pethe'n gwrtais ac o cê. Whare teg, drïodd hi siarad â fi, ond do'n i ddim eisiau. O'dd pethe'n rhy agos, rhy noeth i fod yn gall.

Wedyn, ddydd Llun ar y ffordd i'r ysgol yng nghar 'i mam, a ni'n dod mas 'da'n gilydd, o'dd y sylwadau, 'da'r rheini o'r bois welodd ni, mor ffiaidd o'dd e'n anghredadwy. Tasen nhw ddim ond yn gwbod.

So wedes i wrthi welen i ddi amser egwyl, a netho i ddim, a des i gartre, a wy' 'di sgrifennu hwn trwy'r nos a wy'n teimlo tamed bach yn well. O'dd Îfs yn gwbod bod rhywbeth yn bod arna i, a do'dd e ddim yn tynnu 'ngho's i. Wy' wir yn gobitho bydda i'n gallu siarad â fe cyn y penwythnos achos mae'n ddiwedd tymor dydd Gwener a wy'n gorfod nôl anrhegion i bobl, a ma'r Noson Garolau wy'n darllen ynddi, a ma'r Proffilie, a ma' Îfs yn mynd i gyflwyno'r masg cyntaf i Soff . . . 'na ddigon. Wy'n teimlo'n od iawn heno. 'Sdim byd wedi newid yn gorfforol, wy' 'di tshieco, ond wy' wedi newid tu mewn a wy' ffili dadansoddi'r peth yn iawn.

Gawn weld. Gawn weld.

Ath y Noson Garolau yn o cê. Dath Mam a Dad a rhieni Llinos. Osgoi'n gilydd trwy'r dydd. Darllenes i'n iawn medde Prys "Brecht" wrtha i. A ma' Îfs a fi'n mynd i Abertawe i siopa gyda bod y siopau ar agor yn hwyr. Cyfle i siarad. A dydd Mercher, ma' Soff yn ca'l y masg. Teimlo tam' bach yn well.

O'dd y Frigâd Dân tam' bach o niwsans, ond ar wahân i hynny o'dd pethe'n o cê. Spikey eto ife. Ma' fe off 'i ben.

Wel, o'dd y syniad 'ma 'da Rachmaninof Cariwso, bydde fe'n ychwanegu at naws y gwasanaeth pe bai'r neuadd wedi'i goleuo gyda chanhwyllau.

Lyfli syniad ife.

Nes i Spikey gyrraedd.

O'dd Achtwng a Soff wedi'u penodi i fynd rownd hanner awr cyn dechre'r gwasanaeth i gynnau'r canhwyllau, ond bob tro o'dd Soff neu'r llall yn cynnau cannwyll, erbyn iddyn nhw symud mla'n, o'dd Spikey tu ôl iddyn nhw yn diffodd. So, yn y diwedd, pan ddylse'r neuadd fod wedi edrych yn euraid iawn ei gole, dim ond un gannwyll o'dd wedi goleuo!

O'dd wyneb Achtwng yn wyndyrffwl! Achos natur y neuadd, ma' lot o lenni o gwmpas ac wrth gwrs do'dd neb yn gallu gweld Spikey, dim ond Îfs a fi a Rhids. So ethon nhw rownd 'to ond, y tro 'ma, o'dd Achtwng yn sefyll wrth un gannwyll oleuedig tra o'dd Soff yn cynnau'r nesa a wedyn symud mla'n. Ond digwyddodd yr un peth 'to ac, yn y diwedd, dwy gannwyll oedd yn goleuo'r cyfan, ac erbyn hyn o'dd hi'n chwarter i saith a'r tyrfaoedd megis yn ymladd i ddod i ganu.

Dyna pryd digwyddodd y ddamwain.

Wel ma' Soff yn mynnu gwisgo'i glogyn Ph.D. o Rydychen neu Gaergrawnt (neu Goleg Hyfforddi Abertawe) i achlysuron pwysig yr ysgol, a phan gym'rodd Achtwng y matshys i gynnau'r canhwyll-au, sylwodd hi ddim bod ffwr y rhagddywededig glogyn yn go agos at y fflam – ond sylwodd Soff! Dweud y gwir, sylwodd y byd pan sgrechodd e! Wedyn ath y clogyn yn sownd wrth un o'r llenni, a chafodd Rhids y pleser anhygoel ynghyd ag Îfs o ruthro at Soff gyda diffoddydd tân er mwyn, yn 'u geirie nhw, "Achub eich bywyd, Syr". Do'dd y ffaith nagodd Soff, ar y pwynt hwn, mewn unrhyw berygl ddim yn berthnasol, ac o'dd rhaid i Spikey fynd gam ymhellach wrth gwrs a thynnu'r biben ddŵr mas. Stopon ni fe, neu y Shad o leia (o ble dath e dyn yn unig a ŵyr). Ond 'na le o'dd y pererinion llesg yn dod mewn i'r neuadd i ganu am fythol olau, 'da un llen yn wlyb sopen ac ôl llosgi arni, Achtwng yn *hysterical* yn y gornel yn gweiddi "Feu! Feu!" a Soff mewn stad o sioc yn chwilio am Poseidon yn yr ystafell athrawon.

O'dd pethe tam' bach yn hwyr yn dechre, ac ar ganol 'Tawel Nos', do'dd pethe ddim mor dawel wrth i'r Injan Dân gyrraedd!!

Ma' Rhids yn gwadu, a Spikey, bod 'da nhw ddim i'w neud â'r peth.

Wedyn, rhwng popeth, ro'dd y darlleniadau a'r canu'n eilradd i'r ddrama lyfli ddigwyddodd o fla'n llaw.

Wrth gwrs, o'dd rhaid i Achtwng ddod at ei choed erbyn 'Voici Noël', achos ma'r Shad wedi penderfynu ar bolisi amlieithog i'r ysgol yng nghyddestun Ewrob, ac ar achlysuron arbennig, fel pe na bai Cymraeg a Saesneg yn ddigon, (i rai ma' cyfathrebu yn fater o grynto'n achlysurol – Staff, hynny yw, dim plant) mae amlieithrwydd yn norm. Felly, ble bynnag o'dd cyfieithiad arall o garol megis 'Voici Noël', fe'i darllenwyd. Wrth gwrs, o'dd Soff wrth 'i fodd wedyn yn darllen 'Adeste Fideles', siŵr o fod yn meddwl bod adferiad llwyr i'r iaith Ladin ar y ffordd, meddwl sefydlu Cymdeithas yr Iaith Ladin neu rywbeth a chael pobl i wrthdystio dros hawliau'r ieithoedd lleiafrifol, mor blydi lleiafrifol, ma' fe'n dysgu un person yn Nosbarth Chwech i wneud Lladin, a sa i'n credu bod hwnna'n rhan o'r CACAS.

Sori, fi a 'nghas at Soff yw hwnna. Ys dywedodd rhyw fardd Cymraeg, anhysbys i fi ar hyn o bryd ond 'i fod e ar wal yr ystafell Gymraeg:

"Hirymarhous yw'r ywen," neu, o'i aralleirio,

"Hirymarhous yw Rhys ac Îfs" – daw ein tro!!!

Nos FERCHER 18 Rhagfyr

Dau ddiwrnod i fynd. Ma'r Staff mor yp-teit ma' fe'n lyfli: ein hanwybyddu ni'n llwyr, polisi rwy'n gefnogwr pybyr ohono fe, er mae'n gallu bod tam' bach yn *boring*.

Ta beth, wedi bod i Abertawe i nôl anrhegion a dod 'nôl gydag un anrheg i Llinos. Wy' 'di penderfynu rhoi tshaen bach aur iddi, decpunt – wel, ma' hwnna'n fwy na alla i 'i fforddio rîli, ond ar ôl gweld 'i thŷ ddi, wy'n gorfod gwneud rhyw fath o sblash.

Ca'th Îfs a fi sgwrs amêsin heno, yr agosa ni 'di bod ers ioncs. Yn y Burger King o'n ni, ac o'dd e moyn gwbod os o'n i'n sîriys am Llinos. Wherthinodd e ddim pan wedes i nagon i'n siŵr, ond 'ma'r gobsmac, wedodd e bydde FE'N lico bod yn sîriys â rhywun! Wir yr, Îfs, y *playboy*, ishe setlo lawr!

"Pam?!"

"Achos ti'n gweld, Rhys, nage fi yw'r person ma' pawb yn gweld yn yr ysgol."

"Na, sa i'n gweud."

"Ond ma' disgwyl i fi fihafio mewn ffordd arbennig on'd o's e?"

"Sbôs."

"A wedyn wy'n byw i'r disgwyliadau."

"Ie."

O'dd e'n sgwrs rîli dwys ac ath hi mla'n am êjus, nes bod y ddraig o'dd yn gweini wedi dod draw i ofyn os o'n ni moyn archebu rhywbeth arall.

Cheek. O'n ni 'di ca'l *double whopper bugger* a *milk shake* fel o'dd hi!

Bues i bron â gweud 'tho Îfs am y penwythnos ond bob tro delen i'n agos, stopen i.

Siarades i â fe ambythdi'r breuddwydion, ac eto dim gigl, na chrechwen, o unrhyw fath. Wedodd wrtha i i bido becso, bod pawb y'n hoedran ni'n 'u ca'l nhw siŵr o fod, dim ond bod neb yn gweud, a bod y rhai sydd yn gweud yn gweud celwydd. Wy'n gweld 'i bwynt e. Ni yn siarad am y peth amser cinio a phethe ond ni wastod yn gwneud sbort ar ben y peth, a ma'r Gwersi Addysg Ryw, wel yffarn, ma' fe'n iawn i siarad am wybodaeth gyffredinol, a deall shwd mae'r corff yn gwitho ife, ond pwy ddiawl sy'n mynd i ofyn cwestiwn yng nghanol dosbarth o blant?

Parti Dosbarth Chwech nos yfory a ma' gang o Ddosbarth Pedwar wedi llwyddo i ga'l tocynnau gêtcrasho, ond sa i'n gwbod os af i. Wy' 'di clywed bod partïon Dosbarth Chwech gallu bod braidd yn wyllt a dweud y lleia, a gan 'u bod nhw newydd orffen 'u harholiadau ffug-brofion, falle bod y gwallt yn cael ei ollwng yn hwy na'r arfer megis, a sa i moyn bod yn rhan o unrhyw beth allai beryglu fy ngwd lwcs!!! Shytyp Rhys.

Nos IAU 19 Rhagfyr

Dath Sharon i'r ysgol heddi. Mae'n feichiog.

O'dd hi'n edrych yn uffernol. Wy'n teimlo'n uffernol.

Ffili siarad â Llinos amser cinio ar ôl gweld Sharon yn y bore.

Beth os . . . ?

Beth bynnag yw Sharon, beth bynnag yw 'i beiau, dyw hi ddim yn haeddu beth sy'n digwydd iddi nawr.

Dolig ffrigin hapus.

O ie, parti Dosbarth Chwech yn fethiant llwyr. Gwd!

Yr uchafbwynt, serch hynny, diwedd y dydd, o'dd Îfs yn cyflwyno'r masg i Soff! Dyle Îfs wneud Lefel A Drama, o'dd e'n briliant, ac yn rhaffu celwyddau, mor wylaidd! Wrth gwrs, ers inni fethu'r asesiadau ('sdim byd sicrach) ma' Soff 'di bod yn edrych yn ffiaidd arnon ni ers tridiau, (a nage achos y Noson Garolau) do's dim lot o Gymraeg wedi bod rhyngon ni, ond mas ag Îfs at y ddesg.

"Syr, o's amser gyda chi i edrych ar hwn, os gwelwch yn dda?"

"Beth yw e, grwt?"

"Dwy' ddim yn siŵr, Syr, ond os ŷch chi'n brysur . . . "

A sbeiodd Soff y masg.

"Der 'ma, grwt, beth yw hwnna?"

"Dwy' ddim yn gwbod, Syr, 'y mrawd i ffindodd e yng Nghaer. O'dd e ar *dig* archeolegol 'na, fel rhan o'i gwrs yn y coleg, a dath e â hwn 'nôl adre gyda fe a'i roi e i fi."

"Wel, gofynna i dy frawd."

"Wel, hoffe fe ga'l barn arbenigwr fel chi, Syr, ond os nad yw hynny'n gyfleus . . . "

"Wel alla i ddim â rhoi barn fel'na ar ddiwedd y dydd, bydd yn rhaid i fi fynd â fe adre dros y gwyliau."

"O ma' hwnna'n iawn, Syr, dyw mrawd i ddim ishe fe'n ôl."

O'n i'n gorfod mynd wedyn i ddala'r bỳs, ond o'dd y

glint 'na'n llygad Soff pan yw e'n credu bod rhywun heb wneud 'i waith cartref, y pleser milain 'na o wybod bod bolacin arall ar y ffordd.

'Sdim amheuaeth 'da fi, erbyn fory, bydd Îfs yn ca'l cais i gadw'r pishyn diwerth o glai am 'chydig mwy i'w astudio.

Wyndyrffwl, ma'r brithyll ar y bachyn, a ddaw e ddim off am sbel os gewn ni'n ffordd.

Siarad â Llinos, ond pethe'n straenllyd iawn.

Mae hi'n mynd i'r Swisdir ar ôl dydd Dolig am ddeng niwrnod ac yn colli dau ddiwrnod cynta'r tymor.

Mae'n debyg bod y teulu'n mynd bob blwyddyn i sgio.

Wel, sa i'n genfigennus, achos os bwrith hi eira, galla i fynd i sgio hefyd – ar ben tip!!

Nos WENER 20 Rhagfyr

RHYDDID! RHYDDID! RHYDDID!

Roies i anrheg Llinos iddi, diolchodd hi ac addo pido'i agor. Wy'n gorfod cwrdd â hi yn y dre dydd Sadwrn i ga'l 'yn un i. Wy'n falch na cheso i wahoddiad i fynd draw 'na. Wy' dal yn shigledig tu mewn am beth ddigwyddodd.

Ond y gobsmac heddi, ar wahân i Astudiaethau Clasurol, wy' 'di paso POPETH, a nage jyst paso, dros 70% ym mhopeth!! Ges i dri deg saith yn Ast. Clas., ac Îfs un deg tri. O'dd Spikey a Rhids *off the*

Richter Scale. So, ar wahân i hynny, ma'r ddou lawr llawr yn hynod hapus. Y ddefod dymhorol o roi'r adroddiad proffil lle mae pob athro'n dweud yr un peth mewn dwsin o ffyrdd gwahanol mewn iaith gyfrifiadurol, gaeth, wedi bod yn hynod hawdd. Dweud y gwir, o'dd e'n 'itha *touching* i weld Dad yn darllen y peth a'i lygaid yn sheino.

Tase fe 'di ca'l y cyfle, wy'n siŵr galle fe 'di mynd i'r brifysgol, ond ar 'i gyfaddefiad 'i hunan, gwastraffodd e lot o'i amser a gadel yn bymtheg er mwyn ca'l arian.

Wna i ddim 'na.

Ta beth, oni bai bod rhywbeth arbennig yn digwydd dros y gwyliau, sa i'n mynd i gadw dyddiadur tan y tymor newydd, achos yr un peth wy'n sgrifennu bob blwyddyn a "borin borin borin" yw hwnna.

Stiwpid ife, ers Medi'r ail wy' 'di bod yn edrych mlaen at hwn, a wy'n gwbod nawr 'mod i'n edrych mla'n at Ionawr y chweched pan fyddwn ni gyd 'nôl eto'n cymdeithasu ac yn rhegi'n bod ni'n gorfod bod 'nôl.

O ie, ma' mhen blwydd i dydd Dolig, esgus i'r teulu bido rhoi anrhegion ddwywaith i fi.

Ta ra.

Nos SADWRN 21 Rhagfyr

Vy'n torri'n rheol 'yn hunan yn barod. Ond es i i'r dre heddi i weld Llinos a rhoddodd hi'n anrheg i i fi. O'dd pethe'n o cê rhyngddon ni, ond o'n i ffili siarad am beth o'n i moyn siarad ambyti – y noson honno. So ethon ni i ga'l coffi yn Burger King a rhoiodd hi'n anrheg Nadolig i i fi a wedyn rhoiodd hi'n anrheg pen blwydd i i fi. Dou!! O'n i'n ca'l agor 'yn anrheg pen blwydd yn y fan a'r lle – smeli, o'r enw Tuscany. O'n i'n ddiolchgar, wrth gwrs, a dangoses i 'ny.

Wedyn, ar ôl iddi fynd, es i Debenhams i weld faint o'dd e. Wy'n gwbod na ddylen i fod wedi neud 'ny, ond o'dd y blydi peth 'di costio TAIR PUNT AR DDEG! – am UN can o smeli drewdods neis!! Pariff e bum mlynedd 'da fi te. Bob tro bydda i'n sgwirto hwnna bydd e fel sgwirto arian i'r awyr.

"O, ti'n gwynto'n neis bore 'ma, Rhys."

"Ydw, bythdi saith deg pump ceiniog act-shiwali."

Ma'r anrheg arall yn y drôr, ddim dan y goeden deuluol!

So wedodd hi bydde hi'n ffonio bore Dolig ac ath hi.

Od on'd yw e, am y tro cynta'n 'y mywyd, ma' cariad deche 'da fi, a wy' ffili cyfathrebu.

Wel 'na ni, ma'r dyddiadur 'ma ar stop tan y flwyddyn newydd. 'Sdim ots 'da fi os o's daeargryn, dilyw a ma' Dad yn neis i fi am fwy na dau ddiwrnod, rwy'n mynd i ga'l rest bach.

Dolig hapus a phen blwydd gwell.

xxxxxxxxxxxxxxxxxxxxxxxxxxxxxxxxxxxxxxxxxxxxxxxxx
xxxxxxxxxxxxxxxxxxxxxxxxxx

BLWYDDYN NEWYDD FFRIGIN DDA I BAWB.

Pam o'dd yn rhaid i Iesu Grist gael ei eni ar ddydd Nadolig DUW YN UNIG A ŴYR. (Yn union, dim ond fe sy'n gwbod.) Wy' newydd dreulio'r pythefnos mwyaf *boring* dan wyneb haul. Ble alla i ddechre?

Bore Dolig . . . na, fe anghofiwn ni fore Dolig ac fe ystyriwn ni yr erthyl a elwir yn noswyl Dolig. I ddechre gwrthododd 'yn chwaer fach fynd i gysgu, achos do'dd hi ddim eisiau colli Santa'n rhoi'r anrhegion wrth droed y gwely. Ma' Dad, er gwaetha'i ymdrech i fod yn Mr Macho, mor feddal â *marzipan* mewn gwirionedd, a ma' fe'n mynnu gwishgo lan fel yr hen Siôn Corn yntê. Wel, ffein ontife, wy' lico traddodiad gymint â neb, ond pan wy'n gorfod aros ar ddi-hun hefyd wy'n dechre dymuno bod Riwdolff a'i deulu yn rhywle ar wahân i Lapland. Bydde popeth 'di bod yn iawn pe na bai Mam-gu 'di bod yn edrych mas drwy'r ffenest ar y pryd. Esbonia i.

Er mwyn gwneud y peth mor realistig ag o'dd yn bosib (wy'n gwbod bod hwn yn swno'n anghredadwy, ond ma' beth ddigwyddodd) penderfynodd Dad fynd mas trwy ddrws y ffrynt a mynd rownd y bac i fynd lan i ystafell y rhagddywededig chwaer. (Wy' 'di 'weld e cyn nawr yn dringo ysgol trwy'r ffenest.) Wel, ath e mas trwy'r ffrynt ond, yn anffodus, bachodd y sach yng nglo'r drws ffrynt, a 'na le o'dd e'n tynnu a bwldagu

man'na a Mam a fi'n pisho'n hunen yn wherthin a
co'r Santa caredig 'ma'n dechre rhegi yn y ffordd
fwyaf angharedig.

Ond y peth a roddodd y mins peis ymhlith y sheri
megis, o'dd Mam-gu, a ddigwyddai fod ar y ffordd
i'r tŷ bach, yn gweld y blôc 'ma'n trïo torri mewn i'n
tŷ ni am dri o'r gloch y bore a hi wedyn, achos
nagodd hi'n gwishgo sbecs, yn penderfynu ffono'r
heddlu. So, am hanner awr wedi tri (peth da taw
argyfwng o'dd e), jyst pan o'dd Santa'n rhoi'i
anrhegion i frenhines ein tŷ ni (rhowch i mi fwced),
pwy a ddaeth heibio i ddymuno Blwyddyn Newydd
Well i ni a chyfarchion yr Ŵyl, ond yr hen Santa
Las. O'dd wyneb Mam yn wyndyrffwl. Do'dd dim
hasl, wrth gwrs, achos pan siaradon nhw â Mam-
gu, sylweddolon nhw bod gwendid meddyliol yn
rhedeg yn y teulu, ac ar ôl dishgled o de, ath pawb
i'r gwely – am hanner awr. Achos am hanner awr
wedi pedwar yr oedd y rhagddywededig angel wedi
deffro. CAN IW BILÎF IT? Hanner awr o gwsg a
wedyn esgus bod yn hapus am weddill y bore. A
beth ges i? Arian, *vouchers* o Benetton, pethe
gwynto neis (ond dim mor neis â rhai Llinos), ac
oddi wrth Mam-gu (ma'r fenyw yn wirioneddol
lwpi), *The Joy of Sex*!!!! O'n i'n pisho'n hunan ond
'na gyd nath Mam o'dd tyt-tytan a dweud bod ishe
iddi fynd mewn, sa i'n gwbod i ble 'chwaith. O'dd
Dad yn wherthin yn dawel, ond yn edrych mor
ddifrifol pan oedd Mam yn tyt-tytan.

Gwir yw, do'dd yr hen fenyw ddim yn sylweddoli
beth o'dd hi'n prynu, a phan ofynnodd hi i fi dros

gino o'n i wedi darllen y "llyfr neis 'na brynes i i ti," buodd co's y ffowlyn bron â throi'n bwmerang yn nwylo Dad! (Wy'n siŵr ei bod hi'n credu 'i bod hi wedi prynu *Beibl y Plant* i fi neu rywbeth. Naill ai 'ny neu ma' Mam-gu'n fwy o rêfyr nagon i'n meddwl fel teulu!)

Wedyn o'dd y Flwyddyn Newydd wrth gwrs. Nawr beth alla i ddweud am y Flwyddyn Newydd na fydd yn swno'n hollol anghredadwy. Os weda i bod Dad mewn coma am ddau ddiwrnod (ddim yn llythrennol ond yn alcoholig megis) falle bydde hynny'n rhoi rhyw fath o synaid ynglŷn â'r Calan. Peth yw, dyw e ddim yn yfed i ormodedd byth yn ystod y flwyddyn ond ma'r Calan fel esgus i fynd dros y top yn llwyr. Peth yw, pan fydd e 'di ca'l mwy na galwyn ma' fe'n dechre siarad Cymrâg, a wir, y mae'i Gymrâg e'n dda pan yw e'n feddw. Ond pan ni'n gweud 'tho fe 'i fod e 'di bod yn siarad Cymrâg, ma' fe pallu credu, a'r pwynt yw, ma' fe'n siarad yn dda yn ei fedd-dod. Wy'n meddwl withe, tase fe dim ond wedi ca'l cyfle i ga'l addysg Gymrâg fel wy' 'di ca'l. Ac wrth gwrs, dyw Mam-gu ddim yn fodlon wedyn pan yw hi'n clywed hyn a mae'n mynd ar *guilt trip*. Ma'n teulu ni, onest tw God, wy'n siŵr os oes y fath beth â sgitsoffrenia ieithyddol yn bod, ein bod ni'n dioddef ohono fe.

O, gyda llaw, ffonodd Llinos fel addawodd hi dydd Dolig i ddymuno pen blwydd hapus i fi. Wedodd hi "Hylô, ife Iesu Grist sy 'na?"!! O'n i 'di bod yn ishte ar ben y ffôn ers teirawr yn aros iddo fe ganu a'n rhieni annwyl yn meddwl 'mod i 'di ca'l ffit o rywfath. Eto, do'dd y siarad ddim yn rhydd, dim ond bod y Swisdir yn fendigedig a'r sgio'n dda 'chos bod yr eira'n drwchus. Pan ofynnoddd Dad pwy o'dd e, wedes i Îfs.

"O aye, moved to St. Moritz 'as 'e?"

Clustiau fel ci 'da fe withe, onest tw God.

Ac wrth gwrs, o'n i gorfod cau 'mhen gan 'u bod nhw wedi cytuno i dalu am y trip i Lundain gyda'r Adran Ddrama i weld cyfres o ddramâu rywbryd yn y flwyddyn ddilynol. *Some* anrheg yntê! Pen blwydd ffrigin hapus, Rhys, fe gei di dy anrheg ymhen deng mis. Nage bod gwahaniaeth mewn gwirionedd. O'dd e'n bwysig, y busnes anrhegion 'ma pan o'n i'n iau, ond erbyn hyn, dwy' wir ddim yn hido am y cyfan. Ma' nhw'n 'itha da, dweud y gwir. Wel, hynny yw, dwy' ddim wedi gweld ishe dim erioed a ma' hwnnw'n fwy nag y gellir ei ddweud am laweroedd o'm cyfoedion yntê.

A nawr, mae'n nos Lun a ma'r pocsi stincin ffiaidd hyll gachlyd ysgol yn dechre fory.

Dwy' ddim wedi clywed oddi wrth neb, gan gynnwys Îfs, yn ystod y gwylie (sy'n od). Ma' Llinos 'di bod yn sgio lawr Everest a nawr wy'n mynd yn wan yn y bola wrth feddwl am y gwaith cartre s'da fi neud heno.

Wy'n casáu ysgol, wy' wirioneddol yn credu dylen i adel. Ma' plant yn Timbyctŵ ishe addysg so pam na allan nhw ddod 'ma a'i chael hi, achos dwy' i ddim. Rhys bêbi, ti'n siarad fel prat eto. So, 'da teulu fel sy 'da fi, ma'n rhyfedd 'mod i'n siarad o gwbl.

Nos da, greulon fyd, ymadawaf â'r fuchedd hon

am yr ychydig oriau o hedd y bydd cwsg yn eu cynnig i mi, hynny yw ar ôl i fi wneud y traethawd Cymraeg, y prosiect Ast. Clas., y traethodau Saesneg ac yn y blaen, ac yn y blaen, ac yn y blaen.

BLWYDDYN NEWYDD FFRIGIN DDA, ATHRAWON CYMRU.

Dydd MAWRTH 7 Ionawr

Wel, o'dd heddi mor lyfli wy'n cal anhawster i reoli'n 'nheimladau.

Ma' Achtwng wedi penderfynu bod y'n dosbarth ni yn mynd i gystadlu mewn cystadleuaeth areithio a gynhelir trwy gyfrwng yr iaith Ffrangeg. Iawn os ŷch chi'n ffrog ond gès beth? Rydw i wedi fy newis fel aelod o'r tîm i gynrychioli Dosbarth Pedwar Blwyddyn Naw Deg Saith, a ma' Îfs yn eilydd. (Ma' hwnna'n gysur dweud y gwir.) A gès pwy yw'r aelod o Ddosbarth Chwech? Gareth, y brawd hyfryd a ymosododd arnaf ar ôl ei fethiant yn "Ychi Ychi Ychi". Ond nid dyna'r oll. Megis dechre oedd y diwrnod yn ystod y wers gyntaf. Mae Soffocleese, sy gyda llaw yn credu bod Siôn Corn yn tarddu o hen berthynas i Zews, wedi dweud bod y gystadleuaeth Astudiaethau Clasurol gogyfer â'r eisteddfod ysgol yn orfodol gan y bydd y cyfryw gystadleuaeth yn priodi'n hyfryd â thargedau cyrhaeddiad y Cwricwlwm Cenedlaethol a'r prosiect sy'n gysylltiedig â'r gwaith. FY MHEN-ÔL, BYTI!!!!

Yr unig reswm yw, ma' cyn lleied o ddiddordeb yn yr ysgol yn y fath bwnc hurt, mae'n rhoi'r argraff i bawb bod adfywiad yn bod yng ngwareiddiad y byd clasurol. Can iw bilîf it? Alla i ddim aros i weithredu cynllun Îfs. Ond gwrandewch, fy ffrindiau hoff, mae mwy, mae mwy. Yn y wers Fathemateg, yn yr hon y trafodir y gwyliau fel arfer, mae M2 wedi ysgogi'i hunan i roi prosiect i ni a fydd yn gymorth ar gyfer lefel dau o darged cyrhaeddiad tri deg chwech, sydd yn gorfod bod yn orffenedig wythnos i heddi!!! Y BASTARD!!! Y gwir yw, ma'r slej wedi anghofio rhoi'r gwaith 'ma i ni tymor diwethaf, a nawr ma' fe 'di trïo'n twyllo ni mai er ein lles ni ma'r gwaith 'ma sy'n ddigon i dorri calon eliffant. Wy' 'di ca'l e reit lan at fy nhagell megis. Wy'n HOLLOL *depressed*; o fewn tair awr i gyrraedd 'nôl dinistriwyd holl werth y gwyliau.

A wy' nawr yn casáu pob athro ar wyneb daear addysg. A ma' hwnna'n SWYDDOGOL. Ac ar ben y cyfan, ma' pocsi chwaraeon fory a ni'n newid tymor yma i wneud nofio a wy'n casáu nofio mwy nag wy'n casáu rygbi. Ble ma'r bag plastig?????? Pam fi, Duw? Pam fi?

Dydd MERCHER 9 Ionawr

Ma' Llinos 'nôl. Dath hi ag anrheg arall i fi, o'dd yn lyfli a drud a wy'n teimlo'n hapus iawn i'w gweld hi ac yn lletchwith 'run pryd. ('Sdim rhai pethe'n newid os e?) Ma' Spikey a Rhids 'di penderfynu mynd ar streic achos y gwaith cartref sy'n cael ei osod (wy'n ame os weliff unrhyw un o'r athrawon wahaniaeth ta p'un). Ma' si yn mynd o gwmpas bod y Shad wedi bod yn yr ysgol trwy'r gwylie yn gweithio, ond wy'n credu mai ymgais at gelwydd maleisus yw hynny i roi'r argraff 'i fod e'n ennill 'i gyflog anhygoel o fawr. O ie, a dath Sharon Slag i'r ysgol heddi. Mae'n fwy beichiog nawr – tua phum mis! Ydyw wir, mae Bernard ei chariad annwyl a roiodd ofn Duw yng nghalon Andrew "Jeremeia" Owen, wedi cyflawni yr hyn yr oedd pawb yn ame, ac wedi ei ffrwythloni megis gwenynen! Ches i ddim cyfle i siarad â hi'n iawn, ond mae'n debyg 'i bod hi'n mynd i ddod 'nôl i'r ysgol dan nawdd y gwasanaethau cymdeithasol sy'n mynnu 'i bod hi'n gorffen ei haddysg (enw diddorol ar yr hyn sy'n digwydd yn yr ysgol hon) nes bod y babi'n barod i ddod. Bob tro wy'n gweld Sharon wy' jyst yn meddwl pa mor agos y gallen i fod at ei theip hi o fywyd. Er gwaetha pob cwyno, ma'n rhieni i'n lyfli, ond ma' Sharon wedi'i geni i'w huffern hi a wy' 'di 'ngeni i 'nghyfforddusrwydd i, ond galle popeth 'di bod o whith, galle fe? Ma' hwn yn hefi iawn, ond ma' Sharon yn ca'l yr effaith 'na arna i. Ife 'na pam bod anffodusion i ga'l yn y byd er mwyn gwneud i ni sylweddoli pa mor lwcus ŷn ni mewn gwirionedd? Blydi stiwpid ffordd o wneud i chi werthfawrogi'ch bywyd os chi'n gofyn i fi. Hwnna fel dweud ma' miliyne'n marw yn Ethiopia er mwyn i ti werthfawrogi'r *cabbage* 'na. Shytyp, Rhys, ti'n pratio eto.

Ffonodd Îfs jyst nawr, gofyn beth o'n i'n neud ar y penwthnos. Wel, dim byd ar y funud ife, ond wy'n ame bod Llinos yn mynd i ddweud rhywbeth fory so o'dd rhaid i fi wneud rhyw esgus prati ynglŷn â'r teulu. Od hefyd, o'dd Îfs tam' bach yn ddigalon ac o'dd e fel'na yn ysgol heddi. Gewn ni *chat* amdano fe fory siŵr o fod. Fe, fel fi, yn hollol ffed-yp ar y system arteithio a elwir yn ysgol.

Dydd IAU 9 Ionawr

Diwrnod uffernol, ofnadwy, y gwaethaf ers i fi gyrraedd yr ysgol 'ma.

Ma' Îfs a fi wedi cael y row gwaethaf, mwyaf dirdynnol gethon ni erioed a ma'r holl beth wedi'n ypseto i'n ofnadwy.

O'dd Mam gallu gweld 'na amser te achos do'n i ddim yn gallu cyffwrdd â 'mwyd. Sa i'n gwbod beth i'w weud heb 'i fod e'n swno'n hollol blentynnaidd erbyn hyn.

Wel, o'n i'n gwbod bod rhywbeth yn bod y noson cyn 'ny pan ffonodd Îfs ac o'dd e'n swno'n ddigalon. Amser egwyl ma' fe'n gofyn i fi os galle fe siarad â fi. Nawr o'dd hwnna hollol wahanol i'w gymeriad arferol achos ŷn ni'n siarad am bawb a phopeth ta beth, sdim ishe neud apwyntment i siarad â'n gilydd. Ta p'un, amser egwyl, 'na le o'n ni'n cerdded o gwmpas yr ysgol yn trïo osgoi Spikey a Rhids o'dd yn codi deiseb yn erbyn gwaith cartref. Fel y sgyrsiau 'da Llinos wy'n cofio'r sgwrs hon fel tasai wedi naddu ar lechen hefyd.

ÎFS: Ti siŵr o fod ffili deall be sy'n bod. Ffono fel'na.

FI: Wel, nagodd e'n ymddygiad hollol nodwedd-iadol ohonot ti.

ÎFS: Nagodd.

FI: A?

ÎFS: Dyw e ddim yn hawdd.

FI: Ti'n fenyw rîli a ti wedi bod yn 'y nhwyllo i'r holl flynyddoedd 'ma?

ÎFS: Os taw 'na gyd o'dd e bydde fe'n haws.

FI: Be sy'n bod, Îfs? Ni'n ffrindie ers erio'd, gelli di weud 'tho i, ti'n gwbod.

ÎFS: Wy' ofn dy golli di fel ffrind ar ôl gweud 'tho ti.

FI: Na, sa i'n credu.

ÎFS: Wy' 'di bod mas 'da Llinos.

FI: O, pryd? Wedodd hi ddim byd wrtha i.

(Edrych 'nôl, o'dd hwnna'n ymateb mor an-hygoel o naïf on'd o'dd e? Wel, o'n i fod i gredu bod "mynd mas" yn golygu beth ma' fe'n 'i olygu i bob person arall yng Nghymru, *as in* mas yn cusanu a bod 'da'i gilydd fel cariadon?)

Medde fi.

FI: Pryd buoch chi mas 'te?

Îfs: 'Smo ti'n deall, Rhys, ni 'di bod MAS 'da'n gilydd.

(Saib barodd deirawr . . . neu'n ymddangosiadol felly.)

FI: Mas, *as in* "mas"?

ÎFS: Ie.

FI: O.

109

Îfs: Ti'n grac?

FI: Na, dwy' ddim. Na, dim o gwbwl.

ÎFS: Ti jyst yn gweud 'na.

FI: Odw, actshiwali, wy' jyst yn gweud 'na rhag
         ofn bwra i dy ffycin ben di bant.

ÎFS: Na fe, o'n i'n gwbod byddet ti'n grac.

FI: Ti'n byw ar yr un blaned â fi??!!! O, wy'n
         gwbod, ti'n weindo fi lan, nagyt ti. Tynnu
         ngho's i'r flwyddyn newydd.

ÎFS: Licen i tasen i.

FI: So beth ti'n trïo dweud yw dy fod ti wedi
         ca'l secs 'da 'nghariad i.

ÎFS: O *come on*, Rhys, be ti'n meddwl odw i?

FI: O'n i'n meddwl hyd at ddwy funud 'nôl dy
         fod ti'n ffrind i fi ond paid â gofyn beth wy'n
         feddwl nawr.

ÎFS: Dim ond unwaith buon ni mas, Rhys.

FI: Dim ond unwaith laddon nhw Kennedy
         hefyd – o'dd e'n ddigon. *You bastard!*

ÎFS: Sori.

FI: *YOU FUCKING BASTARD!*

ÎFS: Rhega os yw e'n neud i ti deimlo'n well ond
         cadwa dy lais lawr – ma' athrawon yn agos.

FI: Be ti ofn, Îfs, chwalu'r ddelwedd? Shwd allet
         ti? Shwd allet ti?

ÎFS: Gwranda, wy'n gwbod dy fod ti'n ypsét nawr
         ond plis, gad i fi esbonio.

FI: Esbonio bod 'yn ffrind gore i'n gelwyddgi?

ÎFS: Ti ddim yn credu 'na.

FI: Nagw i?

ÎFS: Nagwyt, dy dymer di sy'n siarad.

FI: Tw trw. A ble ma'r hwch?

Îfs: Plis, Rhys, ma' Llinos yn fwy blin na fi.

FI: Beth o'dd yr anrheg 'na ddo'? Arian Jiwdas ife?

ÎFS: Sdim pwynt trïo dal pen rheswm 'da ti fel hyn, siaradwn ni amser cinio.

FI: Wnawn ni?

ÎFS: Rhys, dyw hwn ddim yn mynd i ddinistrio'n perthynas ni, sa i'n mynd i adel iddo fe.

Ac ar y pwynt yna, trwy drugaredd, canodd y gloch a chwiban y Dirprwy. Sa i'n gwbod shwd es i trwy'r wers nofio ac, am unwaith, do'dd dim ots 'da fi am y dŵr na'r jôcs pathetig ynglŷn â byljys pawb. A diolch i ryw drefn bod Îfs yn y grŵp jimnasteg am y chwech wythnos nesa a fi'n nofio.

Wrth gwrs, weles i Llinos wedyn, ar ôl y wers 'na, yn cerdded fel slỳg ochr arall yr iard i fi, a fi'n rhythu arni fel 'sa hi'n lwmpyn o gach, a wedyn, jyst cyn cerdded mewn i Ast. Clas., dechreues i grio. Pidwch gofyn pam, jyst bostes i mas i grio. Soffocleese yn gweld ac am yr unig dro yn 'i fywyd yn dangos rhyw fath o empathi drwy bido dweud dim, a fi'n rhwbo'n llyged yn ddigon ffyrnig i fod yn ddyn dall ac yn benderfynol o stopo cyn i Îfs ddod mewn.

Ma' gweddill y diwrnod yn ffilm ar *fast forward*; cofio gweld pobl a siarad ond ffili dirnad dim.

A ma' meddwl am fory a ffindo mas beth a shwd ddigwyddodd e, achos wy'n gorfod ffindo mas, ma'r peth fel cyllell yn troi yndda i. Wy' 'ma yng nghanol mynydd o hunandosturi a gwaith ac alla i ddim â symud. Wy' 'di bod yn gorwedd ar y gwely ers teirawr a Mam yn galw'n achlysurol i weld os ydw i'n olreit ond alla i ddim symud. Ma' fel 'sa pwyse arna i a wy' ffili neud dim. Wy' moyn mynd i gysgu a phido dihuno bore fory. Bydde fe lot llai o hasl.

Blydi hel, wy'n difaru mynd mas 'da Llinos. Tasen i'n gwbod bod hwn yn mynd i ddigwydd *no way* bydden i wedi. *No way.*

3.00 a.m.

Wy' heb gysgu o gwbwl a wy'n gwybod bod hwn yn ffordd gachgïaidd mas ohoni ond wy'n ca'l dosad o ffliw fory. Sa i MOYN, alla i DDIM wynebu neb nes bo'r penwthnos 'ma wedi mynd. Faint sy'n gwbod, pwy sy'n gwbod, pa mor bell ethon nhw, falle . . . Cer i gysgu, Rhys, ddaw pethe ddim yn well fel hyn.

Dydd GWENER 10 Ionawr

Wy' gartre a wy'n teimlo'n dost. Wy'n siŵr 'y mod i erbyn hyn. Ffili ysgrifennu dim byd, jyst ishe pwdu a pheidio boddran.

Nos SUL 12 Ionawr

Penwythnos gwaetha 'mywyd i bron â bod drosodd. Ma' meddwl am fory yn 'yn neud i'n dost. Falle gallen i ga'l apendics. Os gweddïa i ar Dduw (dwy' ddim yn credu ynddo fe) a'i fod e'n rhoi apendics i

fi, fe greda i wedyn, a hyd yn oed canu yng ngwas-
anaeth Andrew "O Iesu Mawr Rho D'anian Bur".
Neu wrth gwrs, gallen i gymryd llond potel o
paracetamol. DWY' DDIM YN JOCAN.

Nos LUN 13 Ionawr

Wy' heb fod i'r ysgol. Gadewes i'r tŷ, ond wy' heb
fod i'r ysgol. 'Na'r tro cynta erio'd wy' 'di neud 'na,
ond ar ôl cyrraedd y bws, ffiles i. A wy'n gwbod
bydda i'n gorfod mynd fory neu bydd yr ysgol yn
cysylltu – ma' rheol 'da nhw o gysylltu os ŷch chi'n
absennol am fwy na thridie.

'Na gyd nes i drw'r dydd o'dd cerdded. Es i i'r
dre a gwastraffu'n arian cinio ar rwbish o fwyd a
phendroni beth i'w neud. Wedyn es i gartre erbyn
yr amser arferol a thrïo dweud celwydd mor
argyhoeddiadol ag o'dd yn bosib yn wyneb Mam, a
dwy' ddim y person gore i wneud 'ny.

Ma hwn yn ridiciwlys. Alla i ddim mynd mla'n
fel hyn. Mae'n amser te, a wy' jyst wedi gweud
nagos whant bwyd arna i a mae'n bygwth nôl y
Doctor, achos wy' heb fyta'n iawn ers dydd Iau
diwetha. Wy'n gwbod 'mod i'n sensitif ond wy'
nawr jyst yn whare lan i'n hunan. Pam na alla i
anghofio'r peth, jyst 'i gofio fel profiad annymunol,
ac anghofio amdano fe? Wy' wastod wedi bod yn
un i fecso am bethe bach, medde Mam – o'n i'n
meddwl o'n i wedi gwella ond ma'n amlwg dwy'
ddim.

11.30 p.m.

Ma' Îfs 'di bod 'ma 'da Llinos. Anghredadwy, anhygoel, gobsmacin. Bythdi hanner awr 'di chwech o'dd e, a fi lan lofft yn trïo argyhoeddi'n hunan mai nage Romeo o'dd 'yn enw canol i pan waeddodd Mam bod rhywun i 'ngweld i. Chlywes i ddim o'r drws hyd yn o'd. Ta p'un, es i lawr, a 'na le o'dd y ddou ohonyn nhw yn y pasej a Mam yn dweud wrthyn nhw i fynd i'r rŵm ffrynt. O'dd Mam gallu gweld bod rhywbeth yn bod achos o'dd 'yn wyneb i'n edrych fel o'dd e pan wedodd Dad wrtha i nagodd Siôn Corn yn bod mewn gwirionedd.

Sa i 'di cerdded lawr llawr mor araf yn 'y mywyd. Edrych 'nôl, o'dd Mam mor sensitif. Ma' nhw'n gallu bod, on'd ŷn nhw?

MAM: Ti moyn i fi 'neud dishgled o de i chi?
FI: Plis, Mam.
MAM: A ti'n credu dy fod ti'n ddigon iach i siarad â nhw, achos os nagyt ti, weda i wrthyn nhw nagw i'n folon.
FI: Na, na, bydda i'n olreit.
MAM: Reit o, bach. Cera di.

Sôn am roi'r wyneb ar awtomatig peilot pan agores i'r drws! A'r distawrwydd. Pan es i mewn cododd Îfs, onest tw God. Cododd e fel 'sa fe mewn tŷ diarth, a'r adege ma' fe 'di bod yn tŷ ni.

Edrychodd Llinos ddim arna i. Jyst rhythu ar y llawr fel 'sa hi'n trïo creu darlunie ym mhatrwm y carped.

ÎFS: Ti'n well?
FI: Ffantastig.
ÎFS: Ti'n edrych tam' bach yn wan.
FI: Yn emosiynol falle, Îfs, ond yn gorfforol
          gryf.

O'n i'n meddwl bod hwnna'n ateb gwir dda.

Distawrwydd masif wedyn ar wahân i sŵn fel
llygoden. Llinos o'dd e, yn crio. Nawr os o's rhyw-
beth alla i ddim godde, merch yn crio yw e. Ma fe'n
neud i fi deimlo'n euog yn syth, a'r peth yw yn yr
achos 'ma, do'n i ddim wedi gwnėud ffrig o ddim,
so pam ddylen i deimlo'n ofnadwy, dyn yn unig a
ŵyr.

LLINOS: Wy'n sori, Rhys.
ÎFS: A fi, bỳt, wy'n sori.
FI: Pam? Sori bo' fi 'di ffindo mas neu sori
          bo' chi 'di gweud celwydd neu . . .

Pam na allen i jyst derbyn yr ymddiheuriad a
dechre o fan'na ife? O leia o'n nhw 'di ca'l y gras i
ddweud sori, a'r gyts i ddod draw i 'ngweld i. Ar y
pwynt 'na, diolch i'r drefn, o'dd y te'n barod, a
whare teg i Mam, dim ffŷs, jyst rhoi'r hambwrdd a
mas â hi'n syth. Gwobr Nobel am Heddwch ar y
ffordd, Mam.

ÎFS: Drycha, Rhys, ddigwyddodd dim byd –
          wel, dim fel wyt ti'n ame.
FI: Beth ti'n meddwl, "fel wy'n ame", Îfs?
          Darllen meddylie hefyd yn rhan o'r
          repertoire nawr ynghyd â bod yn Jiwdas,

odi fe?

ÎFS: D'odd dim ishe hwnna, Rhys.

FI: Nagodd e?

Ymhen blynydde pan fydda i'n meddwl am y noson 'na, achos do's dim sicrach na fydda i byth yn anghofio, bydda i'n meddwl am wyneb Llinos pan wedes i'r gair Jiwdas. Sa i'n gwbod shwd ma' morloi yn edrych jyst cyn i fandrel y llofrudd lanio ar eu pengloge nhw, ond o'dd llyged Llinos yn dishgwl gwmws fel'na, yn ymbil. Sa i'n gwbod pwy o'dd yn teimlo'n wath wedyn, hi neu fi.

FI: Wel, odw i'n mynd i wybod pryd, ble a pham?

ÎFS: Wy'n credu dyle Llinos weud pryd.

FI: Ma' tafod 'da'i o's e?

LLINOS: Noswyl Nadolig. O'n i yng Nghastell Nedd, ma' teulu 'da ni 'na. O'n i mewn bwyty yn ca'l pryd o fwyd 'da nhw . . . ac o'dd Îfs digwydd bod 'na.

ÎFS: A chyn bo' ti'n gweud dim byd, na, d'odd e ddim yn *set up job*.

FI: Peth diwetha yn 'yn feddwl i, Îfs.

LLINOS: Nawr, wy'n gwbod bod hwn yn mynd i swno'n bathetig . . .

FI: Dim o gwbl, Llinos, galla i gredu unrhyw beth ar ôl dydd Iau diwethaf.

LLINOS: Ond o'n i'n bôrd.

ÎFS: Ac o'n i'n bôrd.

LLINOS: Ac o'n i 'di ca'l tamed bach gormod i yfed.

ÎFS: A gofynnes i i Llinos os o'dd hi moyn

	dod mas am dro.
FI:	Ac wrth i chi fynd o'dd digwydd bod coeden uchelwydd a stopoch chi i ga'l cusan Nadolig a 'na gyd o'dd ynddo fe.
ÎFS:	Wel, 'smo ti'n bell o dy le.
FI:	O, *come on*, Îfs. Ffantêsia Walt Disney'n rhoi gwell stori na 'ny.
ÎFS:	Cusan 'Dolig o'dd hi, Rhys, wel 'na gyd o'dd hi i ddechre.
LLINOS:	A do'dd e ddim lot mwy ar y diwedd chwaith, Rhys, i ti ga'l deall.
FI:	A ti'n disgwyl i fi gredu 'na ar ôl beth ddigwyddodd rhyngddon ni?

Nawr wy'n gwybod na ddylen i fod wedi dweud 'na, achos ma' beth ddigwyddodd rhyngdda i a Llinos yn gwbl gyfrinachol, ac os nagyw hi wedi dweud wrth neb, dwi'n sicr ddim. O'dd 'i hadwaith hi'n rhesymol, ond mor oeraidd.

LLINOS:	Ma' beth ddigwyddodd rhyngddon ni'n breifat, Rhys, yn y gorffennol a dwy' ddim yn credu mai hwn yw'r lle na'r amser i drafod rhywbeth fel'na.
FI:	Sori.

Do, onest tw God, wedes i sori. Wy'n gwbod na ddylen i, nagodd dishgwl i fi mewn gwirionedd, ond 'na beth ddath mas.

ÎFS:	Drycha, Rhys, ni'n dou 'di bod yn byw trwy uffern ers iddo fe ddigwydd.
FI:	Ffonest ti fi ar 'y mhen blwydd.

LLINOS: O'n i moyn.

FI: Ffonest ti ddim.

ÎFS: O'n i ffili. Ni'n sori, Rhys; dyn a ŵyr, 'sa mwy nag un ffordd neu filiwn o ffyrdd o ddangos pa mor sori ŷn ni, bydden ni'n 'i wneud e, ond do's dim byd galla i weud.

LLINOS: Gallen ni 'di gweud celwydd a byw celwydd, Rhys, ond allen ni ddim edrych arno ti.

FI: Beth o'dd yr anrheg, tri deg darn arian?

Wy'n gallu bod yn fastard didrugaredd withe wy'n gwbod ond gymerodd hi hwnna hefyd fel pe na bai hi wedi clywed.

Erbyn hyn, o'dd hi'n hanner awr 'di naw a chwarae teg i Mam do'dd hi ddim wedi dod mewn unwaith, er wy'n siŵr bod Dad yn ame bod orji'r ganrif yn digwydd yn y rŵm ffrynt.

ÎFS: Ti 'di madde i ni?

FI: Pwy ti'n meddwl odw i Îfs, Iesu Grist?

LLINOS: Ti'n bihafio fel e withe. Sori.

Wel o'dd pwynt 'da'i sbo. O'n, o'n i wedi ca'l 'y mrifo, ond shwd allen i bido ca'l 'y mrifo. Wy' ddim yn 'i gael e'n hawdd i ymddiried yn neb a whap, y tro cynta ma' fe'n digwydd, cic rhwng 'y nghoese.

LLINOS: Ma' fe'n hwyr.

ÎFS: Sa'n well ni fynd.

Y tri ohonon ni'n codi a jyst sefyll 'na.

ÎFS: Ti'n dod i'r ysgol fory?
FI: 'Sdim lot o ddewish 'da fi sbo.

Wedyn, dath Îfs ata i a 'nghofleidio i, hollol, hollol annisgwyl. Gobsmac arall.

Îfs: Wy'n sori, Rhys, sori.

A 'na le o'dd y ddou ohonon ni, sori, y tri ohonon ni, yn cofleidio'n gilydd, yn crio.

Ac yng nghanol y cyfan dath Mam at y drws i 'weud bod Mam Llinos tu fas.

'Na gyd, cofiwch, dim cwestiyne, dim holi. God, o'dd hi'n wyndyrffwl.

Ar ôl iddyn nhw fynd, a fi lan lofft eto, dath Mam lan ac ishte 'da fi. O'dd hwnna'n od iawn.

MAM: Pethe 'di sorto mas nawr?
FI: Odyn, *sort of*.
MAM: Fe basiff e, Rhys, ti'n gwbod 'ny on'd wyt ti?
RHYS: Hyd yn o'd y teimlad o gasineb?
MAM: Odi fe cynddrwg heno ag o'dd e dydd Iau diwetha?
FI: Nagyw.
MAM: Ma' fe'n gwella 'te, nagyw e?
RHYS: Odi. Mam?
MAM: Beth?
RHYS: Allwch chi bido lico rhywun ond eu caru nhw'r un pryd?
MAM: Gelli.
RHYS: Chi'n teimlo fel 'na bythdi fi withe?
MAM: Na, ond am dy Dad, gallen i 'i dagu fe

withe t'wel'.

RHYS: A fi.

Wedyn, cododd hi. Dim byd arall. Fel 'sa hi'n deall. Ofynnodd hi ddim pam bod Îfs a Llinos 'na, er bod hi'n gwbod amdana i a Llinos, siŵr o fod – y'n bod ni'n mynd mas 'da'n gilydd. Ma'n rhaid bod hi'n gwbod ond wedodd hi ddim.

Wedodd hi ddim. Wy'n credu des i i ddeall mwy am Mam heno nag o'n i'n gwbod erio'd o'r bla'n, a falle 'i bod hi'n deall mwy amdana i hefyd.

A nawr wy'n mynd i'r gwely, yn anniddig ond ddim mor *depressed* ag o'n i, a wy'n mynd i'r ysgol fory a gewn ni weld beth ddaw ife. Falle 'mod i 'di dechre tyfu fyny, er o'n i'n meddwl 'mod i'n aeddfed ar ôl Llinos ac ati, ond . . . O wel, rwy'n wych rwy'n wael, ys gwedodd un o feirdd Cymru dwy' ddim eto'n deall ei waith, ond mei God, ar ôl hyn, rwy'n dechre dod yn agos ato fe nawr! Nos da.

Nos FAWRTH 14 Ionawr

Diwrnod olreit cyn belled â bod Îfs etc. yn y cwestiwn. Siaradon ni ddim am ddim byd. Osgoi Llinos, jyst dweud hylô.

Soffocleese yn poeni am fy iechyd, Achtwng yn gobeithio nagon i'n "*mal*", M2 yn fy sicrhau nagodd modd gohirio'r prosiect Maths, Spikey a Rhids wedi cael rhybudd oni bai eu bod nhw'n rhoi'r gore i'r syniad gwallgo o gynnal deiseb yn erbyn gwaith cartref y byddan nhw'n cael eu diarddel am wyth-nos, a'r Shad, yn rhyfeddol, yn gofyn shwd o'n i. Nagon i'n gwbod ei fod e'n ymwybodol o 'modolaeth i heb sôn am 'yn iechyd i! Leiff gôs on ife!!!!!

Sharon, gyda llaw, yn edrych yn wael, nage jyst y ffaith 'i bod hi'n dangos mor fawr erbyn hyn (a phedwar mish i fynd), ond mae 'hwyneb hi mor welw a'r llyged 'na mor ddwys a thrist. Pan wy'n 'i gweld hi wy' wir yn meddwl pam wy'n 'neud yr holl ffŷs 'ma.

Nos IAU 16 Ionawr

Rhy brysur yn copïo'r gwaith a gollwyd, yn paratoi Maths i'r athro twpa yn hanes ers Einstein (o'dd ffili neud Maths wedodd rhywun wrtha i), ac yn trïo gwneud gwaith cartref Eisteddfod. Ma' *thing* 'ma 'da nhw yn y'n hysgol ni bod cystadlaethau gwaith cartref yr Eisteddfod yn bwysig iawn. Wel, ma' fe, wrth gwrs, pan chi yn Nosbarth Un, Dau, a Thri ac yn ca'l y'ch twyllo i ryw stad o berlewyg o frwdfrydedd dros y llys gorau'n y byd. Llwyth o grap. Ond wrth gwrs, nawr ma' nhw wedi ymgorffori'r gwaith Eisteddfod i'r gwaith Cwr-icwlwm Cenedlaethol, mae'n ymddangos i fi fel gwastraff amser pur ac ymosodiad ar fy amser personol preifat. SO DDÊR!!!!!! (Tsheildish ife, ond gwd laff.)

Ma'r Shad yn haeddu cael ei ganoneiddio. Wy' wastod wedi credu bod y dyn yn mastyrmeind. Geswch beth? Mae e 'di penderfynu, er mwyn rhoi mwy o amser ymarfer i ni gogyfer â'r Eisteddfod, a gan ei fod e'n credu'n gryf yn yr ethos cystadleuol, mae e'n mynd i gwtogi pum munud off pob un o wersi'r dydd er mwyn rhoi hanner awr o wasanaeth estynedig i bob llys ymarfer yn y bore. Wyndyrffwl! Pum munud yn llai o bopeth. Mae'n debyg bod y staff benben â fe ond mae e'n benderfynol o weithredu'r "cynllun beiddgar a phwysig hwn" er mwyn i blant Cymru gael rhan yn eu hetifeddiaeth. AMEN, BYTI, AMEN! Cytunaf yn llwyr â chwi!! Wy'n credu dylen ni ei ailenwi fe'n Syr Ifan ab Owen Urdd neu Saunders Lewis neu rywun îcwali pwysig yn hanes ein gwlad fach.

Siarad tam' bach mwy 'da Îfs heddi ond yn arwynebol iawn, a dweud hylô wrth Llinos a fawr ddim arall.

Mae'r peth yn mynd i gymryd amser ond wy'n teimlo heddi, o leia, bod posibilrwydd y gallen i fod yn ffrindie 'da Îfs eto rywbryd yn y dyfodol, sy'n wahanol i shwd wy'n teimlo bythdi Llinos ar y funud.

Ond am weddill y penwythnos dim rhagor o siarad; gorffen y prosiect Maths a'r *etc's* uffernol.

Sa i 'di wherthin gymint ers i glogyn Soffocleese fynd ar dân yn y noson garolau. Sôn am ffars heddi.

O'dd Dosbarth Pump, blwyddyn Mil ac Un, i gyd yn cuddio *"en bloc"* yn bogs Dosbarth Chwech pan ddath Achtwng ar 'u traws nhw. O'dd Dosbarth Un ar goll am y rhan fwya o'r amser gan fod neb wedi rhoi cyhoeddiad iddyn nhw ble roedd y llysoedd yn cwrdd, ac o'dd neb o Ddosbarth Chwech, ar wahân i'r capteniaid llys, yn barod i gymryd cyfrifoldeb am yr ymarferion, ac o'dd y staff, wel, lot ohonyn nhw, wedi penderfynu creu rhyw fath o fiwtini yn erbyn y Shad trwy beido cydweithredu. Fel rhyw fath o "Fiwtini on the Sgŵl"!! Erbyn i bawb gyrraedd yr ymarferion canodd y gloch i'r wers gynta ac o'dd pawb wedyn yn mega hwyr i'r rheina; wel, wel, anhygoel o wych. Enjoies i mas draw. O'dd y staff mewn tymer am weddill y dydd! Ond y *pièce de résistance* o'dd y wers Addysg Grefyddol ar ddiwedd y dydd. Am ryw reswm annelwig, ma' Andrew "Meseia" Owen yn cymryd 'y ngrŵp i yn y pwnc hynod o *boring*, amherthnasol, cwbl ddiwerth yma. Ma' Spikey a Rhids ac Îfs a Sharon yn yr un grŵp, a heddi, dechreuodd Andrew "Moses" sôn am bechod a'i ganlyniadau. Ddim y peth mwyaf cynnil i'w neud a Sharon fel ag y mae. A 'na un peth amdanon ni, rŷn ni'n ffyddlon i'n gilydd yn erbyn y Staff!

"Beth chi'n treio dweud, *sir*?" medde Sharon. "Treio dweud bo' fi'n slag ife, so fi'n disyrfo beth fi'n cael, ife?"

Nawr ma' cof Andrew "Methiwsla" dal yn fyw ar

ôl ymweliad Bernard, wedyn fe frysiodd i ddweud,

"Na na, Sharon fach, dim o gwbl. Dweud mae'r Arglwydd y dylem ni fyw ein bywyd yn ôl ein gallu."

"Fi dim gwybod beth chi'n tolco bythdi." (Dyw Cymraeg Sharon ddim cynddrwg â 'na o gwbl, ond mae'n lico ypseto aelodau o'r rhagddywededig staff.)

Wel, o'dd Andrew "Tydi a Wnaeth y Wyrth" yn mynd i fwy o gors bob munud so drïodd e newid ei dacteg.

No wei, 'ma Spikey'n dechre wedyn.

"Beth chi'n meddwl am *gays*, syr?"

Onest, o'n i yn meddwl bod 'i lygaid e'n mynd i bopo mas. Ma' tuedd at *gargoylism* ynddo fe rhywle.

"Pla Duw, 'machgen i, pla Duw."

A medde Rhids,

"Ma' 'mrawd i'n *gay*, syr." ('Sdim brawd 'da fe wrth gwrs ond fydde Andrew drafferthus ddim yn cofio hynny.)

"O ma' Mam a Dad fi'n gwbod, syr, a ma' nhw'n syporto fe so pan wy'n dweud 'tho nhw bod chi'n dweud pethe cas amdano fe smo fi'n credu byddan nhw'n hapus iawn."

"Nawr 'y machgen i," medde'r hen Andrew "Ecsodus" yn trïo dod mas o'r Môr Coch, "ddywedais i ddim o'r fath beth."

Corws ohonon ni wedyn, a fi'n eu plith,

"Ie, Syr, glywson ni chi, do fe, do, Syr."

Wel, o'n i'n meddwl 'i fod e'n mynd i ga'l nyrfys brêcdown yn y fan a'r lle. Sôn am golli rheolaeth ar sefyllfa. Peth yw, o'dd e'n gwbl amlwg i bawb y'n bod ni'n cymryd y *piss*. Amlwg i bawb ar wahân, hynny yw, i Andrew "Lefiticus" 'i hunan.

Diolch i ryw fath o drefn, canodd cloch ola'r dydd ac fe gethon ni'n rhyddhau'n ecstra cyflym a Rhids, ar y ffordd mas, yn edrych ar Andrew "Datguddiad" a dweud bydde'i rieni fe mewn cysylltiad fory.

Peth diwetha welson ni ar y ffordd i'r bysys o'dd Andrew "Genesis" yn sefyll tu fas i stafell y Shad a dyn yn unig a ŵyr beth fydde'r sgwrs rhyngddyn nhw. Diwrnod grêt! Diwrnod o chwerthin eto, ac anhrefn. Galla i gôpo 'da ysgol fel 'na.

A chyffyrddodd Llinos â'n ysgwydd i ar y ffordd i'r bỳs i ddweud nos da a wnes i ddim tynnu'n ôl fel pe bai hi'n diodde o'r gwahanglwyf. Wedyn ma'n rhaid bod pethe'n gwella.

Nos FAWRTH 21 Ionawr

Ei am NOT amiwsd!! Ma'r pennaeth ffrigin Llys wedi rhoi fi'n gyfrifol am y Dawnsio Gwerin! Fi!! God, wy'n cael gwaith cerdded yn iawn heb sôn am ddawnsio.

"O, Rhys, does dim eisiau chi ddawnsio, dim ond DYSGU'r plant."

("O, does dim eisiau i chi DDEALL y corff, Doctor, jyst torrwch yr apendics, os gallwch chi ffindo fe.")

Ei mîn, do's dim gwanieth 'da fi ddysgu plant Dosbarth Un, Blwyddyn Naw Deg Tri, shwd i roi dwy droed gyda'i gilydd mewn rhyw fath o rythm ond ma'r Shad wedi penderfynu rhannu'r ysgol yn ddwy ran, so nage Dosbarth Un sy 'da fi ond, yn hytrach, Dosbarth ffrigin Chwech —a, fel ma' pawb yn gwbod, nid fi yw person mwyaf poblogaidd Dosbarth Chwech.

Ac ar ben hyn, ma' Soffocleese, sy yn yr un Llys â fi (pam FI Duw??), wedi penderfynu bod yn rhaid i fi fod yn rhan o'r Ddrama Ladin! Ei cid iew not, yn y'n hysgol ni, yr unig un yn Nghymru (*come on*, Rhys bach, yr unig un yn yr *OUTER GALAXY*) sy'n dysgu Lladin, ma'r prat o athro 'ma yn gorfodi bob Llys i ddysgu deng munud o Ladin, a'i actio fe allan fel rhan o ryw stiwpid Chwedl Roegaidd! Ma' hwn wir yn boblogaidd 'da'r gynulleidfa Eisteddfodol sy'n cael gwaith deall Cymraeg a Saesneg heb sôn am iaith sy 'di marw ers dwy fil o flynyddoedd. Mae'n dweud lot am Soffocleese, meind iew, ei fod e hyd yn oed yn trïo mynd yn erbyn llif yr amserau megis. Beta i 'i fod e'n dal i gredu'i fod e'n beth da petai plant yn cael eu fflogo am beidio dweud "Syr" wrth athro.

So, achos bod Soff yn credu 'mod i'n caru 'i bwnc, wy' nawr yn chwarae rhan yr Arth? Y ffrigin arth sy'n ffeindio'r mêl. Pidwch â gofyn i fi esbonio'r plot – wy' ddim ond jyst wedi gallu darllen y sgript.

Eniwei, ar ôl yr ymosodiad 'na yn y funud gynta o'r ymarfer, myfi a ddihengais i guddio ar y llwyfan rhag ofn bydden i'n cystadlu ym mhob cystadleuaeth – ei mîn, *WHY NOT*? Dawnsio disgo yw fy NGHRYFDER – wy'n edrych yn lysh mewn leotard a *sequins*!

Ond nid heddi oedd fy niwrnod lwcus. Pwy oedd ar y llwyfan ond yr hen annwyl Spikey a Rhids ac Îfs. Wel, er 'mod i ac Îfs yn siarad yn arwynebol o hyd, dyw pethe ddim yn iawn eto. So wedes i "heia" a gwneud 'yn esgusodion. Ac, wrth gwrs, fel o'n i'n cilio trwy'r coridor ochr, pwy ddaeth ar 'y nhraws i ond Achtwng. (Wy'n credu bod yr Hollalluog yn pigo ambell i berson i ddioddef ar y ddaear a byddan nhw'n mynd yn syth i'r nefoedd wedyn, heb y stop yn y *services* fel.)

"A, Jean Pierre," medde hi'n ei dull Ffrengig gore. "Rrydw i am it fod yn y ddrrama Ffrrangeg."

Wel, drïes i esbonio yn fy null mwyaf cwrtais ynglŷn â'r cystadlaethau eraill roedd disgwyl i fi roi 'ngore iddyn nhw, ond 'run man 'san i wedi bod yn trïo cloddio'r Tynnel Tshianel 'da llwy de.

"*Non, non, mon chéri*, mae'n rrhaid i siarradwyrr gorre Ffrrangeg gymrryd rrhan, neu beth fydd yn digwydd i'rr pwnc?"

Atebes i ddim, wy'n credu bod hwnna'n haeddu rhyw fath o fedal, achos wy'n gwbod beth licen i fod wedi dweud!!

So, yn y deg eiliad o'dd nawr ar ôl o'r cyfnod ymarfer, o'n i'n meddwl 'mod i'n saff, so dechreuais i'n ffordd i'r wers gynta. Mistêc. Deffinit mistêc! Cariwso . . .

"Nawr 'te, grwt, wy' moyn côr pedwar llais bob amser cino, a wy' moyn TI i arwain y côr."

"Sa i'n gallu canu, syr."

"Arwain, grwt. ARWAIN. Dim byd i wneud â chanu."

Fi, yn arwain? Wy'n ca'l gwaith pointo'n streit yn y tŷ bach heb sôn am arwain trigen o aelodau

Dosbarth Pedwar, Pump a Chwech, Blynyddoedd Mega Miliwn, i ganu darn o Handel neu Bach. Iawn, Syr, sticwch brwsh lan 'y nhin i a sguba i'r llawr 'run pryd!

Wedyn, dath y Shad 'na.

"Ydy'r bachgen yma'n gweithio i chi, Mr Cariwso? (Galwodd e fe wrth 'i enw iawn.)

"Un o sêr yr ysgol, Prifathro, cynnal delfrydau'r hen le 'ma."

"Ardderchog, Prys," medde'r Shad yn dadol anwybodus iawn, "ma' dyfodol o dy fla'n di."

Ddim ar ôl y blydi Eisteddfod 'ma, byti! Os 'naf i bopeth ma' pobl wedi gofyn i fi wneud heddi, bydda i'n haeddu Medal Syr T.H. Parry-Williams! A nagw i'n gwbod pwy o'dd e rîli, dim ond 'i fod e wedi 'sgrifennu pethe da, yn y ganrif ddiwetha neu rywbeth.

So nawr, hyd at hanner tymor, gwd bei amserau cinio, egwyl a gartre'n syth ar y bws, a hylô, "Jyst blydi newch e neu fe af i nôl y pennaeth Llys."

Siarades i â Llinos cyn Maths. Gofynnes i shwd o'dd 'i mam a'i thad. (Rîli aeddfed ife!!) Ond ma' fe'n well na siarad 'da'i am beth wy' wir moyn siarad. Mae'n od. Ma'r holl beth fel sbring tu mewn i fi. Wy'n gallu'i deimlo fe'n weindo lan yn barod i ffrwydro, ond wy'n 'i reoli fe. Mae e fel 'san i MOYN mynd trwy'r boen 'ma. Odi hwnna'n wir? Odyn ni lico rhoi poen i'n hunen? Wy'n gwbod bod myneich yn y canol oesoedd yn curo'u hunain er mwyn teimlo'r un boen ag y teimlodd Crist, neu rwbeth fel'na, ond sa i rîli moyn teimlo'r lwmpyn mawr 'ma yn 'yn llwnc i drwy'r amser, a'r peth caled yn 'y mola i? Bydd rhaid i fi siarad gyda'i rywbryd . . . ond ddim eto.

Nos WENER 24 Ionawr

Wy' jyst ddim wedi cael munud i ysgrifennu, rhwng yr ymarferion Eisteddfod a gwaith cartref. Ma' Mam a Dad yn dechre poeni amdana i, ond ma'n rhaid fi weud, wy'n 'itha mwynhau bod dan y ddisgyblaeth 'ma.

Un peth da ddoe, rhoiodd Îfs ail fasg i Soffocleese ac am eiliad teimles i'r un peth tuag ato fe; jyst am eiliad o'n i'n ôl yng nghanol y tymor diwethaf cyn i bethe ddigwydd. Ond, stopes i'n hunan rhag teimlo'n dwym eto.

O'dd Soffocleese wrth gwrs fel petai Poseidon wedi'i gyffwrdd e gyda'i brongs. Wy'n tyngu bod ei wefus dop e 'di mynd yn wlyb i gyd.

Ymddiheurodd i Îfs am bido rhoi'r masg arall 'nôl iddo fe ond, wrth gwrs, wedodd Îfs wrtho fe'i fod e ishe i'r ysgol a'r adran 'i gael e. *Wet the pants* teim!! Erbyn hyn, dwy' ddim yn teimlo mor gas tuag at Soff, ond dichon y digwyddith rhywbeth i newid fy meddwl!

Nos SUL 26 Ionawr

Penwythnos arall heibio. Swno'n ddim odi fe.

Penwythnos arall heibio.

Galwodd Llinos rownd, ar 'i phen 'i hunan.

Pic mî yp off ddy fflôr teim megis.

Mam wrth 'i bodd wrth gwrs. Gweld y briodas ar y gorwel. A hyd yn oed yn gweud 'tho ni fynd i'n 'stafell wely i!!

Dou fish 'nôl bydde hwnna i'w gymharu â gweud wrth y Moslemiaid ble o'dd Salman Rushdie'n cuddio!

Wel, siaradon ni. Siaradon ni nes bod y'n tafode ni'n dwll, peder awr – a whare teg i'r hybarch rieni, dim ymyraethau, dim gweiddi "Ydych chi ishe dishgled o de?" Y fath sensitifrwydd nas gwelwyd erioed o'r bla'n megis!

Diwedd y gân yw bod Llinos yn llwyr ddifaru eto beth ddigwyddodd rhyngddi hi ac Îfs ac, erbyn heno, rwy'n sylweddoli na ddigwyddodd ddim byd ta p'un. Wel do, cusanon nhw, snogon nhw, ond dim byd arall. A hyd yn oed yn syth ar 'i ôl e, o'dd hi, ac Îfs yn ôl ei thystiolaeth hi, yn teimlo'n uffernol. So, wrth edrych ar y peth yn wrthrychol, ma' nhw wedi ca'l amser uffernol, dwy' i ddim wedi helpu'r sefyllfa o gwbwl wrth fod fel ydw i. Nage 'mod i'n credu y dylswn i ymddiheuro na ddim byd, ond wy' 'di dysgu gwers bwysig am oddefgarwch penwythnos 'ma. Neis gair, nagyw e? Goddef-garwch, goddef, cydoddef, rhoi lan â rhywbeth er mwyn rhywbeth gwell. A nage mater o anwybyddu beth sy 'di digwydd yw hwnna, wy'n gwbod be sy wedi digwydd a wy'n gallu gweud heno, llaw ar 'y nghalon, 'mod i'n barod i anghofio. Sa i'n gwbod os galla i fadde, achos ma pethe yndda i sy mor genfigennus ma' fe'n hurt, ond dim rhagor o siarad stiff, osgoi llygaid. Yn bendant, wy'n credu y galla i adfer pethe 'da Llinos, ac Îfs. A wy'n hynod falch ynglŷn â hynny.

So, pan ethon ni lawr, o'dd Dad 'na, yn 'i hanner cwsg dydd Sulaidd.

"How are you, Llinos love?"

"Allright, thank you."

"*Grêt*. Made it up 'ave you?"

Sôn am ishe cico Dad. Ond o'dd Mam 'na fel bollt, yn cynnig te a gethon ni ddishgled ar y'n pen y'n hunen, a phan glywon ni Mam yn gweud 'tho Dad,

"Could you try and be a BIT more subtle?"

"What the hell do you think I am, woman, a ballet dancer?" boston ni'n dau mas i chwerthin.

Ma' 'nheulu i, onest!

Wedyn etho i â Llinos lawr at y bws a chyn iddi esgyn iddo fe, rhoies i gusan ar 'i boch hi. Ac o'dd e'n teimlo'n naturiol, yn lân, ac yn iawn.

A wy'n mynd i gysgu'n hapus am y tro cynta ers wythnose.

O ie, a wy' 'di penderfynu anfon cais at yr Eisteddfod Genedlaethol i weld os galla i fod yn drefnydd, achos fel ma' pethe 'da 'Steddfod yr ysgol, man a man i fi 'i neud e am arian!!

Dydd IAU 30 Ionawr

Sa i'n ca'l amser i gachu dyddie 'ma heb sôn am gadw dyddiadur yn iawn.

Wel, lot, lot o wherthin. Ma'r Dawnsio Gwerin yn edrych fel twrcis wedi sbaddu, wy'n siarad Ffrangeg fel 'san i'n siarad Lladin a Lladin fel 'san i'n siarad Ffrangeg. Ma' mwy o reolaeth ar felin wynt na 'mreichie i wrth arwain y ffrigin Côr ac, yn gyffredinol, ma' ysgol yn bril.

Ma' Spikey a Rhids 'di ca'l 'u rhwydo i fod yn yr adrodd tuag yn ôl. 'Na gystadleuaeth wych. Adrodd darn o farddoniaeth tuag yn ôl am laff.

Fel pe na bai siarad Cymraeg yn 'i hunan yn weithred arwrol ar ran y ddau 'na, ond y pwynt yw, o'n nhw'n mitsho ymarferion so cethon nhw'u dal a ma'r Shad, er mwyn dangos bod yr Eisteddfod yn rhywbeth i bawb, wedi penderfynu cymryd grŵp, a ma' nhw yn 'i grŵp aml-lysol e!!!!

Briliantws!!!

Dydd LLUN 10 Chwefror

Dim amser i anadlu. Pythefnos i fynd cyn i'r 'Steddfod ddisgyn arnom ac mae mwy o obaith 'da Soffocleese ymddangos yn ddynol na sy 'da'n Llys ni o ennill yr Eisteddfod tase gwanieth am 'ny. Onest tw God, wy'n rhedeg o gwmpas yn yr hanner awr o ymarfer 'ma'n y bore fel 'sa fflame'n dod o 'nhin i. Bore 'ma, o'dd y Ddrama Ladin a'r hybarch

Soff yn mynnu rhedeg trwy'r peth.

Habus Papa melus ochws.

Ie, egsactli, deall ffrig o ddim.

O'dd hwnna'n ardderchog, medde Soff. Blydi hel, fe yw'r unig un sy'n deall be sy'n ca'l 'i 'weud. Prat. Ac un slip ch'wel', "wmws", yn lle "pratws", a gallen i fod yn rhegi yn yr hen Ladin yntê.

Wel, fel bollt wedyn i'r Dawnsio Gwerin. Grêt. O'n nhw 'di dechre dawnsio ife, a rhaid gweud ma' tam' bach o siâp arnyn nhw, ar wahân i Bili Ffat sy'n ca'l gwaith rhoi dwy dro'd 'da'i gilydd achos ei fola. Wel, fel ma' pobl dew, ma' tuedd 'da'i drowsus e fodoli hanner ffordd lawr 'i gefn e, a 'na le o'dd e wrthi'n dangos ffwl owt a'r seilie'n shiglo ar y naid (Ceiliog y Rhedyn yw'r ddawns a rhywbeth llai ceiliogaidd na Bili Ffat I HAVE NEVER SEEN.) Wel, 'na le o'dd e'n nido lan a lawr a'r bloneg yn shiglo, a chododd e 'da'r naid ond nath ei drowsus e ddim. Rhoi'r ffidl yn y to megis, neu'r sip yn y pen-ôl, a 'na le o'dd yr hen Bili Ffat yn sefyll 'na yn 'i bants, o'dd deirgwaith rhy fach iddo fe, pan gerddodd Achtwng mewn i'n nôl i ar gyfer ymarfer y Ddrama Ffrangeg. Nawr, do's dim synnwyr digrifwch gyda'i, a trw tw fform, sgrechodd hi, rhedeg mas i nôl y Dirprwy – a ddaeth megis taranfollt yn honni bod Bili Ffat yn peryglu iechyd meddyliol yr Athrawes Ffrangeg ynghyd â moese'r ysgol gyfan wrth ddangos ei hunan fel gwylltbeth. Athrawon, wir yr, Bili Ffat yn wylltbeth!! O'dd e'n wyrth 'i fod e 'di cytuno danso a fe'r seis yw e ond mae'n blydi amheus 'da fi os neith e unrhyw beth 'to. So wedyn, pan dynnwyd fi yn gwbl anfodlon i

133

geisio ymarfer yr ymryson areithio Ffrangeg, yn rhyfedd iawn, myfi a gefais bwl o anghofio geiriau mwyaf enbyd, er 'mod i'n 'u gwbod nhw, dweud y gwir.

"Jean Pierre," medde'r ieithydd amryddawn, "pa beth sydd yn bod, fy ngharriad? Ydych chi yn cael trafferrth heddiw i gofio'ch geirriau?"

Na, o'n i'n meddwl, wy'n cael anhawster i wneud pethe i athrawon sy'n gwneud sbort ar ben pŵar dabs fel Bili Ffat.

"Mae'n ddrwg gen i, Miss, wy' yn 'u gwybod nhw, straen yr Eisteddfod, wy'n credu."

"A'n wirr, Jean Pierre, rrydych chi'n gweithio'n galed iawn i'ch Llys, ond cofiwch am bethe pwysig bywyd."

Nath yr hwch ddim ymhelaethu ar beth yw pethe pwysig bywyd ond licen i wbod.

O ie, Prys "the Thespian" wedi rhoi dyddiad mynd i Lundain i ni heddiw. Penwythnos cynta ym mis Medi. Lysh. Methu aros. So, dim ond yr Eisteddfod Genedlaethol i ddioddef nawr, a rhyddid.

Anghofies i weud, wy' 'di penderfynu pido mynd i sgïo, so ges i'r arian blaendal 'nôl.

Llai o hasl.

Llinos wedi siarad â fi amser cino pan o'n i'n rhedeg i ymarfer arall. Rhaid fi 'weud bod pethe'n neis iawn ond ar y funud wy' jyst rhy fishi ar benwythnos i 'styried mynd mas. Fel mae, ma' cadw lan 'da gwaith cartre jyst â'n hala i'n benwan so bydde cadw lan unrhyw fywyd carwriaethol yn gwbl amhosib.

Nos da. Blinedig ydwyf.

Dydd LLUN 17 Chwefror

Sori, ond wy' ffili cadw hwn yn ddyddiol ar hyn o bryd. Wythnos i fynd ac am y tro cynta ma'r Staff yn dangos rhyw fath o frwdfrydedd.

Rhids a Spikey'n paratoi baner enfawr i gefnogi'u Llys a heb wneud ffrig o ddim i helpu'r Llys.

Lico Llinos mwy. Îfs yn grêt. Cefnogi popeth. Mam a Dad yn poeni am 'yn iechyd. Ha ha. Ta ra. Rwy'n hapus.

Dydd GWENER 21 Chwefror

NI 'DI ENNILL YR EISTEDDFOD!! MA'N LLYS NI 'DI ENNILL Y BLYDI EISTEDDFOD!!

Wy' mor gobsmacd, wy'n GOBSMACD, os 'chi'n gwbod beth wy'n meddwl!!

Enillodd y côr o'n i'n arwain. Hefyd o'dd y Ddrama Ladin yn wych. Anghofiodd Bili Ffat 'i eirie, nage bo' neb yn gwbod gwanieth so dechreuodd e gyfansoddi geirie Lladin. A'r pwynt yw o'dd pawb wedi cyflyru'u hunain i glywed sŵn gair er mwyn gwbod pryd i ddod mewn â'u llinell nhw, so yn y darn lle o'dd yr Arth (myfi) fod i ffeindio'r mêl, 'na le o'dd Bili Ffat yn canu! Ei cid iw not, safodd e 'na yn canu "I'm so dizzy" yn Lladin!! Diolch i Dduw bod Soffocleese yn y Neuadd Fach ar y pryd neu

135

wy'n credu bydde gwa'd wedi llifo! Wrth gwrs, cracodd pawb yn y gynulleidfa yn llwyr a wedyn o'n i ffili ga'l e off y llwyfan. So dath yr Arth mla'n a'i ddrago fe off. (O'n i wedi ystyried 'i godi fe yn fy mreichiau Arthaidd, ond o'dd meddwl am Bili Ffat yn ormod i fi hyd yn oed.)

Wedyn ar ddechre'r prynhawn gethon ni'r Dawnsio Gwerin. Mistêc ar ôl cino, deffinit mistêc! Os nagych chi'n gyfarwydd â Cheiliog y Rhedyn – dawns yw hi sy'n gofyn i'r bechgyn lamu ar draws cylch dychmygol megis pe baent yn Geiliogod Rhedyn go iawn megis, a hynny'n golygu plygu reit lawr. Wel, wy'n credu pe na bai bîns wedi bod ar y fwydlen amser cinio bydde pethe 'di bod yn hocê.

Ond, wrth gwrs, y pedwar gwron o'dd yn y'n tîm ni yn llamu ar draws, a fesul un yn torri gwynt. Wel, pan ddath tro Bili Ffat i fynd ar draws o'dd y cids yn Nosbarthiadau Pedwar, Pump, Chwech, Blynydd-oedd Naw Deg Miliwn, yn sgrechen eu cymeradwyaeth ac yn gobitho am y daran o gnec fwya anferth! Ni chawsant eu siomi! Dechreuodd Bili ar draws llwyfan a phan ddath 'i dro fe i blygu, cyn wired â bod y Shad yn brat weithie, dath y corwynt. Wherthin?? Onest, sa i 'di gweld cynull-eidfa'n ymateb fel 'na. Ond nagodd hwnna'n ddigon. Ar y diwedd ma'n rhaid i'r pedwar bachgen gymryd dwylo'r merched a phlygu, wel, moes-ymgrymu i ddangos eu gwerthfawrogiad o'r ddawns. O wel, nath y bois 'na'n lyfli, ond pan o'n nhw ar ffrynt y llwyfan, co nhw'n troi fel un, dangos eu tine, (ond diolch i'r drefn ddim *moonies*!), a tharo pedair cnec, ac onest, wy'n siŵr eu bod nhw wedi creu cynghanedd gerddorol o ryw fath. Pawb wedyn ar eu cadeirie, sgrechen a mil o gnecs yn cael eu torri a thrwy weddill y prynhawn, 'na gyd o'dd i 'glywed o'dd cnecs. O'dd y Staff yn gandryll ond o'dd y cids yn rîli joio! A'r gwynt!!!! Ei cid iw not, o'dd digon o *methane* man'na i gadw pwerdy i fynd am fish! O! JOIES I!!!

Wedyn o'dd y Cyflwyniad Llafar a'r Cydadrodd tuag yn ôl.

Odd Spikey a Rhids wedi synnu'u hunain hyd yn o'd, achos yn eu fersiwn nhw o'dd Côr Adrodd yn cilio o'r llwyfan wrth adrodd tuag yn ôl, so yn y diwedd, do'dd neb ar y llwyfan ar wahân i'r Arweinydd. A hwnna ddim yn siŵr beth i'w 'neud.

Nawr, steddfodau fel hyn gallaf gôpio â nhw!

Wel, ta beth, diwedd y dydd nawr, cyhoeddi'r marcie terfynol ac, am y tro cynta yn ystod y dydd, nyni a welsom y Shad ar y llwyfan.

Ei ymdrechion i gynnal tensiwn yn bathetig ond, 'na fe, ma'n rhaid caniatáu i oedolion ga'l rhyw fath o sbort. A phan wedodd e farciau pob Llys, gwaeddodd rhywun "Bingo!" Wozent an 'api man, yntê!! A wedyn o'dd rhaid i Gapten y Llys, nagodd hi wedi gwneud dim mewn gwirionedd, fynd i nôl y darian, ond whare teg gwaeddodd *tons* o blant 'yn enw i ac o'n nhw 'di dal i weiddi nes gwthiodd rhywun fi lan. Nath hwnna fi'n rîli poblogaidd gyda Dosbarth Chwech ond stwffed nhw. O'dd e'n lysh bod ar y llwyfan a phawb yn canmol a gweiddi! O'n i'n teimlo fel 'san i wedi neud rhywbeth gwerth chweil, a chi'n gwbod beth o'dd yn rîli neis, yng nghanol y môr o wynebau, sbotes i Llinos ac Îfs ac o'n nhw'n gweiddi mwy na neb. Stynin!!!!!!!!

Sa i'n gwbod os taw sentiment sy'n rheoli fi nawr neu beth ond o'n i'n teimlo mor BROWD o fod yn Gymro. Nage bod Dawnsio Gwerin a rhechu'n cydfynd â Chymreictod, ond o'n i ffili dychmygu beth o'dd yn digwydd yn y'n hysgol ni heddi yn digwydd mewn ysgolion Saesneg eu cyfrwng.

Joies i mas draw. Wyndyrffwl. Ond wy'n teimlo'n *shattered* heno a wy' 'di cytuno i gwrdd â Llinos ac Îfs yn dre fory. Wel fi fynnodd bod Îfs yn dod er nagodd e ishe, ond wy'n teimlo 'mod i ishe neud rhywbeth i ddangos bod pethe'n o cê, so ni'n cwrdd yn y Wimpey's i gael byrgyr, neu rywbeth sy'n cyffelybu i fwyd, a wy' 'di gweud mai fi sy'n talu.

Nos da.

Dydd SADWRN 22 Chwefror

Newydd ddod 'nôl o'r dre a chael amser FFANTASTIG gydag Îfs a Llinos.

O'dd y teimlad o fod yn ddiogel gyda nhw'n lysh. Ac o'n i'n gallu dal dwylo 'da Llinos heb unrhyw letchwithdod ac o'dd Îfs yn gallu dal dwylo gyda'i hefyd 'run pryd â fi a do'n i ddim yn teimlo unrhyw genfigen.

Wy'n credu bod hwnna'n dweud lot am y'n perthynas ni hefyd.

Nethon ni ddim byd cynhyrfus. Bod yn sili iawn yn y siope a Îfs yn trio hete mla'n a phethe fel 'na. Dim byd rîli drwg. Nawr, tase Rhids neu Spikey wedi bod 'ma, bydde'r stori'n wahanol iawn. Brynes i gino i ni gyd a wedyn, wrth gerdded tuag at y môr, welson ni Soffocleese. Nawr beth o'dd e'n neud 'na, ac wythnos o wyliau 'da fe, wy' ddim yn gwbod, achos fel arfer os oes dwyawr sbar 'da fe ma' fe'n mynd i Roeg i weld Zews a'i deulu.

Ond 'na le o'dd e'n y dre a gès beth, o'dd y Ddirprwy Brifathrawes 'da fe.

Nawr dwy' ddim wedi'i chrybwyll hi achos y Dirprwy yw'r dyn ym mywyde pawb gan mai fe sy'n disgyblu pawb a, wel a dweud y gwir, ma'r Ddirprwyes tam' bach o *nonentity*. Crio os ŷn ni'n "ddrwg", *as in* torri ffenest!! (Ma' Sharon jyst yn gwneud ei phen hi mewn!!!)

Ta p'un, o'n ni'n tri mor ecseited i'w gweld nhw buon ni'n rîli plentynnaidd a'u dilyn nhw – o bell, rwy'n prysuro i ddweud – a gès beth, ethon nhw i'r sinema! Nawr wy'n gwbod bod bywyd ar ôl ysgol hyd yn oed i athrawon, ond ethon nhw i weld y *Canterbury Tales*, beth bynnag yw hwnna, mewn sinema fach ochr arall i'r sinemâu mawr. So ethon ni draw i edrych ar y posteri, a gès beth? O'dd e'n ddeunaw i ddechre ond, ar y ffrynt, o'dd yr holl luniau 'ma o ddynon a merched noeth yn 'neud yr hyn mae natur yn disgwyl i ddynon a merched noeth ei 'neud. Gobsmacd neu beth!!!!!!!!!!!!!!!!!!!!!!!

Wherthin? O'n i'n meddwl bydden ni'n gorfod ca'l ocsijen! Wel, o'dd Îfs moyn twyllo'i ffordd mewn i ishte tu ôl iddyn nhw, ond wedodd Llinos yn ei mawrwybodaeth mai Chaucer o'dd awdur y *Canterbury Tales*, a mai nage porno ffilm o'dd e mewn gwirionedd ond ymgais at greu llenyddiaeth ar sgrin!

"Edrych fel tits a byms i fi," medde Îfs.

"A fi," medde fi.

A dechreuon ni wherthin 'to. Y syniad bod Soffocleese yn ishte 'na'n dal dwylo 'da'r Ddirprwyes a hithe'n "Miss" a phopeth. Onest tw God. Trewth is strenjer ddan fficshyn, chwedl Mam-gu.

Dydd SUL 23 Chwefror

Nos Sul eto. Hanner tymor wedi diflannu. *Terminal depression*. Casáu, casáu, casáu'r twll.

Dydd IAU 27 Chwefror

Wy'n HOLLOL *HORRIFIED*. Ma' Sharon wedi colli'r babi achos bod Bernard wedi'i bwrw hi yn 'i bola.

O'dd heddi'n uffernol. Bythdi amser egwyl glywon ni'r peth 'da Linda, ffrind Sharon. Tebyg bod Bernard, ar ôl yfed, wedi dod 'nôl i'r fflat lle mae Sharon yn mynd yn 'itha cyson ac o'dd hi'n cysgu ar y soffa. Fe'n 'i chodi i drïo'i chael hi i wneud bwyd iddo fe, wedyn yn ei phwno achos gwrthod-odd hi. Anhygoel.

Wedodd rhywun 'i fod e wedi'i chico hi ond 'sbosib bod hwnna'n wir.

Ma' fe nawr, yn ôl y ffynonellau gwybodaeth, yn nwylo'r heddlu, a ma' Sharon yn yr ysbyty'n cael trallwysiadau gwaed.

Uffernol, mor UFFERNOL. O'n ni'n siarad am y peth drwy'r awr gino a dim hwyl o gwbl yn y gwersi.

Llinos, Îfs a fi 'di penderfynu mynd i'w gweld hi.

A'r prati athrawon sy'n trïo dechre cystadlaethau i'r Steddfod Gylch yn ymddangos mor gwbl amherth-nasol nawr.

Digalon iawn, iawn.

Dydd GWENER 28 Chwefror

Wedi bod i'r ysbyty. Sharon yn falch o'n gweld ni ond yn gwrthod siarad am beth ddigwyddodd. Yn dal yn ffyddlon i'r bastard Bernard 'na. Ei mam, wrth gwrs, fel y gellid disgwyl, heb fod i'w gweld.

Mae'r un oedran â fi a Llinos. Onest tw God, mae'n edrych bythdi cant o leia. Ond mae'r un oedran!

Shiglodd hwnna Îfs â fi ac o'dd Llinos yn hollol ddistaw ar y bws.

A nawr, ma' traethode 'da fi neud, *AND I DON'T WANT TO KNOW.*

Dydd LLUN 2 Mawrth

Fory mae'r gystadleuaeth Areithio Ffrangeg.

Mae Achtwng mewn rhyw fath o wewyr meddyliol sy'n ymylu ar salwch meddyliol.

Heddi, mynnodd hi, MYNNU meind iw, gael y diwrnod yn rhydd i ymarfer.

Ffein, wy'n MYNNU cael ugain punt yr wythnos o arian poced. Ond y peth yw, yn wahanol i'r hybarch rieni, fe ROIODD y ffrigin Shad y diwrnod iddi i ymarfer, a nawr yn lle 'mod i wedi ca'l gwersi heddi, wy' 'di bod yn siarad ffrigin Ffrangeg trwy'r dydd!

Can iw bilîf it?

So nawr wy'n gorfod copïo unrhyw waith golles i heddi ynghyd â fory achos dyw'r gystadleuaeth ddim yn cael ei chynnal yn yr ysgol.

Ei am not 'api. Ac yn ogystal megis, o'dd Îfs yn gorfod cael amser off hefyd achos mai fe yw'r eilydd!

Nawr, wy'n meddwl yn Ffrangeg, siarad Sisneg 'da Mam a breuddwydio yn Gymraeg. Myn hyffarn i. A'r peth yw, tase'r beirniaid yn gofyn cwestiyne i fi tu hwnt i'r hyn wy' 'di dysgu ar gof, rwyf yn rhwyfo lan yr afon gachu heb lyw megis, achos 'sdim cliw 'da fi.

Ma' posib taw hwn yw diwrnod mwyaf *depressing* fy mywyd.

Dydd MAWRTH 3 Mawrth

'Nillon ni. Yr Areithio Ffrangeg hynny yw. 'Nillon ni.

Nawr, wrth gwrs, ma' Achtwng yn gwbl argyhoeddedig mai hi yw Athrawes Ffrangeg ore Ewrop ac mai cam bach yw e iddi hi cyn esgyn y grisiau awyrenyddol i hedfan i Strasbourg ac Arlywyddiaeth y Comisiwn Ewropeaidd.

Cusanodd hi fi a'r tîm ar y diwedd yn y dull Ffrengig ife, cusan ar bob boch. Gif mî ê bycet. Ma' rhagrith y fenyw yn anghredadwy.

Wrth gwrs, bydd y Shad wrth 'i fodd nawr bydd e? Ei ysgol fach e ar y map eto.

Pam wy' mor big sa i'n gwbod achos sbôs dylen i fod yn falch ond ma' Sharon ar 'yn feddwl i drwy'r amser, wedyn ma' pethe plentynnedd fel hyn mor amherthnasol i fywyd go iawn.

Dydd SUL 8 Mawrth

Penwythnos lyfli gyda Llinos. Ethon ni i gerdded ar lan Bro Gŵyr trwy'r dydd dydd Sadwrn. O'dd e'n blydi lyfli!

Wy'n gorfod dweud, ethon ni i nofio. Wy'n gwbod, mis Mawrth ac ethon ni i nofio!! Yn noeth, sgini dipio!!

Peth yw, dechreuodd e drwy herio'n gilydd ynglŷn â phwy o'dd yn gallu nofio ore. Wel, ath herio yn ddadle a dangos y'n hunain, a'r peth nesa, o'n i'n stripo off ar y tra'th (yng nghysgod creigiau, prysuraf i ychwanegu) lawr i 'mhants, a Llinos ochr arall i'w hanghenion lleiaf megis! Wedyn meddylies i, sa i'n cerdded o gwmpas gweddill y dydd 'da pants gwlyb a whipes i nhw off a rhedeg mewn i'r môr, 'da nhin i'n dangos y ffordd i Llinos. O'n i mewn yn sgrechen am yr oerfel a'r peth nesa, gweles i hi'n neud yr un peth.

Wrth gwrs, do'dd y naill na'r llall ohonon ni'n gallu aros mewn am fwy nag ychydig eiliadau achos o'dd hi mor ôr, so rhedeg mas wedyn, a theimlo mor blydi stiwpid yn sefyll 'na'n rhynnu gyda'r dong lleiaf yn hanes corachod y byd yn trïo cuddio oddi wrth Llinos o'dd, yn ei thro, yn trïo wherthin yn dawel rhag tynnu sylw pobl o'dd lan ar ochr y mynydd.

Laff. Edrych 'nôl, buon ni mor anghyfrifol ma'n codi ofn. Gallen ni'n dau 'di marw, ca'l cramp, unrhyw beth. Hollol, hollol ddwl.

Ond pan o'n ni ar ganol gwishgo a chrynu, dath hi draw a 'nghofleidio i a rhoies i yffarn o gusan a chwtsh iddi, ac o'n i'n teimlo mor *horny* ges i ofan. Sa i 'di teimlo fel 'na ers y tro 'na yn ei thŷ hi pan nethon ni fe, ond mei God, oni bai bod ni ar dra'th cyhoeddus, wy'n credu bydde pethe 'di digwydd. Ac o'dd e'n amlwg 'i bod hi'n teimlo'r un peth. Ond gwahanon ni a wherthin a dweud pa mor sili o'n ni 'di bod. Ond o'dd yr awydd 'na heb amheuaeth. Sgwn i os galla i siarad 'da Îfs abythdi'r peth. Ni, hynny yw; ma' grwpie o fechgyn 'di wherthin a neud sbort ar ben y peth, ond bydden i'n gwerthfawrogi'r cyfle i siarad â rhywun amdano fe. Ond ma' fe mor *embarassing*. Ishe wherthin rîli a neud sbort trwy'r amser yn lle trafod. Ond wy'n mynd i rywbryd.

Ma' bywyd yn o cê heddi. Ond ma' Sharon dal 'na fel cysgod tristwch.

Beth yw ystyr bywyd go iawn i rai pobl.

Dydd IAU 12 Mawrth

Steddfod Gylch dradwy (gwd gair ife!). Heb gael amser i sgrifennu wthnos yma mewn gwirionedd. Ond lot i'w ddweud.

Ma' Sharon mas o'r ysbyty ac wedi'i chymryd mewn i Gartref yr Awdurdod Lleol.

Ma' Bernard wedi'i ryddhau ar fechnïaeth.

A fi a Llinos 'di neud e eto. Yn 'y nhŷ i nos Iau. Yn fy 'stafell i.

Wy'n credu 'mod i'n secs mêniac.

Dath hi rownd i aros fel trefnon ni ddechre'r wthnos. Mam yn teimlo y dyle hi'n sicr gan 'y mod i wedi bod 'na, a gan fod pethe'n brysur ar benwythnose falle bydde Llinos yn lico aros ganol wthnos.

Grêt ife.

Onest tw God, dim bwriad o gwbl ond ar ôl noson o deledu, gwaith cartref, ath Llinos i gysgu 'da'n whâr fach annwyl, o'dd yn cysgu megis twrchen. Wel, tua chanol nos, a sŵn hyfryd Dad yn 'hwrnu o drws nesaf, agorodd y drws, ac o'n i ar ddihun yn meddwl am Llinos, ie o'n i eisiau, dath hi mewn. Gaches i'n hunan yn llwyr – o ran Mam a

Dad. O'dd neud gwaith cartre yn yr ystafell yn un peth, o'dd neud babis yn rhywbeth arall!!

Ond, o'dd e'n lyfli. Mwya ni'n neud e mwya wy'n enjoio ac ymlacio. O'n ni'n dou yn noeth mewn wincad, a'r teimlad hyfryd o berthyn i rywun yn llifo. Heb sôn am y teimlad corfforol. Ac ar 'i ôl e, jyst gorwedd 'na. Wrth gwrs, syrthion ni i gysgu, so'r peth nesa wy'n cofio yw sŵn Mam ar y landin yn mynd lawr i ferwi'r tegell. Sôn am lamu megis bollt. Llinos yn chwilio'i pheijamas a fi'n cachu'n hunan bod 'yn whâr wedi deffro a gweld nagodd Llinos 'na. A wedyn y jimnastics o drïo mynd i stafell yn whâr a watsho nagodd Dad ar y ffordd i'r bathrwm.

Ond, jyst fel o'dd Llinos ar 'i ffordd ar draws y landin, wele drws Dad yn agor.

"O sorry, Llinos love, on your way to the bathroom? Go you, love."

Diolch i Dduw bod Dad rhy ddall heb ei sbecs i weld nagodd sebon na dim 'da Llinos.

A thros frecwast 'na le o'n ni'n dou yn trïo bod mor naturiol ag o'dd yn bosib ar ôl cwpwl o funude o gwsg, a phido wherthin a giglo.

Wy'n siŵr bob Mam 'di sylwi, a'r hen ddyn, a winciodd arna i!!

Ond diawl, o'n nhw'n ifanc rywbryd on'd o'n nhw? Wy' ddim ond yn neud beth sy'n digwydd yn naturiol ife?

Ar y ffordd i'r bỳs o'n ni'n dou yn wherthin fel idiots. Dim ond Dosbarth Pedwar o'n ni'n dou, ond wy'n teimlo mor rhydd ac aeddfed, a nage achos bod e wedi digwydd a wy' nawr yn gallu dygymod â'r peth corfforol 'na, ond ma'r emosiwn a'r cariad wy'n teimlo tuag at Llinos mor gryf, mor lân.

O ie, a ma'r Steddfod Gylch fory.

Dydd SADWRN 14 Mawrth

'Nillon ni bopeth fel arfer yn y Steddfod Gylch. Wel, dim ond ysgolion Sisneg sy'n y'n herbyn ni, wedyn mater o ymddangos yw e mewn gwirionedd. Bili Ffat yn wyndyrffwl yn y Dawnsio Gwerin. O'dd 'i drowsus e'n actshiwali ffito. Pam yn y byd ma' fe moyn bod yn rhan o'r tîm, Duw yn unig a ŵyr. Ond erbyn Steddfod Sir, ma' ysgol gyfun arall yn y'n herbyn ni, wedyn bydd diwedd ar 'i uchelgais balerinaidd e.

Joies i rîli, a Llinos a fi'n ymddwyn tam' bach yn brataidd yn eistedd 'da'n gilydd trwy'r amser. Bydd rhaid i fi ddod dros hwn. Sylwodd Îfs a gwenu. Teim ffor ê tshat megis!

Dydd LLUN 16 Mawrth

Ma' diweddtymoritis a chyfnod asesu a phrofion wedi ymosod ar feddyliau'r Athrawon gyda rhyw fath o ysbrydoliaeth. Pob athro a phob pwnc, ac eithrio Addysg wastraffus Grefyddol, yn mynnu gosod profion i weld faint ŷn ni ddim yn gwybod!

Llinos ar y ffôn heno, siarad yn hir. Oni bai 'mod i'n nabod 'yn hunan yn well, weden i 'mod i mewn cariad. Wel wy' mewn rhywbeth, a beth bynnag yw e, mae e'n deimlad hyfryd iawn.

Dydd MAWRTH 17 Mawrth

Shad fel cath heddi yn brolio ein llwyddiannau amryfal yn yr Eisteddfod Gylch. Pam bod Prifathrawon mor awyddus i baredo pethau plentynnaidd fel hyn megis streips ar 'u breichiau. Mae e mor sili sôn am enw da'r ysgol, anrhydedd, iaith *etc*. Ni jyst yn joio neud e. A ma' Bili Ffat yn gwbl argyhoeddiedig mai gyda'r Ysgol Fale yn Llundain mae'i ddyfodol e so ma' fe 'di dechre ar ddeiet y ganrif. Ar 'i ben ei hunan, ddyn.

Dydd MERCHER 18 Mawrth

Profion.

Dydd IAU 19 Mawrth

Mwy o brofion.

Dydd GWENER 20 Mawrth

HELP!!!!!!!!!!!!!!!!

Dydd SADWRN 21 Mawrth

Ma' Llinos yn hwyr, a dwy' ddim yn siarad am fws.

Ethon ni i'r dre eto dydd Sadwrn ac o'n i ffili deall beth o'dd yn bod arni, a wedyn, yng nghanol *cheeseburger*, wedodd hi 'i bod hi'n hwyr. Nawr, twat fan hyn ife yn dweud,
   "Na, ma' digon o amser 'sbo'r ffilm."
Shwd allen i fod mor naïf?

LLINOS: Na, Rhys, wy'n hwyr yn dod mla'n.
FI: Dod mla'n i ble?

(Wedes i bod gwendid meddyliol yn rhedeg yn y teulu, do fe?)

LLINOS: Ma'n mislif i'n hwyr.
FI: Paid becso, ma' lot o ferched yn casáu nhw ta beth.

(Ar y pwynt yna, wy'n credu fflashodd 'y mywyd o 'mlaen i a gollynges i'r *cheeseburger*. Shwd allen i fod mor insensitif i ddechre?!)

FI: Ti'n . . . ? (Dad yn cydio yn y *shotgun*)

149

Ti'n . . . ! (Mam yn dechre crio)

Ti'n . . . ! (It's your mother's fault for buying him the *Joy of Sex*.)

LLINOS: Sa i'n gwbod 'to. Ond wy'n hwyr.

FI: Llinos, wy'n sori.

LLINOS: Nage dy fai di yw e sili, *takes two to tango* cofia.

FI: Sa i'n gallu dawnsio chwaith. O ffrigin hel, beth ni'n mynd i neud . . .

LLINOS: Wel, wy'n mynd i aros am wthnos arall, wedyn af i ga'l prawf. Dim ond tridie'n hwyr odw i.

FI: Ond Llinos, wedest ti bo' ti ar y bilsen.

(Menyw trigen o'd – a beth o'dd hi'n neud yn Burger King beth bynnag ac yn deall Cymraeg – yn edrych yn ffiedd arnon ni.)

FI: Licech chi i ni siarad yn uwch?????

("Twt! Twt!" meddai, "at YOUR age!")
Hwch.

LLINOS: O'n i, ond pan nagon ni'n 'neud dim byd, stopes i achos o'n i'n meddwl bod pethe 'di cwpla, a wedyn dechreues i 'to, ond arhoses i ddim digon hir, ac arhoses i yn tŷ chi, ac o'n i moyn ac o't ti moyn a . . .

FI: Ei am goin tw dei.

LLINOS: Paid bo'n sili. Gallwn ni sorto pethe mas.

FI: Llinos, bilîf mi, falle bod Mam a Dad yn edrych fel y bode mwya rhesymol yng Nghymru, ond mae'u moese nhw'n

perthyn i Genghis Khan a Fictoria. Wy'
yn *dead*.

LLINOS: Falle ddylen i ddim fod wedi gweud 'tho
ti. Sa i'n siŵr eto. Dim ond hwyr odw i.

FI; Na, na, wy'n falch bo' ti 'di gweud. O
God. Sharon!

LLINOS: Ie, bues i'n meddwl amdani hi. Ond, o
leia ma' Mam a Dad yn gefnogol i fi.

(Mistêc o'dd trïo yfed y côc siŵr o fod, ond pan
wedodd hi 'na, boeres i lond ceg dros yr hwch hen-
ffasiwn o'dd wedi bod yn trïo gwrando ers clywodd
hi'r gair "bilsen".)

LLINOS: Ti'n olreit?

FI: 'Sdim rhaid ti weud 'tho nhw, o's e?

LLINOS: Wel at bwy arall galla i droi os na alla i
droi at 'y nheulu? Ma' Mam yn gwbod
bod ni'n ca'l perthynas ti'n gwbod.

(FARWES i. Yn y fan a'r lle wy'n cofio'r teimlad 'ma
nagodd 'y nghorff yn perthyn i fi dim rhagor a 'mod
i'n gadel y byd 'ma. Mam Llinos yn gwbod y'n bod
ni'n ca'l rhyw?!! Ei DEID!)

FI: So, ma' dy fam yn gwbod bo' ni'n
caru . . .

LLINOS: 'Sdim cyfrinache 'da ni.

FI: O God, Llinos, beth 'ni'n mynd i'w
'neud?!

LLINOS: Bod yn amyneddgar, 'na gyd. Dyw e
ddim yn rhywbeth wy'n cytuno â fe'n
llwyr, ond os ydw i'n feichiog wy'n credu

bydden i'n ystyried erthyliad.

O'n i mor barod i garu on'd o'n i, a llosgi 'mysedd a enjoio'r llosg, a 'na le o'n i nawr yn medi'r hyn o'n i wedi'i hau. Ie, wy'n gwbod beth o'dd yr adnod yn golygu. A'r peth yw, Llinos eto oedd yr un aeddfed, yr un oedd yn gwybod beth o'dd i'w neud yng nghanol argyfwng gwaetha 'mywyd. Hen sôn am 'i bywyd hi. A thrwy'r amser yn ystod y ffilm, o'dd y delwedde 'ma o Sharon yn mynnu brigo i'n feddwl i, ei beichiogrwydd, ymateb staff iddi, Bernard – popeth fel rhyw fath o ffilm o fewn ffilm yn weindo 'mlaen yn gyflym. Sa i erioed 'di bod yn falchach o weld diwedd ffilm, a chael cyfle i siarad eto.

FI: Llinos, ffinda i'r arian o rywle i dalu am erthyliad, fe safa i gyda ti, ti'n gwbod, sa i'n cachu mas. Os ti moyn ca'l y babi, wy' yn dy garu di, a phrioda i di.

Stopodd hi'r dolur rhydd geiriol drwy roi cusan i fi.

LLINOS: Ti'n un ar bymtheg, Rhys! Ewn ni ddim i gwrdd â gofid. Arhoswn ni wthnos. Gewn ni weld. Ond bydda i'n fwy gofalus tro nesa!

Tro nesa!! Ffycin hel, wy'n troi'n fynach heno. O'n i yn y bathrwm gynne a bues i jest â'i dorri fe off 'da rasal dad, 'sept dyw pethe trydanol ddim yn gweithio'n dda iawn. Shwd all pishyn bach o gig limp fel 'na greu gymaint o ofn a hasls.
     Byth eto. BYTH.

Wy' wastod wedi ishe bod yn dad, ond ddim cweit eto. Mam yn holi a holi os o'n i'n teimlo'n iawn, achos ma' byta yn rhywbeth ma' pobl normal yn 'i wneud, a sa i'n teimlo'n normal a dweud y lleiaf.

Pwynt yw, Llinos yn edrych yn grêt yn ysgol, yn gwenu fel 'sa dim yn bod. Achtwng yn poeni eto os oeddwn i'n *"mal"*. Odw, bues i jyst â dweud, blydi masif *"mal ici*!!" Ac o'dd Soffocleese, wel, dweud y gwir, ac ystyried y diwylliant ma' fe mewn cariad mor eithafol â fe, dyle fe ymfalchïo yn fy ffrwythlondeb. Wy'n cachu'n hunan. 'Sdim whare abythdi'r peth, rwy'n bricio fy hunan megis yn fawr. Os yw Llinos yn dishgwl, sa i'n gwbod BETH wnawn ni. Gallen i adel cartref a chwilio am waith. Wy'n gwbod ma' hwnna'n swno mor brataidd; fydde Mam a Dad ddim yn gadel i hynny ddigwydd ta p'un, ond ma' hwn yn greisis a wy' jyst â marw ishe dweud wrth Îfs, fel yr unig berson y galla i ymddiried ynddo fe, ond addawodd Llinos a fi na weden ni ddim wrth neb.

A wy' ffili mynd i'r gawod yn noeth nawr, achos ma' jyst gweld y dong 'na'n hongian 'na yn y *mirror tiles* yn neud i fi deimlo'n dost. Ei fai e o'dd e i gyd. Dim byd i neud â fi! Pam FI? Pam ffrigin fi??

O HYFRYD DDYDD!! O wele'n gwawrio ddydd i'w

gofio!! O bendigeidfran a llawenyched y ddaear megis. Ma' Llinos wedi ca'l mislif!! Wy' 'di bod fel ceit drwy'r dydd, WYNDYRFFWL!!! Dath hi ata i amser egwyl a dweud 'i bod hi 'di gorfod mynd at y nyrs yng nghanol gwers Faths i ga'l y pethe ma' merched yn ca'l. Os buodd rhyddhad erioed, myfi a'i teimlais heddiw'r bore.

Edrychodd M2 yn hurt arna i, achos o'n i yng nghanol yr iard pan sgreches i, ond o'dd e siŵr o fod yn meddwl 'mod i 'di dysgu Tabl 2 neu rywbeth. Ma bywyd gwerth 'i fyw eto. A wy'n teimlo falle nawr gallen i weud wrth Îfs, nawr 'i fod e drosodd. A wnes i actshiwali enjoio gwers Soffocleese prynhawn 'ma – sôn am ryw dduw Groegaidd a feichiogodd ddeng mil o fenywod . . . ! Gwenu ar anffawd rhywun arall o'n i, dweud y gwir. DENG mil! Blydi hel, o'dd un yn fwy na digon i fi!!!

Dydd SADWRN 28 Mawrth

Ma'r Urdd yn ystyried diarddel y'n hysgol ni o bob cystadleuaeth Eisteddfodol am byth, ma'r Shad yn mynd i labyddio hanner Dosbarth Pedwar yfory, ma' Cariwso wedi bosto gwythïen yn 'i ben a ma' Bili Ffat yn yr ysbyty. Some Steddfod Sir!

Dyw bywyd byth yn hawdd i fi, odi fe? Wel, o cê, wy'n enjoio bod yn y pethe Eisteddfodol yma, dyw Îfs ddim, ond achos 'y mod i'n 'i dynnu fe, ma' fe'n dod. Nawr, am ryw reswm neu'i gilydd penderfynodd Rhids a Spikey ddod i gefnogi. NOT e gwd syniad yntê. Ac, fel wedes i, ma' Bili Ffat wedi ca'l y syniad dwl 'ma iddi ben 'i fod e nawr yn gynrychioliadol o safon Dawnsio Gwerin De-Ddwyrain Cymru a Gorllewin Morgannwg gyda'i gilydd.

Ta beth, ble o'n i? O ie, y Steddfod Sir!

Wel, dechreuodd popeth yn hollol *boring* fel arfer 'da'r cids bach yn adrodd rhyw ddarn anhygoel o hir a *boring*. (Ma' adrodd mor *deadly*, wy'n credu bydde'n well 'da fi siarad 'da'r Shad na gwrando ar ddwy gystadleuaeth 'rôl ei gilydd.) Ta p'un, fel wedes i o'r bla'n, ma' cystadleuaeth yn ein herbyn ni yn y Steddfod Sir wastod, sef yr ysgol uwchradd arall o fewn ffiniau cystadlu. Fel arfer ma' popeth yn 'itha da rhyngon ni – "cystadleuaeth iach," chwedl y Shad.

Ddim mor fflêmin iach heddi ddo, o'dd e!!!

Spikey a Rhids yn penderfynu trïo cynyddu tshansys yr ysgol o ennill trwy gadw rhai o berfformwyr gore'r côr a'r tîm Dawnsio Gwerin o'dd yn y'n herbyn ni yn fishi am gyfnod fel bydden nhw'n anghofio'r gystadleuaeth! Onest, mae'u breins nhw yn eu tine withe. Ta p'un, do'dd y gwrthwynebwyr ddim mor dwp â 'na, wrth gwrs, a 'ma nhw'n codi o'r lle o'n nhw, maes parcio enfawr, i fynd 'nôl i'r neuadd i gystadlu.

"*Hold it*," medde Spikey, "neu fe saetha i," a dala'i law yn 'i boced fel 'sa dryll 'da fe! (Ma' nhw'n gweud ga'th e blentyndod anodd.) Nawr 'sa unrhyw un call wedi gweud 'tho fe i bido bygeran abythdi a cherdded bant, ond o'dd yr hen Spikey a Rhids 'di digwydd dewis dau o aelodau mwyaf hygred y rhagddywededig ysgol, ac fe ddechreuasant sgrechian megis fi ddim gwbod beth! Nawr, pwy o'dd yn digwydd parcio'i gar ar y pryd, wedi dod i gefnogi (ac ar ddydd Sadwrn hefyd, sy'n od) ond y Shad! 'Ma fe mas, yn ôl Rhids, fel *Terminator*,

"Beth sy'n bod draw fan'na, hoi!"

So yn lle dweud mai jôc o'dd y peth, beth nath y ddwy fach sili 'ma ond rhedeg at y dyn neis a dweud wrtho fe. Spikey a Rhids wrth gwrs wedi'u hoelio i'r fan yn lle rhedeg nerth 'u traed. Ac erbyn i'r Shad ddelio gyda nhw, o'dd y'n côr ni wedi canu a'r gwrthwynebwyr yn ffysan dros y ddwy soprano golledig a ddaethant i'r adwy megis ŵyn coll y bryniau. Wel, erbyn iddyn nhw ddod o'r llwyfan, o'dd Côr yr ysgol arall wedi troi'n fyddin ddialgar, a jyst cyn i'r tîm Dawnsio Gwerin fynd i'r llwyfan – y ddau dîm yn newid yn yr un ystafell – geswch beth syrthiodd ar droed Bili Ffat?? Bwrdd du!! Ei cid iw not. Bwrdd du, o'dd wedi bod yn rhan o'r wal ers canrif, yn sydyn lithro oddi ar ei echel megis a glanio ar droed Bili Ffat. Troed Bili heb amheuaeth wedi torri so co ni off, y ddou dîm yn dechre wmladd fel 'sa fory ddim yn bod nes dath y Shad mewn gyda phrifathro'r ysgol arall. Ond diolch i ryw ryfedd drefn, galwyd y tîm Dawnsio Gwerin i'r llwyfan a gan 'y mod i'n eilydd, hynny yw dim ond fi o'dd 'na ag unrhyw syniad o'r stepio, ces i 'nhynnu i ddawnsio – yn nillad Bili Ffat!! A Bili erbyn hyn, yn anwylo'i droed dde fel 'sa fe'n fab iddo fe. Odych CHI 'di trïo dawnsio mewn trowsus fforti-tw wêst a chi'n drideg? A chrys fel pabell Pafaroti? Wel, nagon i'n credu bod pethe'n gallu gwaethygu, ond nethon nhw. Cyflwyniad llafar amser nawr ife, a'r gwrthwynebwyr ar y llwyfan, a'r lle'n atseinio i sŵn y Seiren Dân. Ar y pwynt 'na, o'n i yn meddwl bod y Shad yn mynd i ga'l thrombo, ond o'dd Spikey a Rhids yn ishte nesa ato fe fel angylion so nage nhw o'dd ar fai. Wel, dath y gofalwr i roi stop ar y sŵn a dath yr injans ddim, ond pan o'dd yr ysgol ar fin ailddechre, trydan yn pallu, dim meics! Onest nawr, wy'n siŵr bod elfen o Damien ac Omen yn y ddou 'na. 'Drychodd y Shad arnyn nhw, ac edrychon nhw ar y Shad a gwenu'n dirion.

Wrth gwrs, erbyn y drydedd ymdrech, o'dd y cast 'na yn shigledig a dweud y lleiaf, a diwedd y gân yw, ma' saith cystadleuaeth 'da ni drwyddo dros bymtheg ac wyth dan bymtheg, sy'n grêt. A wy' mewn tair ohonyn nhw ac oni bai bod Bili Ffat yn gwella'n ddigonol, galle fe fod yn beder!

Wy'n mynd draw i dŷ Llinos fory a dalon ni ddwylo bob cam 'nôl i'r ysgol a wy'n teimlo'n rîli lyfli heno. Cwtsh neis iawn i fi'n hunan.

Nos SUL 29 Mawrth

Ysgol fory ac am y tro cyntaf ers dechre Blwyddyn Pedwar, Dosbarth Miliwn a Chwech, wy'n edrych mla'n at fynd. O'dd Îfs ar y ffôn gynne, sa i'n gwbod be sy'n bod arno fe'n ddiweddar, rhyw ddigalondid parhaol. Neis i fi, ond yn drist. Wedi addo ca'l *chat*. Ond hefyd, ma'r masg olaf yn y gyfres yn mynd i Soffocleese fory, ond ar wahân i hynny, pethe'n dawel. Bob tro wy'n gweud 'na, wy'n ofni, achos ma' wastod rhywbeth yn digwydd yn yr ysgol.

Rhieni, wel Mam Llinos (do'dd ei thad hi ddim 'na), yn lyfli – yn gofyn shwd o'dd pethe rhyngdda i a Llinos a'r peth yw, nagon i'n *embarrassed* o gwbl. O'n i'n meddwl am funud falle bod Llinos 'di dweud wrthi, ond sa i'n credu, a ofynnes i ddim chwaith. Wy'n hanner edmygu'r ffordd ma' nhw'n gallu bod mor agored 'da'i gilydd ond ma'n well 'da fi ffordd ma' pethe 'da fi a Mam. Mae'n deall heb 'y mod i'n gorfod dweud, a ma' Dad . . . wel, ma' Dad jyst 'na rîli a ma' hwnna'n ddigon o'n rhan i ife. Diwrnod lyfli arall, rîli, a'r gwaith cartref wedi ei gyflawni megis gwylltbeth o gyflym!

Dydd LLUN 30 Mawrth

Ma' Soffocleese wedi ca'l orgasm! Yn gyhoeddus! Barodd e wers gyfan!

O'dd Îfs ar 'i ore heddi. Mor crôli bym lic, o'dd e'n edrych fel gwleidydd.

"Syr, ma'n ddrwg gen i dorri ar y'ch traws chi eto ond . . ."

Cyn iddo fe orffen 'i frawddeg o'dd yr hen Soff 'na fel Orffews yn chwilio am ei Eurydice. (Ch'wel', wy' YN gwrando!)

" 'Y machgen i," (arwydd pendant 'i fod e ar fin cael tyrn) "ma'ch caredigrwydd chi a'ch brawd yn rhyfeddol."

"O, syr, jyst ishe dangos ein gwir werthfawrogiad o adran sy'n deffro ein hymwybyddiaeth o werth y gorffennol."

"Ie'n wir. Oes rhagor o'r masgiau yma yn y man lle ma'ch brawd yn gweithio?"

"Na, syr, ni'n ofni mai dyma'r olaf. Ma'r safle'n cau wythnos nesa."

"Ble'n union ma'r safle hefyd?"

"O, yr ochr draw i Gaerfaddon, syr, Luxworthy."

"A ie, fe glywes i am y lle."

(Blydi od 'te, medde Îfs wedyn, achos newydd gyfansoddi'r enw 'na nath e yn y fan a'r lle!)

"Wedodd 'y mrawd bod cyfeiriade at fasgie Rhufeinig yn y *Canterbury Tales*, syr."

(Gollodd 'y nghalon i whech curiad a hanner, a wy'n siŵr gwgodd Soff!)

"Ydy e'n astudio Saesneg 'te?"

"Na, Syr, ond fe welodd e ffilm yn Undeb y Brifysgol wthnos diwetha, a wedodd e'i fod e'n siŵr bod masgiau cyffelyb yn rhan o wisg, neu ddiffyg gwisg, yr actorion!"

Ac onest fe nath e fel 'sa fe'n dweud adnode. Blydi briliant!

"Wel, diolchwch i'ch brawd, fe werthfawrogir y cyfryw yma gallaf eich sicrhau."

Chi 'di sylwi fel ma' athrawon yn trïo siarad yn *posh*? Fel 'sa siarad fel 'na yn ein gorfodi ni i gadw'n pellter!

Dim ond wherthin nethon ni weddill y prynhawn a phan welson ni Bili Ffat, pŵar dab, yn hercian ar 'i blaster . . .Wedi cleisho ma' fe ac nid torri, so pam yn y byd bod plaster amdano fe sa i'n gwbod.

Îfs yn hapus iawn ond wedyn wrth fynd at y bws ath e mewn i fŵd eto, sa i'n deall 'ny. Grêt un funud a fel asyn o ddiflas a styfnig yn pallu dweud beth sy'n bod y nesa.

Prifathro'n absennol, diolch i'r drefn, ond ma' cyhoeddiad wedi'i wneud 'i fod e am weld pawb o'dd yn y Steddfod Sir yn y neuadd amser egwyl fory. Ffliw bach cyflym, mi gredaf!

11.00 p.m.

O'n i'n meddwl 'mod i 'di gorffen ond ma' Îfs 'di bod ar y ffôn yn ddiflas uffernol yn gweud 'i fod e'n teimlo'i fod e'n gwastraffu amser a nagos neb yn 'i ddeall e a'i fod e'n meddwl gadel ysgol nawr.

Dries i siarad sens â fe ond o'dd e'n troi'n gas ata i. Ac wrth gwrs, yn y diwedd, o'dd Dad yn nagan achos 'mod i ar y ffôn er gwaetha'r ffaith mai nage fe o'dd yn talu, so fory ni 'di gweud y'n bod ni'n cwrdd amser cinio a mynd mas i'r pentref. Dim ond y Chweched sy fod neud 'na rîli ond ma' hwn yn argyfwng, ac mewn argyfwng lles ffrindie sy'n dod gynta.

Dydd MAWRTH 31 Mawrth

Dim lot callach. Diwrnod anodd. Îfs yn od iawn. Ethon ni mas amser cino a dechreuon ni siarad am bopeth ar wahân i beth o'dd yn 'i boeni a phan ofynnes i beth o'dd yn 'i boeni fe wedodd e nagodd e'n gwbod.

FI: Ti bownd o fod yn gwbod.

ÎFS: 'San i, weden i.

FI: Gartre yw e?

ÎFS: Nage.

FI: Ysgol yw e?

ÎFS: *Sort of*.

FI: Fi yw e? Odw i wedi neud rhywbeth i ypsetio ti?

ÎFS: . . . Na.

FI: Dere mla'n, o'dd y saib 'na'n dweud rhywbeth.

ÎFS: Stopa fod mor ddramatig – saib wir!

FI: Sori.

ÎFS: Na, WY'n sori. Rhys, wy'n twmlo smo ni mor agos ag o'n ni arfer bod.

FI: O wy'n gweld beth sy'n bod. Ers i Llinos . . .

ÎFS: Wel, os wyt ti'n cymryd yr agwedd 'na . . .

FI: Hei, dal sownd.

ÎFS: Sori. (Saib masif). Wy'n genfigennus, Rhys.

FI: Wel, mae'n lyfli wy'n gwbod a wy'n lwcus iawn . . .

ÎFS: Ohoni hi.

FI: Sa i'n deall.

ÎFS: Mae yn dy gwmni di drwy'r amser.

FI: O *come on*, nagyw hwnna'n wir. Ni ddim yn gweld y'n gilydd mor amal â 'ny.

ÎFS: Na. Sori. Wy'n afresymol. Anghofia wedes i 'na.

A gododd e a mynd 'nôl i'r ysgol heb fyta'i bei hanner oer. O'dd e'n od drwy'r prynhawn. Pallu siarad. Eistedd 'da fi. Ond pallu siarad. Nagyn ni di cwmpo mas na dim.

Licen i siarad â Llinos bythdi'r peth ond wy'n teimlo ddylen i ddim siarad am Îfs wrthi hi nac amdani hi wrth Îfs – eu cadw nhw ar wahân fel, mewn adrannau gwahanol o 'mywyd i.

Sa i'n . . . wel, wy' yn deall cenfigen achos wy'n berson cenfigennus . . . ond sa i'n credu'i fod e'n deg yn dweud 'i fod e'n genfigennus o Llinos achos 'dŷn ni wir ddim yn gweld cymaint â hynny o'n gilydd.

O shit! Cachu'r blydi hwch. Wy' newydd sylweddoli beth ma' hwnna'n meddwl, "cenfigennus o Llinos", ac os yw hwnna'n meddwl beth wy'n meddwl mae'n meddwl nagw i'n hapus. O cach. *No way*. Dim blydi ffordd.

4.00 a.m.

Heb gysgu winc eto. Troi a throi fel corcyn mewn padell. All e DDIM â meddwl 'ny? Dyw Îfs ddim fel 'na. Ni'n ffrindie ers erio'd, dyw e ddim yn . . . alla i ddim hyd yn o'd DWEUD y gair. Ni'n caru'n gilydd, wy'n sicr o 'ny, wy'n credu bydden ni'n fodlon gwneud unrhyw beth drosto fe, ond dwy' ddim yn 'i garu e fel 'NA. 'Sbosib mai 'na beth ma fe'n teimlo? O, plis, Dduw, alla i ddim côpo 'da hwn.

Dydd GWENER 3 Ebrill

Tridie mwyaf uffernol fy mywyd bach ers problem babi Llinos.

Ma' siarad 'da Îfs wedi bod fel cerdded ar blishgyn wy – amhosib. Wy' 'di trïo bod mor naturiol, wy' 'di newid yn y gwersi chwaraeon, nofio'n y pwll, fel pe na bai dim yn bod a ma' fe pallu'n lân â siarad â fi. Osgoi llyged y'n gilydd hyd yn o'd. Ma' hwn yn SÎRIYS a ma' fe'n effeithio ar Llinos a fi a ma' hi'n mynd i sgïo wthnos nesa so dim ond tridie sy ar ôl 'da'i. Ni ffili cwrdd fory achos mae'r teulu'n mynd i Rydychen at y brodyr so wy' 'di cytuno cwrdd ag Îfs yn 'i dŷ fe. Alla i ddim mynd mla'n fel hyn.

Nos SADWRN 4 Ebrill

Dwy' ddim yn deall bywyd. Dyw bywyd SICR ddim yn 'y neall i. A dwy' ddim yn siŵr os wy' moyn deall.

Medde Îfs bod 'i genfigen e'n deillio o'i gariad e. O'n i mor onest â'n gilydd heno o'dd e'n brifo.

Wedodd e 'i fod e'n teimlo bod Llinos wedi cymryd rhywbeth oddi wrtho fe o'dd yn perthyn iddo fe. Ond, fel wedes i, dyw ffrindie, 'sdim ots pa mor dda ŷn nhw, ddim yn berchen ar ei gilydd.

Gytunodd e 'da 'na.

O'n i moyn gofyn iddo fe beth o'dd i deimlade fe – wy' ffili dweud y gair bron, ond wy'n gorfod rhoi hwn ar bapur i helpu'n hunan – beth o'dd ei deim-lade corfforol e tuag ata i. 'Na pan griodd e.

Nawr, fel arfer, pan fydde hwnna 'di digwydd, bydden i 'di mynd ato fe, ond o'dd bwlch fel y môr rhyngon ni heno ac arhoses i un pen o'r ystafell a fe pen arall yn crio.

"Sori," medde fi. "Sori."

Îfs – y cryfa, y dewraf, y mwyaf egwyddorol, yn llefen fel . . .

" 'Drycha," wedes i. " 'Sdim rhaid ti ymddiheuro. Wy'n deall."

"Wyt ti? Wyt ti'n teimlo'r un peth 'te?"

FI: Nagw. Odw. Nagw. Drycha. Wy'n caru Llinos a wy'n dy garu di ond mewn ffordd wahanol. Ni 'di cysgu 'da'n gilydd, Îfs.

Nawr, sa i'n gwbod a ddylen i 'di dweud 'na neu bido ond dath e mas.

Edrychodd arna i.

ÎFS: O'n i'n ame.
FI: Ni'n caru'n gilydd, ti'n gwbod. Wy'n gwbod bod hwnna'n swno'n naff, ond wy'n teimlo gymint tuag ati.
ÎFS: Wy'n sori wedes i unrhyw beth.
FI: Na, paid bo'n stiwpid. Wy' mor falch bo' ti 'di ymddiried gymint yndda i.
ÎFS: 'Wedi di ddim wrth neb?
FI: Ma' hwnna'n annheilwng ohonot ti a wy'n mynd i esgus na wedest ti fe.
ÎFS: Sori.

FI: Ti yw'n ffrind gore i, Îfs. Dim ond gyda ti
        wy'n teimlo'n saff, ar wahân i Llinos. Atat ti
        bydden i'n troi mewn argyfwng. Diolch i ti
        am droi ata i yn yr argyfwng 'ma.

ÎFS: Odi pob bachgen yn teimlo fel hyn?

FI: Sa i'n siŵr.

ÎFS: Ma' fe'n uffernol. Wy' yn lico merched, ti'n
        gwbod.

FI: Sa i'n ame 'ny.

ÎFS: Sa i 'di NEUD dim byd 'da neb.

FI: Plis, Îfs, 'sdim rhaid ti weud dim wrtha i.

ÎFS: Wy' moyn. Ma' fe'n hala fi off 'y mhen withe.

FI: Siŵr o fod.

ÎFS: Y pwynt yw, Rhys, wy'n fachgen, wy'n
        teimlo fel bachgen, *God knows* wy'n edrych
        fel bachgen, wy'n bihafio fel bachgen, ond
        wy'n teimlo'n wahanol tu mewn withe . . .
        ddim drwy'r amser.

FI: Ma' hwnna'n digwydd i ni gyd, Îfs. Ni gyd yn
        ca'l pwle fel 'na.

ÎFS: Ond ife pwl yw e? Wy'n mynd i'w 'weud e,
        Rhys, odw i'n *"queer"*?

FI: *Good God*, nagwyt.

ÎFS: Shwd ti'n gwbod?

FI: Ti DDIM, myn. Paid bod mor blydi stiwpid.
        Wrth GWRS ti ddim.

ÎFS: Os ti'n gweud.

FI: Na, TI sy'n gweud. TI sy'n nabod dy hunan.

ÎFS: Ond 'na'r pwynt, dwy' DDIM yn nabod 'yn
        hunan, dwy' DDIM yn siŵr.

FI: Ond Îfs, un ar bymtheg ŷn ni! Ma' dy fywyd
        o dy fla'n di.

ÎFS: Ond sa i'n gwbod pa fath o fywyd.

FI: Un normal, fel fi.

ÎFS: Dibynnu ar dy ddiffiniad di o "normal" nagyw e?

FI: Îfs, ti DDIM gwahanol i neb arall. Trïa ga'l hwnna mewn i dy ben.

ÎFS: Ond wy'n teimlo'n wahanol man 'yn, tu mewn.

FI: WITHE.

ÎFS: So beth wy' fod i neud yn y "withe" 'na? Esgus nagyw e 'na?

FI: Ie. Na. Ie. O ffwc, Îfs, sa'n gwbod. Sori. Sa i yn gwbod.

Do'dd dim llewyrch ar y siarad wedi 'ny. Fel tasen ni'n dou yn troi mewn powlen *goldfish*; cyrraedd unman yn y diwedd.

Wedes i wrtho fe bido becso pan es i. Chi erio'd 'di teimlo bod rhywun yn boddi a chi'n ddigon agos i'w achub e a chi ffili? Ie, cwmws fel 'na.

Dydd MAWRTH 7 Ebrill

Wyndyrffwl. Ar ben popeth arall, ma' Dad 'di clywed heddi yn sgil y cau pyllau parhaol yn y De Ddwyrain etc. ac yn y blaen am byth, bydd 'i swydd e'n diflannu ar ddiwedd mis Awst. Grêt, wel, ma' hwn yn rîli neis. Ma' Îfs yn mynd trwy drawma mwya'i fywyd a ma' 'nhad yn credu'i fod e ar y *scrap heap* yn ddeugain a phump. O ceith, fe geith e iawndal, lot ohono fe, siŵr o fod, achos 'i fod e'n uchel yn hierarchiaeth y Bwrdd Glo, ond beth am y pymtheng mlynedd nesaf?

O'dd e'n uffernol heddi pan ddes i gartref. Dweud dim. Bydde'n well 'da fi tase fe'n taranu neu'n beio rhywun. Y mŵd a'r distawrwydd alla i ddim â chôpo â fe. Bydd e'n iawn yn ôl Mam, ac yn ariannol dyw e ddim yn becso, medde fe. Y syniad o fod yn segur. Ma' hwnna'n wrthun o syniad i'r holl deulu. Ma' Mam-gu wrth gwrs 'di dechre siarad ambythdi dechre'r ganrif yma a'r ganrif ddiwetha a pha mor bwysig o'dd sefyll yn unol. Mwya o sens mae 'di siarad ers dydd Dolig.

Cach cach cach.

O'dd Îfs yn well heddi, ond ma'r lletchwithdod mwya uffernol rhyngon ni. Sylwodd Llinos ar y peth amser egwyl ond allen i ddim â dweud dim. Ma'n jyst rhaid i ni gadw'r peth i'n hunain. Wy'n mynd i'r Llyfrgell ar ôl ysgol nos fory i drïo ffindo rhywbeth i ddarllen ar y pwnc achos ma'r *Joy of Sex* yn sôn am briodase a pherthnase . . .

Wy' jyst yn ddiolchgar bod y tymor 'ma bron ar ben. O leia bydd pythefnos o lonydd. Ma' Dad yn bwriadu mynd â ni bant am wthnos i'r Alban neu rywle, "just to ger away, see". Fel arfer, bydden i'n cico yn erbyn y tresi'n uffernol, ond ma'n rhaid fi weud, os oes cynnig am wythnos o seibiant o'r teimlad 'ma bod pethe'n cwmpo o 'nghylch i, myfi a ddihangaf megis Arthur draw dros y don.

Dydd GWENER 10 Ebrill

Diwrnod ola'r tymor heddi. Wy' mor falch bod yr ysgol 'di cau am bythefnos. Licen i tasen i'n gallu cau y drws ar y fflêmin tymor yma hefyd.

Îfs yn gofyn os galle fe ffono yn ystod y gwylie. GOFYN! Er mwyn dyn, cyn iddo fe ddweud dim, bydde fe jyst yn galw. 'Sdim byd wedi newid o's e?

Llinos yn mynd i Golorado! Ei cid iw not. Ma'r holl deulu, gan gynnwys y brodyr Einstein y tro hwn, yn mynd i Golorado am ddeg diwrnod!

"I beth?" meddwn i.

"Sgïo," medde hi.

"Ym mis Ebrill?" meddwn i. "Do's dim eira yn 'Merica ym mis Ebrill."

"O's," medde hi, "yn y Rocky Mountain High." Tryst fi i nabod yr unig filiwnyddion Cymraeg! Cofiwch, 'sach chi byth yn geso o siarad â hi achos 'sdim tamed o ochr yn perthyn iddi. So ffarwelion ni, ac o'dd hi'n gwbod bod rhywbeth ar 'yn feddwl i ond wedes i na, jyst poeni am bido'i gweld hi am bythefnos.

Still, 'na fe.

Wy'n teimlo'n ddigalon iawn ac yn gymysglyd ac yn ansicr a sa i lico fe. Falle gadwa i hwn yn ystod y gwylie, falle ddim.

Gawn weld.

Dydd SADWRN 18 Ebrill

Wy'n mynd ar wylie fory i Gernyw. Dath Îfs draw heddi am y dydd. Siarad am bopeth ac eithrio beth o'dd e moyn siarad amdano fe trwy'r dydd a wedyn, hanner awr cyn mynd, wedodd e'i fod e wedi sorto'r peth mas erbyn hyn. 'I fod e wedi mynd i'r Llyfrgell yn ystod wythnos gynta'r gwylie i ddarllen a'i fod e 'di ffindo pethe o'dd yn neud iddo fe deimlo'n fwy sicr yn 'i hunan. Wedodd e ddim wrtha i beth o'n nhw, a sa i'n siŵr os o'n i'n 'i gredu e hyd yn o'd, ond o'dd e'n ymddangos yn fwy bodlon pan adawodd e na phan ddath e, wedyn wy'n gorfod 'i gredu fe.

Am ryw reswm sili, shiglodd e law â fi cyn mynd. O'n i'n teimlo'n rîli stiwpid. A wedodd e wrtha i i enjoio'r gwylie. A 'na beth wy'n bwriadu'i neud. Ma' bywyd yn frechdan gachu, a do's 'da fe ddim byd i'w neud â jôc.

Hwyl.

Dydd SUL 26 Ebrill

Ma' ysgol drennydd. (Bendith ar ddiwrnod paratoi yr athrawon!) Dethon ni'n ôl ddoe. Carden bost lyfli oddi wrth Llinos o Golorado.

Teimlad od, dod 'nôl 'ma ar ôl bod bant ers wthnos. Wy' lico Cernyw. Nath e les i Dad hefyd. Ma' fe'n bositif iawn. Ma' whech mish 'da fe ar ôl, diwedd mis Awst ma' fe'n gorffen yn swyddogol, ond ma' fe'n ca'l dou fish o gyflog ynghyd â'i arian *redundancy*, a ma' fe'n mynd ar gwrs, wthnos ar ôl nesa, i helpu *executives* i whilo am job arall. Erio'd 'di meddwl am Dad fel *executive*, ond yn nhermyddiaeth y Bwrdd Glo, 'na beth yw e!

Edrych mla'n at ysgol fory rîli, ishe gweld pawb, gan gynnwys Îfs, ac yn enwedig Llinos. Wy' 'di prynu anrheg fach iddi. Mwclis aur tene (ie, un arall) gyda charreg, wel gem o rywfath sy'n gysylltiedig â Chernyw. Gobitho liciff hi fe.

Dyw bywyd ddim yn gymint o gach heno, gobitho fydd e'n llai fory.

Dydd MAWRTH 28 Ebrill

Do'dd Îfs ddim yn ysgol, so ffona i e wedyn. Gorfod ysgrifennu hwn yn syth. Llinos 'di dod ag anrheg lyfli nôl i fi – SIACED SGÏO – rhaid 'i fod e werth MILOEDD o bunne! Ma fe'n ffito hefyd! O'n i'n hollol *embarrassed* pan weles i ddi yn y dydd a wedodd hi os gallen i gwrdd â hi ar ddiwedd y dydd cyn mynd ar y bỳs achos bod yr anrheg yng nghar ei mam. Wel, feddylies i ddim ife, ond pan ges i'r peth 'ma, a wedyn ar y bỳs yr holl sylwade llednais, wy' newydd 'i agor e a ma' fe'n STYNIN!!! (Mam wrth gwrs yn gwbl argyhoeddiedig mai dyma'r *move* calla erioed. Priodi miliwnyddion!) O'dd e'n GRÊT 'i gweld hi!

O *aye*, a gès beth? Heddi, gath y Shad pawb o'dd yn Steddfod Sir i'r neuadd. Heddi!! Ma' mish wedi mynd ers 'ny a 'sneb gallu cofio beth ddigwyddodd nawr, ond gas e bawb at 'i gilydd i'w hatgoffa nhw o ddelfrydau'r ysgol – a'r rheini yw, bihafiwch neu gewch chi gic yn y'ch tin a phaswch gymint o arholiade ag sy'n bosib er mwyn twyllo pawb mai dyma'r ysgol orau yng Nghymru – anghofiodd e ddweud dim ynglŷn â siarad Cymraeg, ond mae'n rhyfedd pa mor wael gall 'i gof e fod ar adege fel'na. Ei mîn *come on*, pwy werth siarad â ni am rywbeth ddigwyddoddd yn y cynoesoedd hanesyddol. Os o'dd e'n dewis rhoi bolacin, ei fusnes e o'dd neud 'ny yn syth ar ôl y peth. Onest, mae e'n brat withe. *Still* o'dd e'n neis 'i weld e. O leia ni'n gwbod 'i fod e'n dal ar dir y byw!

Bili Ffat a'i goes yn iawn, wedyn ma' profiad yn aros y beirniaid Dawnsio Gwerin yn rhagbrofion eisteddfod y Gogledd!

Spikey a Rhids nawr, iff yew plis, yn trïo wanglo'u ffordd mewn i'r parti Cyflwyniad Llafar, er mwyn mynd ar drip i'r Gogledd, a ma' Prys "Saunders Lewis" yn ddigon dwl i'w gwneud nhw'n eilyddion!

Ma' fe'n mynd i ddifaru, hwnna.

Ma'r got 'ma'n lysh. Wy'n dwlu arni!

9.00 p.m.

Ma' Îfs yn mynd i symud ysgol. Wy'n HOLLOL gobsmacd. Wy' newydd ddod off y ffôn â fe ar ôl awr, a Mam yn dweud dim, whare teg.

Ma fe'n symud i ysgol Sisneg, medde fe, lle gall e ddechre'n ffresh!

"No wê, sunshine," wedes i, "ti heb wneud dim byd i fod cywilydd ohono fe."

ÎFS: Ond wy' ffili wynebu ti, Rhys.

FI: Paid bod mor blydi stiwpid, ti ddim wedi gwneud dim byd i fi.

ÎFS: Ond ti'n gwbod shwd wy'n teimlo, wy' di dweud pethe wrthot ti sa i 'di gweud wrth neb arall yn y byd 'ma.

FI: A wy' 'di gweud pethe wrthot ti. Sa i'n bwriadu newid ysgol, y prat.

ÎFS: Ma' 'da fi gimint o gywilydd.

FI: Blydi hel, Îfs, stopa siarad fel 'sa ti 'di lladd rhywun. Ti 'di rhannu dy deimlade, 'na gyd. 'Sdim byd yn bod ar 'ny o's e, er mwyn dyn??

ÎFS: Ond ddylen i 'di cadw nhw i'n hunan a phido dy dynnu di mewn i'r peth.

FI: Wy'n falch wedest ti. Wy'n teimlo'n **BROWD** dy fod ti wedi gallu ymddiried. Faint o withe wy' 'di gweud 'na??!!

ÎFS: Wy'n gwbod. Ti 'di bod yn garedig iawn.

FI: Bygyr caredig, wy' 'di neud beth o'n i moyn.

ÎFS: Ma' fe'n well ffordd hyn.

FI: Dim blydi ffordd, Îfs, ti ddim yn gadel yr ysgol 'na achos dwy frawddeg o ansicrwydd. **DIM BLYDI FFORDD.** Wy'n dod draw i siarad â ti nawr.

ÎFS: Na, na, plis, paid neud 'na.

FI: Wel addawa bo' ti'n ysgol fory.

Saib.

FI: Îfs, wy' ar 'yn ffordd.

ÎFS: Sa i'n siŵr.

FI: WY' yn. Addawa ddod i'r ysgol fory.

ÎFS: Wy' 'di gweud wrth Mam 'mod i'n dost heddi.

FI: Wel, gwed 'thi bod ti 'di ca'l gwellhad gwyrthiol heno. PLIS, Îfs. Fi sy'n gofyn ffafr masif nawr. Dere i'r ysgol yfory.

IFS: Sa i moyn gadel rîli, wy'n dwlu ar y lle er gwaetha Soffocleese etc.

FI: Digon o siarad, bỳt, dere i'r ysgol fory. O cê?

ÎFS: O cê. Diolch, Rhys.

FI: Paid dechre siarad ambythdi diolch. 'Sdim rhaid i ni. Ma fe'n trawma nawr Îfs, ond dros dro yw e. PLIS creda 'na. Ma' Dad wedi colli'i waith.

ÎFS: Wy'n sori.

FI: Sdim ots, ond o'dd e'n uffernol cyn y gwylie. Ond mae e'n gwella nawr. Fel'na bydd pethe 'da ti.

ÎFS: "Yr awr dduaf cyn y wawr" ystrydeb, ife.

FI: Yn gwmws. Wel, sa i'n gwbod os ni 'di cyrraedd yr awr dduaf, Îfs, ond ma' fe'n blydi tywyll arna i pan ti'n meddwl gadel.

ÎFS: Wy'n sori.

Fi: 'Sdim rhaid ti ymddiheuro.

ÎFS: Falle mai jyst tynnu sylw o'n i moyn neud.

FI: 'Sdim ots beth o't ti'n meddwl. Ti yn DOD i'r ysgol fory.

ÎFS: Odw.

FI: O cê. Wel gwranda, wy'n gorfod mynd neu bydd Dad yn cintach bythdi'r bil ffôn 'to.

ÎFS: Diolch, Rhys.

Mam yn wych . . .

MAM: Popeth yn olreit?

Dim holi, dim busnesa, ac o'dd e'n gwbl amlwg 'i
bod hi 'di clywed peth o'r sgwrs os nad y sgwrs i
gyd. Ma'n rhaid bod rhai pobl â'r reddf 'ma i helpu
dim ond pan fod yr argyfwng yn gofyn hynny. A
ma' Mam yn un o'r bobl rheini. Dyle hi fod yn y
Cenhedloedd Unedig rîli.

So, fory amdani. Ond wy'n gwbod un peth, symuda
i dir, môr a mynydd iddi gadw fe 'ma. Îfs mewn
ysgol Sisneg er mwyn dyn??!! Smo fe'n gallu siarad
Sisneg am fwy na dwy frawddeg.

Blydi hel, ma' tyfu lan yn ANODD.

MERCHER 29 Ebrill

Wy' wedi'i berswadio fe i aros.

Sa i moyn diwrnod arall fel hwn.

Mitshon ni wersi heddi, dwy wers Faths. Nawr, fel
arfer, fydde M2 ddim wedi hido tase'r dosbarth
cyfan yn absennol, llai o waith iddo fe, ond heddi,
wrth gwrs, roedd M2 yn absennol ar gwrs, ac o'dd
un o staff yr ysgol yn y'n gwarchod ni. A gès pwy?
Yr annwyl Achtwng. Ac ym mha wers o'dd Îfs a fi'n
gwenu'n hyfryd arni? Y wers gynta y bore 'ma, so

pan alwodd yr annwyl hybarch y cofrestr, pan ddaeth at enwau ei hannwyl hoff ddisgyblion – wele, absenoldeb. Wele, hiw an' crei, wele, at y Dirprwy a wele, lythyr adre fory at yr hybarch rieni. Ffrindiau! *Who'd 'ave 'em?* chwedl Spikey.

Ond, wedi dweud hynny, lwyddon ni i gael sgwrs gall, a wy'n credu sylweddolodd Îfs mai camgymeriad enbyd fyddai gadel yr ysgol hon a mynd i un Saesneg. Hynny yw, pa reswm alle fe roi, a mwy na 'ny, fydde fe ddim yn hapus. O leia man 'yn ma' ffrindie 'da fe y gall e droi atyn nhw, a wy' 'ma wastod. Ma' darllen hwnna nawr fel rhywbeth mas o gylchgrawn, ond ma'r ystrydebe 'na'n uffernol o bwysig mewn gwirionedd.

Yn y diwedd, ymddiheurodd e 'to am weud wrtha i, a wedes i tase fe'n ymddiheuro 'to, fi fydde'n gadel y ffrigin ysgol, nage fe. Mae 'di penderfynu nagyw e eisiau siarad am y peth eto – wel, ddim ar hyn o bryd. Jyst gadel i bethe fynd yn 'u blaen a gweld beth ddigwyddiff. Ffili dadle gyda 'na mewn gwirionedd. Ffês yw e, 'na gyd. Tsheces i *The Joy of Sex* eto a ma' tudalen sy'n dweud bod bechgyn y'n hoedran ni yn mynd trwy ffês o fod yn *"all boys together"* a nagyw e'n ddim byd i boeni yn 'i gylch e. Ond, o nabod Îfs, ma fe 'di darllen gwell 'na hynny yn y Llyfrgell. So wy'n credu bod pethe'n o cê man 'na ar y funud.

Llinos yn mad achos o'n i pallu dweud wrthi pam o'n i 'di mitsho Maths. Mae'n ame bod rhywbeth yn bod ar Îfs, wel, do's dim ishe gradd i ddarganfod 'ny a fe'n edrych fel drychioleth a mitsho'r un gwersi â fi, ond wedes i mai probleme cartre o'dd e. Amlwg nagodd hi'n credu ond, er clod iddi, derbyniodd hi'r peth gyda chymint o ras ag o'dd yn bosib. A mae hi wedi gofyn i fi fynd draw 'na penwythnos 'ma. Wy'n mynd unwaith bydda i wedi ca'l Mam a Dad i gytuno. Gan fod y Shad wedi cyhoeddi, trwy ei staff, y bwriad o gynnal arholiadau yn syth ar ôl Eisteddfod yr Urdd, mae disgwyl i ni "witho er ein lles ni ac enw da'r ysgol". Ffrigin hel, os glywa i am enw da'r ysgol lot mwy, bydda i'n 'hwdu! So, bob amser cino o fory mlaen, ma' ymarferion o ryw fath neu'i gilydd, a ma'r adrannau Drama a Cherddoriaeth yn dechre cwmpo mas yn barod achos 'u bod nhw ishe cadw pobl ar ôl ysgol ar yr un nosweithie. So, ar hyn o bryd, dyw Cariwso na Prys "yn Stratford bydda i nesa", ddim yn siarad â'i gilydd. Wow! Ma' athrawon yn gallu bod yn fwy plentynnaidd na'r plant weithie.

Dydd GWENER 1 Mai

Ma' Andrew "Jeremeia" wedi dechre eto! O'dd gwasanaeth y bore 'ma mor dros y top a'r pwynt yw ma' fe 'di bod mor dawel ers mishodd, jyst gwasanaeth mewn a mas. Dath y gitârs mas ond, weit ffor it, o'dd tri aelod o Ddosbarth Tri, pŵar bygyrs, hefyd wedi ca'l eu "perswadio" i ddala tri thamborîn a bwrw'r blydi *things* yn ystod yr emyn! 'Tai Sharon 'ma, onest! Yng nghanol pennill dau am "Fy Mrawd, fy Nuw, a fi" co'r tri'n dechre pwno'r *things* 'ma! Wel olreit, bydde rhythm bach neis wedi ychwanegu at naws y gwasanaeth, ond nagodd un ohonyn nhw'n gallu cadw rhythm, so 'na le o'dd dou yn mynd 'da'r pennill a'r trydydd, Lisa wy'n credu yw ei henw ddi, yn bwrw'r peth off y curiad, so o'dd e fel 'sa chi'n canu 'dag adlais. Cracodd Dosbarth Pedwar (ni mor sinicaidd) i wherthin, a co hi wedyn, y ferch fach drist yma, yn dechre crio ac yn rhedeg mas o'r gwasanaeth. Wedyn co'r Pennaeth Ysgol yn bwrw trwyddi yn y'n galw ni bob enw dan haul am frifo teimlade, anghwrteisi, anfaddeuol, anysytriol a phob "an" arall yn y Geiriadur! A dim blydi gair am "Jehofa" ddwl sy'n gofyn i blant wneud prats o'u hunen! Mae'n neud fi mor grac. Wedodd rhywun yn Nosbarth Chwech wrtha i bod y Shad wedi gwrthod caniatáu i aelodau'r Chweched ddechre cell o Gymdeithas yr Iaith oherwydd y dylanwad eithafol y galle hynny gael ar aelodau iau yr ysgol. A ni'n ysgol Gymraeg! Ond na, ma' fe'n iawn i athrawon wthio'u syniade crefyddol ar blant anaeddfed. (Onest, allen i ffrwydro weithie 'da annhegwch y peth.)

Mam yn wynyrffwl. O'dd hi gartre pan ddath y llythyr, ac amser te co hi'n llithro'r peth ar draws y ford i fi.

FI: O, ie, galla i esbonio.
MAM: 'Sdim rhaid i ti. Odi fe'n mynd i ddigwydd eto?
FI: Nagyw. Ma pethe 'di sorto mas.
MAM: Reit. Sgrifenna ateb i fi ac fe arwydda i'r peth.

Licen i tasen i'n gallu mynegi 'nghariad i ati. Faint o fame bydde 'di neud 'na ife? Dim holi eto, o'dd hi'n gwbod fydden i byth 'di mitsho oni bai bod rheswm deche. Sgiws mi, wy'n credu mai 'da fi ma'r fam fwya deallus yn y byd a'r un fwya cariadus. (*God*, bydda i mor *embarrassed* pan ddarllena i hwn ymhen ugain mlynedd.)

Mynd i folchi nawr etc., Llinos ar y ffordd draw 'da'i brawd, un ohonyn nhw ta p'un. O'dd hi'n mynd i Gaerdydd iddi nôl e ddiwedd y dydd, 'na pam etho i ddim syth 'na. Ta ra.

Nos SUL 3 Mai

Ma'i brodyr hi'n grêt, gwirioneddol neis. Am ryw reswm, benderfynon nhw gymryd penwythnos mas o Rydychen!! Yr awyrgylch yn gallu bod yn orthrymol! Ie, ddyn, trïwch y'n hysgol ni withe! A mae'u perthynas nhw â Llinos mor lysh. Wy'n teimlo'n 'itha euog achos sa i'n teimlo fel 'na o gwbl tuag at 'yn whâr i a ma' bythdi'r un bwlch oedran rhyngdda i a hi ag sy rhwng Llinos a'i brodyr.

Ma' nhw'n trïo'u harholiade wythnos nesa, a ma' nhw'n disgwyl paso. Tasen i'n dweud 'na, bydde fe'n ymffrost ond oddi wrthyn nhw o'dd e'n swno mor naturiol a dirodres.

Gwnes i wir fwynhau. O ie, a Llinos a fi di neud e 'to, yn yr ystafell lle o'n i. Wy'n teimlo'n rîli drwg, ond joion ni ac o'dd hi'n sicr o'i phethe 'da'r atal cenhedlu. Wedes i ddylen ni ddefnyddio condom i gael "rhyw diogel" ond wherthinodd hi.

" 'Da pwy ti'n meddwl fi 'di bod, Rhys, tîm sgïo Colorado??"

Ie, wel mae'n hawdd iddi hi wherthin, ond ma'r busnes diogel 'ma'n neud i fi deimlo'n anniogel, os chi'n deall.

Wedodd rhywun o Ddosbarth Pump eu bod nhw'n gwisgo condoms ar eu bysedd pan o'n nhw'n mynd mas 'da merch ddiarth a wherthinodd pawb, ond ddealles i ddim o'r jôc. Dal ddim yn deall.

A nawr, wrth gwrs, wy'n panico am y gwaith cartref. Un diwrnod wy'n mynd i gadw'n addewid a wy'n mynd i neud 'y ngwaith cartref i ar nos Wener am hanner awr 'di pedwar a fydda i ddim yn becso ar nos Sul. Ie, a falle bydda i'n Brifweinidog hefyd!

Nos WENER 8 Mai

Wythnos wedi gwibio – dim amser i anadlu. Ymarferion, gwaith cartref, gwarchod 'yn whâr tra bo' Dad ar gwrs a Mam mas, siarad â Llinos ar y ffôn. Chwerthin ar Spikey a Rhids yn trïo snîco mewn i Ffreutur Dosbarthiadau Iau i gael ail ginio, a'r menywod cinio'n eu twlu nhw mas gerfydd eu clustie.

SPIKEY: O gerroff, I go' sensitive years.
MENYW GINIO: You'll 'ave a sensitive bloody arse
             after I've finished with 'ew!!

Rhyw droeon ymadrodd prydferth iawn 'da

menywod cinio'r ysgol.

Ymarfer trwy'r bore fory yn yr ysgol. Sili ife, mynd i'r ysgol ar ddydd Sadwrn, ond neis hefyd.

Dydd LLUN 11 Mai

Prysur.

Dydd MAWRTH 12 Mai

Prysurach.

Dydd MERCHER 13 Mai

Whooosh!!

Dydd IAU 14 Mai

Rwy'n ystyried diflannu lan twll tin 'yn hunan. Wir yr, ma'r wthnos hon wedi bod yn anghredadwy. Ymarfer nawr yn ystod amser gwasanaeth; dim cwynion oddi wrtha i, wy'n ystyried troi'n Fwslim parhaol i osgoi Andrew "Dewch at yr Arglwydd". Ond ar ben hynny, ma' Prys "Ceidwad y Theatr

Gymraeg" wedi penderfynu byddai'n gwneud lles i ni fynd â'r eitemau eisteddfodol mas i'r gymuned er mwyn i ni gael y profiad o fod o flaen cynulleidfa! So, ddwywaith yr wythnos 'ma, ni 'di bod i Gartrefi Hen Bobl yr ardal yn canu Cerdd Dant, Dawnsio Gwerin ac amryfal bethau eisteddfodol eraill, a 'sneb yn blydi gwrando ta beth achos ma' nhw gyd moyn ni fynd erbyn saith o'r gloch so gallan nhw weld *Pobol y Cwm*. A'r rybish 'ma am y'n rhoi ni o flaen cynulleidfa ... wel, onestli. Ma'r tebyg-olrwydd ohonon ni'n cyrraedd llwyfan ar unrhyw beth mor debyg â Saddam Hussein yn troi'n Gristion neu Thatcher yn Gristnogol. Ma' pawb yng Nghymru'n gwbod pan fod yr Eisteddfod yn Gogland y Gogs sy'n ca'l popeth, ac yn y De, ma'n beirnied ni yn talu'r pwyth 'nôl. Neu fel 'na WY'n gweld pethe.

Wy'n nacyrd. Ac ar ben y cyfan, wy'n gorfod gwneud gwaith cartref. Îfs yn o cê, Llinos 'run mor nacyrd gan 'i bod hi ym mhopeth.

Dydd GWENER 15 Mai

Wedi ca'l mega laff heddi yn y Ffreutur. Bili Ffat wedi penderfynu mynd ar ddeiet a dweud wrth bawb am 'i fwriad fel y byddan nhw'n ei rwystro fe rhag byta. Amser cino, pawb o'i gydnabod e'n peilo plate 'da'r pethe mwya ffiaidd o ffatenin ac ishte ar yr un ford â Bili a oedd, chware teg iddo, yn dioddef dwy ddeilen letus, hanner tomato a chnegwerth o diwna. A thrwy'r bwyta, neb yn gweud dim, jyst ochenaid o bleser wrth fyta'r tships ac yn y blaen a Bili'n gwbod yn iawn beth o'n nhw'n trïo'i 'neud. Barodd e'n dda trw' gino hefyd, ond pan welodd e'r cwstard, snapodd e, rhedeg at y lle gweini a gofyn am dri chwstard a rhiwbob fel cysur!! O'dd pawb yn wan, a'r menywod cino hefyd yn wherthin. Ma' pawb wedi nodi 'ny fel achlysur i'w ddathlu'r flwyddyn nesa – y menywod cino yn actshiwali neis i ni!!!

Sa i'n gwneud dim penwythnos 'ma. Llinos a'i theulu'n mynd i Fro Gŵyr i aros mewn carafán neu blas sy gyda nhw – y tad adre o Lundain. Whare teg, geso i gynnig, ond wir yr, ar ôl shwd wthnos wyllt wy' jyst ishe amser i ddod at 'yn hunan.

Dydd SUL 17 Mai

Ysgol fory. *Depressed*.

Dydd LLUN 18 Mai

Ma'r Shad wedi colli ar 'i hunan yn llwyr. Oherwydd bod wythnos yn unig i fynd cyn Steddfod, mae e wedi cydsynio â chais Cariwso a Prys i roi dwy wers y dydd yn rhydd i ni ymarfer y pethe eisteddfodol cyn mynd i'r Gogledd. Sa i'n cwyno, ond wy' yn hefyd achos y copïo gwaith.

Nawr, tase'r athrawon hyfryd yma'n cytuno i anghofio gwaith yn ogystal â gwersi, byddai cytundeb llwyr ar werth yr ymarfer ond fel mae, ma' NHW'n osgoi rhoi gwaith cartref, llai o farcio, a NI'n gorfod cadw lan 'da pethe yn y pyncie ni 'di colli tra ŷn ni'n cadw'r diwylliant yn fyw! A hefyd gethon ni'r cyntaf o'r cyfarfodydd diddiwedd sy'n ein paratoi ni gogyfer â'r antur enbyd hon. Ymddygiad, cwrteisi. Bob blwyddyn ers i fi fod 'ma, yr un yw'r gân ond 'na ni, 'da pobl fel Spikey a Rhids yn mentro i barthe anhygyrch gogledd Cymru yn enw'r ysgol, ma' nhw'n gorfod paratoi gogyfer â phob posibilrwydd.

Dydd MAWRTH 19 Mai

Bili Ffat wedi rhoi'r gore i'w ddeiet. Wedi buddsoddi mewn pâr o drowsus mwy o faint yn lle 'ny!

Dydd MERCHER 20 Mai

Diwrnod trist ofnadwy. Dath Sharon i'r ysgol heddi. O'dd hi'n edrych yn uffernol. Mae 'di bod yn byw mewn Cartref neu Hostel o ryw fath ers mishodd. Do'dd e ddim yn bosib cael rhieni maeth iddi. Dyw hi ddim yn edrych ar 'i hôl 'i hunan o gwbl. O'dd hi mor dene. San i ddim yn dweud ei bod hi'n

anorecsic, ond brawd mogu yw tagu ife. O'dd 'i
llygaid hi'n wag. Siaradodd hi â fi am oesoedd ond
do'dd dim bywyd 'na. O'dd hi'n hollol farw.

SHARON: Mynd i 'Steddfod, wyt ti?
FI: Ydw. Ti 'di bod?
SHARON: Ie. Es i yn Dosbarth Un.

Dyw ei Chymraeg hi ddim yn ddrwg o 'styried dyw
hi ddim yn siarad o gwbl nawr.

FI: Ti'n edrych wedi blino.
SHARON: Ie. Nacyrd. Ddim yn gwybod pam.
         Ddim yn gwneud dim byd ti'n gwybod.
FI: Ti'n mynd i ddod 'nôl i'r ysgol?
SHARON: Na. Dim meddwl. Dim pwynt. Fi'n thic.
FI: Ti ddim, Sharon, ti'n gwbod ti ddim.

Gwenodd hi arna i pan wedes i 'na. Y wên lyfli
ddrwg 'na sy gyda'i, y wên pan o'dd hi'n cymryd y
piss allan o Andrew "Oen Duw" yn y gwasanaethau
ddechre'r flwyddyn.

SHARON: Ti wastod wedi bod yn neis i fi, Rhys.
FI: Achos TI yn neis.
SHARON: O'n i . . . What's used to be? I've
         forgotten.
FI: Arfer.
SHARON: Ie. O'n i arfer bod, fi ddim nawr ddo.
FI: Ti ddim yn *sixteen* eto.
SHARON: Teimlo fel fi wedi byw *twice times over*,
         Rhys.
FI: Wy'n gwbod, Sha.

SHARON: Paid ti coco bywyd ti lan.

FI: Wel, dyw bywyd ti ddim wedi gorffen
          ydy fe.

SHARON: Ffili ca'l wmff i neud dim byd ddo,
          Rhys. Ddim ishe neud dim byd.
          Teimlo'n *dead*. Wy' lyfo Bernard ti'n
          gwbod. *In spite o'* popeth, wy'n *still* lyfo
          fe.

"Wy'n *still* lyfo fe." Beth gallen i ddweud i ateb
hwnna. Dim byd. Wy'n deall beth mae'n meddwl.
Wy' hefyd yn gwbod pa mor agos ddes i a Llinos.
Ffiles i weud dim byd wrthi am 'ny er wy'n siŵr
bydde hi, o bawb, wedi deall.

Dwy' ddim yn lico athrawon. Dyw hwnna ddim yn
deg. Dwy' ddim yn lico rhai athrawon. O'dd
Soffocleese yn edrych lawr ei drwyn arni mor
ofnadwy pan groesodd e'r iard gydag Achtwng.
Wy'n ffieiddio at eu hunangyfiawnder nhw. Wy'n
gwbod wy' ar gefn 'y ngheffyl nawr, ond 'na beth yw
e wy'n siŵr. Hunangyfiawnder, a ma' hwnna'n fwy
o bechod byth na'r hyn ma' Sharon wedi'i gwneud.
A ma'r Steddfod yn ymddangos mor ddibwrpas a
phitw nawr unwaith eto wrth ei hochr hi. Dim ond
am awr o'dd hi 'na. Dath y Weithwraig Gymdeith-
asol i'w nôl hi wedyn i fynd â'i i'r ysbyty a 'nôl i'r
Hostel. Wy'n flin iawn, iawn drosti.

Hanner tymor fory a ma' Dad wedi ca'l rhyw fath o *breakdown*. Mae e 'di prynu carafán yn Mro Gŵyr. Onest tw God! Mae 'di gwario WYTH MIL o bunne – sy'n dod mas o'i *redundancy* yn y pen draw a ma' fe 'di PRYNU CARAFÁN! Ma' Mam yn 'styried ffono'r Doctor. Ma' Mam-gu yn cynnig hanner ei phensiwn a ma' Dad newydd ddod 'nôl o B & Q wedi bod yn prynu llwyth o bethe fel cadeirie i'r traeth, cwilts, stôf nwy bach, ffrij bach! Ma fe'n boncyrs – ond, mae e'n grêt!! Ma' fe mor anghyfrifol a mor annodweddiadol! Grêt!! A wy'n siŵr bod Mam wrth ei bodd rîli, achos mae 'di wherthin fel bat ar Dad. Lwc out ddy bed springs heno 'te! Well i fi wisgo'r *Walkman* yn gwely!

A nawr, ni'n mynd lawr i Fro Gŵyr fory tan dydd Mercher!

Bỳs y Gog yn gadel dydd Iau i'r Steddfod so ma' pump diwrnod 'da ni ar lan y môr a gès beth? Ma' Llinos yn byw tri lled cae i ffwrdd yn ei charafán hi! Grêt on'd yw!!!

Wy' newydd ddarllen hwnna eto a'i gymharu fe â nithwr a sa i 'di sôn am Sharon – ddo' o'dd Sharon a heddi yw heddi. Mae e fel tasen i'n switsho'n feddwl i i wastad arall. Ydy hwnna'n rong? Ddylen i deimlo'n drist DRWY'r amser dros Îfs? Sharon? Fi a Llinos? Dad?

Ffrig, ma' bywyd yn mynd yn fwy cymhleth pan chi'n mynd yn hŷn nagyw e.

GŴYL BANC Y GWANWYN 25 MAI

Ma'r garafán 'ma'n lysh! Ma'r môr yn lysh! Ma' Llinos yn lysh!

Ma' POPETH yn lysh!

Nos FERCHER 27 Mai

Wy'n gwbod bod hwn yn anodd 'i gredu ond ma' Mam a Dad a'n whâr yn dod i'r Gogledd fory, yn y car, ac i'r Steddfod i gefnogi! Gobsmacd neu beth!! Smo Dad 'di bod yn Steddfod ers o'n i yn yr Ysgol Feithrin. Er mwyn ca'l gwylie iawn, ma' nhw 'di bwco gwesty yn agos i Faes yr Eisteddfod a ma' nhw'n mynd i fod 'na tan ddydd Sadwrn a wy'n ca'l dewis teithio 'nôl 'da nhw dydd Sul, neu fynd at Fam-gu annwyl.

Dim diolch, Mam-gu, leic, so diwrnod ecstra'n y Gogledd. Lyferli!

Ond os yw Dad yn para i wario fel hyn, byddwn ni 'da'r *Social Security* cyn bo hir ond ma' fe mor hapus, 'sdim ots!

Sa i'n mynd â'r Dyddiadur i'r Gog 'da fi, so bydd rhaid hogi'r cof.

Nos SUL 31 Mai

STEDDFOD Y GANRIF *OR WHAT*!!??

O'n i'n cyrraedd Aberhonddu a medde Spikey,

"Sa i'n byta *beefburgers*. Ma' *mad cow disease* 'na. Falle bydda i'n catsho fe."

"Bydde neb yn sylwi, Spikey," medde Îfs.

Epic laff. Hollol epic.

O'dd Achtwng 'da ni ar y bws. *So much* am bregeth y Prifathro ynglŷn â diwylliant yn bwysig i bawb. Hi o'dd yr unig athrawes o'dd yn fodlon teithio lan, whare teg iddi.

Wel, arhosodd hi lawr y ffrynt y rhan fwya o'r amser a ni lot lan y cefn. O'dd Dosbarth Chwech mor hynod o gyfrifol yn eistedd yn y canol, yn adolygu gogyfer â'r arholiade sy o fewn tair wythnos wedi i ni ddychwelyd, tra oedd idiots Dosbarth Pedwar – wy'n GWRTHOD defnyddio busnes blynyddoedd 'ma dim rhagor . . . !! Wel, stopon ni yn Llanidloes a co Rhids a Spikey i'r Milk Bar. Ath Llinos ac Îfs a fi (a dim teimlad o letchwithdod o gwbwl) i ryw siop lysieuol o'dd yn edrych yn neis ac yn tshepach. Erbyn i ni ddod 'nôl, o'dd Rhids a Spikey, iff yew plis, yng nghanol y thing 'na sy yn Llanidloes sy'n edrych fel pe bai e 'di bod 'na ers oes Methiwsla, yn cynnal ymarfer y Cyflwyniad Llafar gyda Bili Ffat – a dyw Bili Ffat ddim hyd yn oed yn y Cyflwyniad Llafar! A'r peth yw, o'dd y *locals* i gyd yn edrych arnyn nhw fel tasen nhw'n neud rhywbeth o bwys a Rhids wedyn yn siarad mewn acen Gog:

"Rydan ni'n ceisio gwneud rhwbath hefo'n cyltshyr yntê."

O ble ma fe'n ca'l ei rôl models am Gog sa i'n deall.

Dath Achtwng wedyn, a 'nôl â ni i'r bỳs, 'da Spikey a Rhids yn ca'l rhybudd y bydden nhw yn yr ysgol mewn tacsi pe baen nhw'n creu unrhyw drafferth arall. Wel, wrth gwrs, erbyn i ni gyrraedd Dolgellau o'dd pawb ishe pisho a stop arall. Do'dd y gyrrwr ddim yn hapus, achos o'dd e moyn mynd i Ruthun, so beth o'dd e'n 'neud yn Nolgellau, dyn yn unig a ŵyr!

Pan welodd Rhids a Spikey'r mynyddoedd am y tro cynta ethon nhw'n rîli dawel. Ac o'n nhw'n sîriys. Mae'n od, chi'n gwbod, ma' nhw 'di bod yn Sbaen bob blwyddyn ers ache, ond 'ma'r tro cynta iddyn nhw ddod i'r Gogledd ac o'n nhw lico fe. Nes i Rhids sboilo fe a dweud lice fe sglefrfyrddio lawr yr Wyddfa! Ei mîn, gallwch chi ddychmygu?? Hwpodd Bili Ffat 'i drwyn i mewn wedyn a gweud bod y defaid i gyd ag un go's yn fyrrach na'r llall yn y Gogledd achos bod y llethre mor serth. Dadl masif hurt wedyn – onest, ma' nhw mor blentynnaidd. Ond wherthin!!

Cyrraedd Rhuthun a 'na le odd y trŵps yn aros – y Shad, y Dirprwy, y Ddirprwyes, a Soffocleese – dyn a ŵyr pam 'i fod e 'na!!

A'n rhannu ni'n ddau neu dri. Ac, wrth gwrs, pump! Un fenyw ddwl garedig yn barod i gymryd pump o hogia nobl!! God help her! Îfs, fi, Spikey, Rhids a Bili Ffat i gyd yn aros yn ei charafán ar y fferm. O'n nhw mor neis. Wel, o'n i ac Îfs yn ei deall hi'n iawn ac, ar ôl y bolacin eithafol dawel gan lygaid y Shad, wy'n credu deallodd Spikey a Rhids pa mor bwysig o'dd bihafio'n gall yn mynd i fod.

So, peilon ni mewn i'r Landrofer 'ma o'dd yn drewi o anifeiliaid a 'na le o'n ni'n pump yn gwrando arni'n siarad a neb yn dweud dim rhag ofn ein bod ni'n rhoi'r ateb anghywir.

Wel, o'n i'n deall, ond nagon i moyn dangos 'yn hunan, nes i Bili Ffat bwno fi a gweud,

"Go on, ti'n siarad Gog, cyfieitha."

MENYW: Gawsoch chi siwrne go lew?
FI: Do, diolch.
MENYW: Mae'n dipyn o ffordd o'r De acw.
FI: Ydy.
MENYW: Oes gynnoch chi awydd bwyd rŵan?
FI: Gethon ni beth yn Llanidloes.
MENYW: Wel, gewch chi weld y giarafán gynta, wedyn wna i hulio llond lle i chi gael estyn ato fo.

Licen i 'sa camera 'da fi. O'dd tshops y tri 'na fel tasen nhw 'di lando ar gyfandir diarth, nage rhan arall o'u gwlad. O'n i'n bosto ishe wherthin achos dyw'r Gogs ddim yn siarad mor ofnadwy o wahanol â 'na i ni, acen falle, ac ambell i air, ond ma' lot gormod yn ca'l 'i neud o'r gwahaniaeth ieithyddol 'ma.

Pan gyrhaeddon ni, dath catrawd o gŵn i gyfarth, ond "Byddwch ddistaw y diawliaid", yn eu distewi nhw'n syth.

Nawr, sa i'n gwbod os taw stiff o'dd Bili Ffat neu'i droed o'dd yn drech na fe, ond gwmpodd e reit yng nghanol y clos ar 'i din i'r llaca i gyd.

"O, *shit*," medde Bili Ffat.

Dywedodd y fenyw,

"Hidia dim 'y machgen i, tyrd di â'r pethe budr

acw i mi, a fyddan nhw fawr waeth ar ôl cael golchiad."

Dath ei gŵr hi mas wedyn a phedwar o blant. Ie, onest, PEDWAR.

Sibrydodd Rhids yn 'y nghlust i, *"Sexually overactive, well-known fact* am y Gogs".

O'dd y garafán yn grêt. Mae'n debyg eu bod nhw'n 'i gosod hi yn yr haf i Saeson – amlwg pan wedon nhw'r gair nagon nhw'n ffysi ynglŷn â hwnna, ond o'dd 'u harian nhw'n iawn, medde'r gŵr. Wedyn, gan fod Steddfod yn ymyl, i'r Steddfod o'dd y garafán am y Sulgwyn!

Ath hi wedyn, ar ôl dangos i ni shwd o'dd y gwelye'n gostwng. Dau sengl a dau ddwbwl. Ath Îfs yn syth am y sengl – idiot, fydde dim gwanieth 'di bod 'da fi o gwbwl, ond os o'dd e'n teimlo'n well . . . Spikey a Rhids wedyn a Bili Ffat wrth gwrs yn haeddu un 'i hunan.

Wel, cethon ni fwyd wedyn. Onest, sa i erio'd 'di gweld ford mor llawn o fwyd. Wy'n siŵr bod dagre o ddiolch yn llygaid Bili Ffat wrth weld y cyfryw – tshops, tatws, tishennod, bara brith – stwffedig neu beth! Erbyn hyn, hefyd, o'dd dillad Bili 'di golchi ac ar y lein yn sychu ac o'n ni 'di dechre'u galw nhw wrth eu henwau cynta, Alwyn ac Eira. O'n nhw'n grêt. Fferm ddefaid o'dd 'da nhw a gwartheg godro ond bod y cwotas neu rywbeth 'di neud pethe'n anodd iddyn nhw.

Ar ôl swper, peilon ni gyd mewn i'r Landrofer ac ath Alwyn â ni i ben mynydd ucha'r ardal i weld yr olygfa. Ffanblyditastig!! O'n i'n gallu gweld Clwyd i gyd, neu fel 'na o'dd e'n ymddangos i fi. Wedyn ath

191

Eira â'r plant lawr yn y Landrofer a cherddon ni nôl trwy lwybr tarw – 'na alwodd Alwyn y peth. O'dd Bili mor nacyrd yn y diwedd er 'i fod e "lawr allt"! A co Alwyn yn pwynto at ddiadell o ddefaid a dweud wrthon ni mai 'u brodyr nhw o'n ni 'di ca'l i swper. Ma' Spikey a Rhids mor gryf ond wy'n siŵr lyncon nhw 'u poer. A ma'n rhaid gweud, gwnes i hefyd. Wy'n gorfod dod i ben â'r busnes llysieuol 'ma.

Wedyn o'dd e'n amser gwely. Ma' trydan yn y garafán 'ma so do'dd dim rhaid mesan 'da nwy. Wel, Spikey a Rhids, wir yr, pransio o gwmpas yn borcyn fel 'san nhw mewn niwdist coloni hyd nes dath Eira i'r drws a gofyn faint o'r gloch o'dd y rhagbrawf. Sa i 'di gweld neb yn deifo dan wely mewn carafán o'r blaen!! Eira'n dweud,

"Pidwch â phoeni, hogia, dw i wedi gweld rhai o'r blaen, cofiwch!" a bant â hi.

Setlon nhw lawr yn itha cloi wedyn a whare teg i Îfs, beth bynnag o'dd yn 'i feddwl, wherthin nath e hefyd.

Ond 'sdim shwd beth â chysgu wrth gwrs. Y ddou 'na'n rhechu a thorri gwynt, a Bili Ffat, wel onest tw God, torrodd e un rhech, a wy'n tyngu bod y garafán wedi symud! Atsain neu beth?!! Ac o'n i cynddrwg â neb. Wherthin a dim cysgu o gwbl bron â bod. Ond, pan ddath y gnoc erchyll am hanner awr 'di chwech, ych a fi!

Rhagbrawf wedyn a, fel ma' Steddfod, hongian o gwmpas am orie'n gwneud dim a cha'l y'n tynnu gan y Shad cefnogol i bob cystadleuaeth dan haul. Ond whare teg, o'dd e 'na nagodd e?!

A gès beth – gethon ni lwyfan ar y Cyflwyniad

Llafar a'r Cydadrodd, o'dd yn mankin ofnadwy ond, yn anffodus, cha'th y Côr ddim, na'r Dawnsio Gwerin,

"Rhy dda iddyn nhw, bois," medde Bili Ffat. "Safon rhy uchel!!"

Crwydro'r Maes wedyn nes dath y gystadleuaeth a Spikey a Rhids yn cachu'u hunain rhag ofn bydde rhywun yn dost a nhw'n gorfod cyflawni eu gwaith fel eilyddion.

O'dd e'n lyfli cael cerdded y Maes a chlywed cymaint o Gymraeg. Wedodd y Philistied, Spikey a Rhids, 'na hyd yn o'd. Ddim yn sylweddoli bod cymint o bobl yn siarad Cymraeg. 'Na drafferth byw lle ni'n byw. Dim ond yn yr ysgol ni'n clywed Cymra'g oni bai bo' ni'n siarad ddi gartre, a ma'n hawdd anghofio bod rhai pobl yn byw eu bywyde nhw i gyd fel hyn.

Cofiwch, o'dd Spikey a Rhids yn gweud pardwn bob yn ail funud er mwyn ca'l clywed acen y Gogs, ond o leia o'n nhw moyn clywed.

Ath Llinos â fi at Babell Cymdeithas yr Iaith a dangos y pamffledi etc. i fi a gofyn os o'n i moyn ymuno. Ma' hi'n aelod. Do'n i ddim yn gwbod 'ny nes dethon ni fan hyn. Mae 'di bod yn aelod ers blwyddyn, medde hi, ond do'dd hi ddim ishe gwasgu arna i. Jyst nawr falle, 'mod i'n teimlo . . . ?

Ac fe ymunais.

Rwyf nawr yn Chwyldroadwr.

Wy'n gwisgo'r bathodyn hefyd.

Sa i'n siŵr shwd bydd Mam a Dad yn gweld y

penderfyniad, ond ma' fe wedi bod ar 'yn feddwl i ers amser, ac er nagw i'n deall popeth ynglŷn ag egwyddorion y Gymdeithas neu beth ma' nhw'n neud, wy'n gwbod nagos neb arall yn gweithredu fel ma' nhw – sori, NI – er mwyn cadw'r iaith. So, rwyf yn aelod.

Pan welodd Soffocleese y bathodyn ar 'yn siwmper ysgol i, wedodd "Gobeithio nad oes bwriad i wisgo hwnna ar y llwyfan, Rhys. Cofiwch enw da'r ysgol".

Sa i'n gwbod nawr o ble ges i'r gyts i ateb ond gwnes i.

" 'Na pam wy' YN 'i wisgo fe, Syr."

A cherddes i bant. Bolacin dydd Llun, siŵr o fod, ond tyff.

Wedyn dath e'n bryd mynd ar y llwyfan. Sôn am frico fy hunan. Pwynt yw, wy'n gyfarwydd, wel sa i'n bod yn ben mawr, ond wy' yn 'itha cyfarwydd â mynd ar y llwyfan, ond o'dd meddwl am y Pafiliwn a Mam a Dad a'n whâr . . . Erbyn hyn, sa i'n cofio dim o'r llwyfannu. Ond wy'n cofio'r canlyniad. Enillon ni! Onest tw Dduw, maeddon ni Ysgol Glan Aethwy hyd yn o'd sy wastod yn ennill bob blwyddyn. O'dd y teimlad mor ecstatig a phawb yn sgrechen a gweiddi a Spikey a Rhids yn waeth na neb! A dath Prys "rwy'n gyfarwyddwr mewn gwirionedd" a shiglo llaw a halon nhw fi lan i gynrychioli'r ysgol ac o'n i mor emosiynol pan dderbynies i'r Tlws! Ac o'dd y Shad – wel o'n i yn meddwl 'i fod e'n mynd i ga'l harten,

"Fy machgen glân i, fy mhlant i, rydych chi wedi gwneud hen ddyn yn hapus iawn, iawn."

Ma fe'n rîli dramatig withe. FE dyle fod yn dysgu

Drama.

A nath *Y Cymro* dynnu'n llunie so bydd yn rhaid i ni brynu hwnna wthnos nesa. Ond Pacistaniaid sy'n cadw'n siop bapure ni, wedyn bydd e'n sbort esbonio bod y fath beth â phapur Cymraeg yn bod! Er ma'n rhaid fi gyfadde wy' byth yn prynu'r *Cymro* er gwaetha anogaeth yr Adran Gymraeg. Ond wy'n aelod o Gymdeithas yr Iaith nawr so ma'n rhaid fi feddwl yn ddifrifol am bethe fel'na. Wedyn o'dd e'n amser mynd a gadel pawb achos o'n nhw'n mynd 'nôl i'r De ac o'n i'n mynd 'da Mam a Dad.

Ac, wrth gwrs, nago'n i moyn mynd 'da Mam a Dad wedyn achos o'n i moyn rhannu'r siwrne'n ôl a'r wherthin a'r teimlad anhygoel 'na o berthyn pan chi'n llwyddiannus.

O'dd Îfs yn o cê. Wy'n siarad amdano fe fel tase fe'n glwyfedig, ond i radde fel 'na wy'n 'i weld e'n edrych nawr. Fe basiff hwnna siŵr o fod. A fory ni'n mynd 'nôl i ddioddef yr hasl anhygoel o baratoi ar gyfer yr arholiade. Wy'n gwbod nawr bod yr wythnos nesa mynd i fod mor ffiaidd allen i adel! Shytyp, prat!!

Dydd LLUN 1 Mehefin

Ma' Sharon wedi marw.

Alla i ddim â chredu'r peth. Gwnath y Shad gyhoeddiad yn y gwasanaeth bore 'ma. Wy' 'di bod yn ishte yn 'yn ystafell i ers dwy awr ffili symud. Ffonodd Îfs a Llinos – ni'n tri methu credu'r peth a 'sneb dim callach ar y funud beth sy wedi digwydd.

O'n i mor hapus nithwr a heddi . . . ma' bywyd mor GREULON. Pam hi? Pam blydi HI, Dduw?

Dydd MAWRTH 2 Mehefin

Dath y gweithiwr cymdeithasol i'r ysgol heddi i siarad â ni, ffrindiau agosa Sharon. O'dd hi wedi gadel nodyn i ofyn i'r gweithiwr gysylltu â ni. Lladdodd hi 'i hunan. Alla i ddim ag ysgrifennu rhagor nawr. Wedyn.

2.00 a.m.

Wedi bod 'da Llinos draw i dŷ Îfs. Ma' fe'n wath na'r un ohonon ni, a Mam Llinos 'di dod i'n nôl ni. Whare teg i Mam, gynigodd hi hefyd. Mae'n debyg bod Sha wedi gadel nodyn yn dweud bod 'i bywyd hi'n wastraff, nagodd gobeth iddi a dim ond niwsans bydde hi i bawb os bydde hi fyw, so 'run man iddi gwpla'r cyfan. A 'na beth wna'th hi. Ath hi mas o'r Cartref yn y prynhawn, ath hi i ben mynydd lle o'dd hi'n arfer byw ac fe ath hi â'i thabledi gyda'i. Do'dd hi ddim wedi bod yn 'u cymryd nhw mae'n debyg, achos do'dd y Cartref ddim yn gadel iddi 'u cadw nhw yn ei hystafell. Eu casglu nhw dros wythnos, bownd o fod yn eu casglu nhw pan welson ni ddi yn yr ysgol. Gorweddodd hi yn y rhedyn cynnar ac ath hi i gysgu . . .

Ni 'di bod yn crio rhan fwya o'r nos a wy'n teimlo fel 'san i'n gallu crio am byth.

Pam? *For God's sake*, PAM? Beth o'dd yn ei mêr hi o'dd yn 'i gwneud hi mor anlwcus achos 'na beth o'dd e, 'sdim amheuaeth 'da fi. Anlwc. Mam nago'dd yn hido dim amdani, a'r cariadon amrywiol hyd at y Bernard diawledig 'na. Ŷn ni'n mynd i'r angladd y tri ohonon ni, yn swyddogol ar ran yr ysgol, ond os wy'n nabod ffrindie Sharon, bydd lot o absenoldeb dydd Gwener. Wy' erio'd 'di bod mewn angladd o'r bla'n. Wy'n cachu'n hunan.

Sa i'n credu bod Duw. Fydde Duw ddim yn greulon i rywun fel Sharon.
Sa i'n deall bywyd. Sa i'n deall dim.

Dydd GWENER 5 Mehefin

Dwy' ddim yn mynd i angladd byth eto.
O'dd dros gant o blant Dosbarth Pedwar 'na, y Shad, y Ddirprwyes – a neb arall o'r staff.

Allen i ddim credu'r peth pan ddath ei harch hi mewn ar droli a phan ath y lifft lawr a'r arch yn diflannu. 'Na gyd o'n i'n gallu dweud o'dd "Plis Duw, NA, plis Duw, na".
O'dd Spikey a Rhids a *tons* o bobl er'ill i gyd yn llefen yn agored. A'r Ddirprwyes â'i chydymdeimlad ffug yn edrych yn ffurfiol drist. Sgwn i os cofiodd hi am y bolacins roiodd hi i Sharon. Wy'n gwbod

wy'n afresymol ond nage heddi odd ishe'i phresenoldeb hi ife, ond y cyfnod 'na pan o'dd Sharon ar gyfeiliorn, ar goll. Uffernol, uffernol, uffernol. Diwrnod gwaetha 'mywyd. A wy'n gorfod trïo bod yn normal yn yr ysgol wythnos nesa. Bygyr it. Wy'n credu gadawa i hefyd.

Dydd LLUN 8 Mehefin

Rwy wedi cael fy niarddel a wy'n BROWD ohono fe.

Dydd MAWRTH 9 Mehefin

Andrew Y Cristion Mawr yn dweud yn y wers Addysg Grefyddol bod Duw yn talu'n ôl i bechaduriaid.

FI: Beth chi'n meddwl, Syr, bod Sharons y byd 'ma'n cael eu haeddiant?

O'dd 'yn llais i fel seiren yn barod.

ATHRO: 'Steddwch, Rhys, a pheidiwch â siarad â fi fel 'na, fi yw'r ATHRO.
FI: Wel, actiwch fel Cristion yn lle athro – Syr – a falle siarada i â chi 'da'r parch dyledus.

ATHRO: ALLAN! Allan ar unwaith.

FI: Â phleser, ma'r awyrgylch yn yr ystafell 'ma'n 'y nhagu i.

A mas â fi. Ond y peth wyndyrffwl yw, gerddodd yr holl ddosbarth mas ar 'yn ôl i. Ac o'dd e, y bastard hunangyfiawn 'na, yn edrych arnon ni gyd. Sa i'n mynd i ymddiheuro iddo fe. No blydi wê. Bydde'n well 'da fi adel y pocsi lle na dweud sori wrth fastard sy'n credu bod Duw yn cosbi merch pymtheg oed am fyw bywyd nagodd 'da'i ffordd i'w newid.

Dyw Mam a Dad ddim yn hapus, ond wy'n credu eu bod nhw'n deall.

Sa i'n symud ar hwn. Wy'n IAWN. Wy'n GWBOD 'y mod i. Ac er bod y Shad wedi dweud na cha i fynd 'nôl nes 'y mod i'n ymddiheuro, wna i DDIM.

Ma' rhai pethe wna i ddim symud arnyn nhw.

Dydd GWENER 12 Mehefin

Wy' dal 'ma.

Wy'n adolygu ar gyfer yr arholiade, rhag ofn.

Mae Mam a Dad yn gorfod mynd i weld y Shad ddydd Llun. Ma' nhw ar 'yn ochr i achos wy' wedi esbonio'n fanwl iawn beth ddigwyddodd. Dŷn nhw ddim yn cymeradwyo'r ffordd siarades i â'r athro, ond ma' nhw'n deall ac yn rhoi eu cefnogaeth.

Dyw'r awyrgylch yn y tŷ ddim yn fêl i gyd, ond 'na fe.

Wedi bod mas 'da Llinos drwy'r dydd, a hi'n rhoi gosip yr ysgol. Dim byd mewn gwirionedd, dim ond bod y plant yn 'y nghefnogi i'n llwyr ac yn sôn am fynd ar streic oni bai 'mod i'n cael dod 'nôl. Siarad mawr yw hwnna wy'n credu, ond ma' fe'n neis meddwl bod pobl yn barod i sefyll dros Sharon. Nage fi sy'n bwysig man 'yn, fel wedes i wrth Llinos, ond y ffaith bod Sharon yn cael ei hamharchu gan rywun nagodd hyd yn o'd yn 'i nabod hi ac yn gwbod llai fyth am y teip o fywyd o'dd hi wedi diodde.

Gwrddon ni ag Îfs a Spikey a Rhids yn y dre, ar ddamwain. Nhw'n dawel iawn, yn drist bron. Wedes i nagon i'n bwriadu ildio ac, wrth gwrs, Rhids, hurtyn, yn sefyll slap bang ynghanol trogylch prysura'r dre yn dal 'i law mewn dwrn yn canu'r anthem. Dyw e ddim hyd yn oed yn gwbod y ffrigin g'ire! Off 'i ben.

Arhoson ni ddim yn hir a do'dd dim whant arna i fynd draw i dŷ Llinos er ces i wahoddiad. So wy'n ôl 'ma hanner awr 'di wyth yn pendroni ac ysgrifennu'r llith hwn. Wy'n siŵr 'y mod i'n iawn yn amddiffyn Sharon – cof Sharon. Dwy' ddim mor siŵr erbyn hyn ai fel 'na ddylen i fod wedi 'i neud e. Ond erbyn hyn hefyd, dwy' ddim yn gweld ffordd o gyfaddawdu heb ymddangos yn wan. Tipyn o dwll!

DAD: Bit of a prat your Headmaster.

FI: Yes, Dad.

DAD: Still a Headmaster mind!

FI: Yes, Dad.

DAD: Talked very highly of you.

FI: Yes, Dad.

DAD: Said you had a terrific future ahead of you academically and socially.

Saib.

DAD: Said that this kind of behaviour was totally out of character with everything they'd come to expect of you.

FI: My friends don't die every day when they're fifteen, Dad.

DAD: I know, *bach*. It's a bit of a *picil*, Rhys *bach*.

Saib.

DAD: If you could change anything about what's happened, what would it be?

FI: I'd change the tone of my voice speaking to him, but not the content.

Saib mwy.

FI: I'm sorry, Dad, but I think he was wrong. I thought so then, I still think that now.

DAD: Ie, ie, bach, ond ti'n gweld . . . Damn, I wish I could say this in Welsh. Do you think

Sharon would WANT you to risk your future on her behalf because of an insensitive bigot like this teacher?

FI: You don't like him either, do you?

DAD: Don't think he'd last ten minutes in my pit, *bach*.

FI: No, I know Sharon wouldn't want that, she took the pi . . . made fun of him enough when she was in school.

DAD: The Head insists that you apologise.

FI: I won't.

DAD: Not even in writing?

FI: I'm sorry about the way I said it, but not what I said. I CAN'T change that or I'd betray Sharon.

Chododd Dad ddim o'i lais trwy'r sgwrs. A do'n i ddim yn ofnus na dim byd fel 'na. Gweud y gwir, wy'n credu 'i fod e'n cytuno 'da fi yn y bôn, ond 'i fod e ffili dweud 'ny – gorfod cadw ochr yr athrawon tam' bach, er o'dd 'i ddadansoddiad o gymeriad Andrew Ragrithiwr a'r Prifathro yn agos iawn i'w le. Dath Mam mewn wedyn.

FI: Yr *heavy brigade* nawr, ife?

MAM: Na, dim ond fi. Have you talked to him?

DAD: *Odw*, but we haven't solved anything yet. You try.

MAM: Gallet ti ysgrifennu llythyr o ymddiheuriad?

FI: Gallen, am y FFORDD siarades i, ond nage am BETH wedes i.

MAM: Fydde hwnna ddim yn ddigon? Don't you think that would be enough?

DAD: If I was a politician – yes. But I don't know how Headmasters' brains work.

FI: They don't, most of the time.

DAD: So much wisdom from one so young!

MAM: Gwranda, Rhys, smo fi na dy dad yn disgwyl i ti wneud dim yn erbyn dy ewyllys. Fe gefnogwn ni ti i'r carn achos ŷn ni'n dou yn credu bod beth nethest ti'n iawn o ran Sharon ond, ystyria dy ddyfodol yn yr ysgol 'na, p'un ai 'i fod e werth taflu popeth bant nawr serch athro s'da ti – na ni, wy' ddim yn credu – ddim lot o barch iddo fe.

DAD: Your mother's talkin' sense, Rhys.

FI: If you can understand that much, you can speak it too.

DAD: Ydy.

MAM: Wnei di feddwl am y peth?

FI: Gwnaf. Sa i lico bod yn styfnig, Mam.

MAM: Wy'n gwbod 'ny bach, a smo ni lico bo' ti'n gorfod bod yn styfnig ond, ni gyd yn dysgu gwersi, nagyn ni?

Arhoses i lan lofft am oesoedd a dath 'yn whâr fach miwn.

CHWAER: Ti'n mynd i adel ysgol?

FI: Sa i'n gwbod.

CHWAER: Os ti'n gadel smo fi'n mynd 'na.

FI: Paid bo'n sofft.

CHWAER: Nage, achos o'n i mynd i fynd achos bo' ti'n mynd i fod yn Nosbarth Chwech pan fydden i'n cyrraedd ond os nagyt ti mynd i fod 'na, smo fi moyn

	mynd 'na.
FI:	Sa i'n siŵr 'to.
CHWAER:	Pryd byddi di'n siŵr?
FI:	Fory falle.
CHWAER:	Olreit te.

A dath hi ata i a rhoi cusan i fi. Od. Dyw hi ddim
wedi neud 'na ers oesoedd nawr, wedi tyfu mas
ohono fe o'n i'n meddwl. Ond o'dd e'n lyfli. Wy'n
teimlo'n ofnadwy yn rhoi'r hasls 'ma i bawb – a'n
hunan ac, os o'dd Llinos yn gweud y gwir abythdi
streic a phethe, wel, wir yr, ma' hwnna'n mwya
lletchwith achos sa i'n credu bydde Sharon ishe 'na.

Dydd MERCHER 17 Mehefin

Ma'r athro wedi derbyn fy llythyr o ymddiheuriad
parthed y ffordd siarades i ag e. Dyna ddiwedd y
mater yn ôl y Prifathro "gan obeithio y gall pethe
ddychwelyd i'w ffyrdd blaenorol". Iawn 'da fi ife,
ond y ffordd edrychodd Soffocleese arna i heddi
gallech chi dyngu 'mod i wedi lladd y Frenhines
neu Hywel Gwynfryn o leia. A do'dd Achtwng ddim
yn ffysan dros ei *"cher"* gymint ag arfer chwaith.
Wel, 'da nhw ma'r broblem. Ma' 'nghydwybod i'n
glir. A wy' jyst mor falch bod yr arholiade 'ma
wythnos nesa'n para am bythefnos achos fe
ddangosa i i bawb beth galla i neud pan wy'n trïo.

Îfs a Spikey, Rhids a Bili Ffat yn grêt amser
egwyl a chinio heddi a ddoe. Gyda fi fel cysgodion
bob tro o'dd athro yn agos. Sa i moyn y rhyfel

cartref yma, ond unwaith daw'r arholiade bydd pethe'n iawn wy'n siŵr.

Dydd GWENER 3 Gorffennaf

Gorffennodd yr arholiade heddi. Dwy' erioed wedi gwitho mor galed yn 'y mywyd. Ers i fi ysgrifennu ddiwetha wy' 'di neud dim ond gwitho a gwitho, sa i 'di siarad â neb, sa i 'di bod mas na gweld neb. Ond heddi dath diwedd ar yr uffern a ma' rhyddid yn gwahodd!!

Wrth gwrs, bydd ysgol wthnos nesa fel Llangrannog, pawb yn neud beth ma' nhw moyn. Grêt. Ffili aros. Ac mae'n rhaid fi weud y gwir, wy'n edrych mla'n at y canlyniade i weld a gafodd y diarddeliad 'na unrhyw effaith ar ragfarn athrawon, achos yr unig effeth gafodd e arna i o'dd sicrhau 'mod i'n gweithio'n gyson a thrylwyr.

I'r dre fory, a ma' Dad wedi rhoi UGEN PUNT i fi am witho mor galed! Fydd dim arian *redundancy* ar ôl. Ma' cyfweliad 'da fe ymhen wythnos ar gyfer swydd mewn ffatri – Rheolwr Personél. Wel, llai o waith a chyfrifoldeb ond dim byd arall i ddishgwl yn yr hinsawdd economaidd bresennol megis!

Un cwmwl ar y gorwel yw mabolgampau'r ysgol. Am ryw reswm bob blwyddyn ma'r Adran Chwaraeon yn gorfodi pawb i fynd trwy'r uffern a'r purdan o gystadlu mewn pethe does neb wedi cystadlu arnyn nhw ers blwyddyn! Alla i ddim â gweld y rhesymeg tu ôl i'r peth. Licen i weld wynebe pawb tase Prys Thespian yn gofyn i bawb actio am ddiwrnod! A 'sneb wedi ca'l ymarfer o gwbl ar wahân i daflu esgus o waywffon ar gae sy mor galed mae'n bownso'n ôl i'ch llaw. Ond 'na fe, pwy ydw i i ddadle gydag athrawon, dim ond disgybl!

Gwasanaeth dydd Llun, wrth gwrs, a gweld wyneb hyfryd yr hen Andrew Bechadurus. Edrych mla'n mewn ffordd, a wy'n credu bod Soffocleese yn mynd i gael ei siom cyn diwedd tymor.

Îfs yn agos iawn. Wy'n falch. Wy'n credu bod y ffês 'na drosodd erbyn hyn. Ma' fe'n ffrind arbennig iawn.

Dydd SUL 5 Gorffennaf

Penwythnos bendigedig o folaheulo, bwyta hufen iâ, malu awyr a bod 'da'n ffrindie. Ma' ysgol fory a 'sdim gwaith cartre a ma' hwnna'n lysh!!

Dydd LLUN 6 Gorffennaf

Ma'r Adran Chwaraeon wedi mynd dros ben llestri! Os oes gwersi "rhydd" 'da ni – ydy'r Pab yn Babydd? – ma "hawl" 'da ni fynd mas i gae'r ysgol i ymarfer rhedeg ac unrhyw gystadleuaeth arall lle

nad oes perygl i ni!! Stwffiwch hwnna, byti! Ma'
rhedeg yn beryglus iawn i Bili Ffat, a dyw e ddim
yn gwneud dim lles i fi chwaith!

So, er bod y gwersi 'ma'n hollol *boring*, ar wahân
i edrych ar yr athrawon yn marco dan fynyddoedd
o bapur, ni'n gwneud dim a ma' hwnna'n well nag
ymarfer maboljymps!!!

Dydd IAU 9 Gorffennaf

Bôrd. Sa i 'di cael un wers ers dydd Llun a wy'n
BÔRD!!!

Mabolgamps fory. Ma'r pen tost rhyfedda yn fy
ngoddiweddyd!

Still, Bro Gŵyr penwythnos – ma'r garafán 'ma'n
denu fel mêl.

Dydd GWENER 10 Gorffennaf

Wel, sôn am ffars o fabolgampau!!!

Wrth gwrs, ma cids Dosbarth Un mor frwd
bydden nhw'n gwirfoddoli i redeg ar draws gwydr
er mwyn cael pwyntiau i'r Llys, ond ma' trïo'n
cymell ni o Ddosbarth Pedwar . . . Wy'n gwbod 'y
mod i'n siarad am 'yn hunan fan hyn, a wy'n gwbod
'i fod e mor anaeddfed i fod mor negyddol, ond wy',
wir yr, ddim yn lico mabolgampau! So ges i
'nhynnu gerfydd 'y nghefn i redeg yn y Pedwar Can

Metr. Tro diwetha rhedes i bedwar can metr o'dd yn Abertawe llynedd pan o'dd y iobs pêl-droed 'na ar y'n hole ni! Ac o'n, o'n i'n edrych yn lyfli yn fy siorts!!! (Wel, dweud y gwir, dwy' ddim yn edrych yn rhy ddrwg mewn siorts. Cefais fy ngeni'n lwcus iawn yn neimensiwn corff megis!!) Wel, rhedes i on'd do fe. O's record byd i ga'l am y perfformiad arafa? Wel, 'nilles i fe!! – sy'n well na Bili Ffat yng nghystadleuaeth y pymtheg cant, a GERDDODD rownd!

A'r wawyffon, wel sa i'n deall yr Adran Chwaraeon yn gadel Rhids o fewn tair milltir i waywffon! Dyw e ddim yn gwbod hyd a lled 'i nerth e!! A wel, nage'i fai e o'dd e bod menyw yn digwydd bod yn rhoi dillad ar y lein pan ddath ei dro fe i daflu. O'dd yr olwg ar ei hwyneb hi, pan welodd hi'r waywffon 'ma'n mynd trwy siwmper o'dd hi newydd bego ar y lein i sychu, yn wyndyrffwl!!! Ddim hanner mor wyndyrffwl â'r Shad yn rhuthro lawr i waelod y cae i drïo'i rhwystro hi rhag ffono'r heddlu!!! Wedyn ath Andrew Ragrithiwr ato fe. Nawr, ar y pwynt 'na, o'dd ciw o Ddosbarth Pedwar ishe tafliad ecstra!!

Od, dwy' ddim wedi'i weld e ers y diarddeliad. Dyw e ddim wedi cymryd gwasanaeth a dyw'n llwybrau ni ddim wedi digwydd croesi megis. Wel, 'sdim ots 'da fi. Ni bownd o gwrdd rywbryd ac fe alla i ddweud "syr" yn y ffordd fwya gwawdus wy'n dewish a gwneud iddo fe swnio'n barchus. Wel, dyw stico "syr" ar ddiwedd brawddeg ddim yn arwydd o barch odi fe?

Wedyn, wrth gwrs, o'dd yn rhaid trïo'r pwysau.

Bili Ffat yn credu'i fod e ar y bla'n man 'yn. Pwysau corff yn cyfateb â phwysau'r siot megis. Ym . . . na, Bili!!! O'dd e'n gandryll pan 'nillodd Marc "Titch" Thomas, saith stôn a chysgod!! Ma' Bili Ffat ar 'i ben 'i hunan! "A! Ch'wel' bois, y Dawnsio Gwerin sy 'di neud 'y mraich i'n wan."

Wy'n teimlo'n flin dros Achtwng achos dim ond trïo gwneud ei dyletswydd o'dd hi. Mae'n olreit nawr ond mae'n siŵr nagyw e'n sbort ca'l cannoedd o blant yn cerdded . . . Esbonia i. Ma' fe'n draddodiad blynyddol erbyn hyn bod fan hufen iâ yn parco jyst tu fas i gyffiniau'r ysgol, achos ma'r Shad yn gwrthod gadel i ni beryglu'n dannedd a'n hiechyd. Mae e hefyd yn draddodiad blynyddol bod pawb yn eu tro yn trïo prynu hufen iâ pan nad yw'r athrawon yn edrych. Trw tw leiff, co gang o cids Dosbarth Un i ddechre yn aros 'u tro ond na, Achtwng wedi'i gosod ar ddyletswydd. Ffein. Ond ymhen hir a hwyr dath tro Dosbarth Pedwar a DIM Achtwng!! Grêt!! So ma'r llwyth yn rhedeg at y fan a jyst cyn iddyn nhw gyrraedd, pwy bopodd lan o'r tu ôl i'r wal lle o'dd hi'n cuddio i drïo'u dala nhw ond Achtwng!! Wel, odych chi wedi trïo stopo cannoedd o stôn o bwysau sy'n glafoerio am *Knickerbocker Glory*???? Wel, o'dd y plant yn flin wrth gwrs; ma' Achtwng yn ddiniwed yn 'i ffordd. Y Shad wrth gwrs yn 'u galw nhw gyd yn hwliganiaid a dim ond ishe llyfad o hufen iâ o'n nhw!!

Ac, wrth gwrs, Ras Enwog yr Athrawon!! Sa i'n gwbod pam 'u bod nhw'n cynnal hon bob blwyddyn achos gallen nhw gael harten ma' nhw mor an-ffit!

Y Ddirprwyes yn rhedeg – sori – loncian – wel – yn symud ei phwyse nid ansylweddol a'i bronnau mwy sylweddol – o gwmpas mewn tracwisg a fyddai'n neud i Madonna gywilyddio! Y Shad yn gwisgo'i glogyn. Onest, credu bod y peth yn jôc fawr ac yn gwisgo'i glogyn, Achtwng yn rhy wan ar ôl ei phrofiad . . . 'na griw! Dwy' ddim yn siŵr os o'n ni'n wherthin 'da nhw neu arnyn nhw. Cofiwch sa i'n credu 'i fod e'n deg bod Spikey wedi cysylltu ag un o'i ffrindie lleol i ddod â'r Rottweilers 'na. Nethon nhw ddim cnoi neb, wir, ond o'dd gweld y ddou anghenfil du 'ma'n cyfarth a ffug tshaso'r athrawon o amgylch yn uchafbwynt teilwng iawn i ddydd eitha doniol!

Dydd SUL 12 Gorffennaf

Penwythnos bendigedig. Odi'r effaith tŷ gwydr yn ddrwg i gyd, achos ma'r holl haul 'ma'n gwneud lles i 'nghroen i – dechre troi'n frown neis. O'dd teulu Llinos 'na i gyd – nid y brodyr, wrth gwrs, sydd erbyn hyn yn teithio'r byd neu'r bydysawd – ond ei thad a'i mam a dethon nhw draw i'n carafán ni i gael te prynhawn dydd Sul cyn mynd 'nôl. Ac o'n nhw mor neis a chyffredin, a'n tade ni'n dou yn dod mla'n yn dda. Ma' tad Llinos mor alluog, a'i mam, ond nagon i'n teimlo bod Mam a Dad yn teimlo'n israddol o gwbl. Ac o'dd Dad yn dal 'i dir mewn rhyw ddadl wleidyddol o'n nhw'n ei chael.

Ath Llinos a fi a'n whâr am dro ar y creigie, ac o'n i'n dala dwylo a nido mewn a mas o'r pylle dŵr.

Lwcus bod yn whâr fach 'na wy'n credu, achos o'dd yr awydd yn gryf ond y gweithrediad yn amhosib!!

CHWAER: Odych chi'ch dau yn caru gilydd chi?
LLINOS: Weithie.
FI: Odyn.

O enau plant bychain a'r rhai yn sugno y peraist nerth – ie, wy' yn cofio rhai pethe ddywedodd yr hen Andrew Bathetig.

A ma' ysgol fory a do's dim gwaith cartref heno 'to – sy'n neis.
A wy'n gobitho caf i rai canlyniade.

Dydd LLUN 13 Gorffennaf

Ma' Dad wedi ca'l job!! Dath y llythyr y bore 'ma! Rhywbeth Personél mewn ffatri. O'dd e MOR falch ac o'n ni'n tri hefyd. Ma' fe'n edrych fel rhywun newydd heddi, a'r wên fwya ar ei tshops!! Wel, 'na un peth sy'n sicr, wy'n gweld yn gynnar iawn pa mor bwysig yw cael gwaith – yn economaidd, ond hefyd o safbwynt urddas. 'Na beth gollodd Dad – dros dro ta p'un – ei urddas. Ond mae e'n ôl heddi!!!

Dim canlyniade eto. *Boring* uffernol ar wahân i hynny. Îfs yn dweud y dylen ni adel y cynllun am Soffocleese am flwyddyn arall nes ein bod ni wedi gorffen TGAU, sy'n gwneud lot o sens, wrth gwrs, ond bob tro wy'n mynd mewn i'r stafell 'na a gweld y masgie ffug tu ôl i'r plastig tshêp ma' fe 'di gosod o'u cylch, wy' ishe cymryd morthwyl a'u smasho nhw! Ond 'na fe. Amynedd yw amod llwyddo, medde Mam-gu. So wy'n credu, ar hyn o bryd, ein bod ni'n ystyried o ddifri gwneud dim eleni, ac aros am ddeg mish. Ond . . . O! melys fydd gweithredu ar ôl yr aros!!

Dydd MAWRTH 14 Gorffennaf

Cymraeg Llên	= 92
Cymraeg Iaith	= 83
Saesneg Iaith	= 80
Saesneg Llên	= 82
Ffrangeg	= 96
Gwyddoniaeth	= 79
Mathemateg	= 79
Hanes	= 82
Astudiaethau Clasurol	= 79 (Bastard stinji)
Drama	= 91

Wy'n gwbod, CWBL anhygoel, anghredadwy!!!!!!!!!!

Ma' Dad wedi dechre ar y whisgi'n barod, a Mam . . . wel, ma'r chwech teisen yn y ffwrn ishws! Dyw Mam-gu ddim yn deall ond ma'r botel sheri mas 'da hi!

Wy'n gwbod withes i'n galed yn yr wythnos cyn yr arholiad oherwydd y diarddeliad – falle dylen ni wneud rhywbeth cyffelyb bob blwyddyn! Gobsmacd llwyr! A chi'n gwbod beth? O'dd y ffrigin athrawon, ar wahân i Prys Drama, yn gwarafun 'mod i wedi gwneud cystal! O'n i'n gallu dweud wrth iddyn nhw roi'r papure'n ôl. Cas Îfs rai marcie llai na fi, dim lot achos ma' fe'n glyfrach na fi, ond 'sa chi'n clywed y canmol! A nage 'mod i'n genfigennus, wel, olreit, odw, ond ma'r bygyrs yn dal y busnes 'na 'da Andrew Ragrithiwr yn 'yn erbyn i.

Llinos wedi gwneud yn wych hefyd, popeth, ei mîn POPETH, yn y nawdegau a mae'n gwneud e mor ddiymdrech. Wy'n gwbod na alla i wneud yn well na hyn. "Ddis is mei best" yntê!! Ac Ast. Clas. – ei mîn, dim ond ailadrodd blydi storïau o'dd yn rhaid gwneud ac o'n i'n gwbod beth o'dd lliw cachu Charon, a faint o ddŵr o'dd yn yr Afon Stycs. 'I ragfarn e yw hwnna ddo. *Still*, 'sdim ots 'da fi am Ast. Clas., dweud y gwir. Wel, joli hô!! Bydde'n well i fi wneud y gore o'r jolihoito hwn achos, 'nabod 'yn lwc i, daw rhywbeth i roi slap yn y tshops i fi!

Dydd MERCHER 15 Gorffennaf

Llinos yn cynnal parti yn ei thŷ hi'r penwythnos ac yn gwahodd Îfs, Spikey, Rhids, Bili Ffat a chwpwl o rai er'ill. Bydd e'n neis. Pan weliff Spikey a Rhids mai pethe llysieuol yw popeth 'na, gân' nhw ffit! A Bili Ffat – wel, bydd e'n ddigon amdano fe! Os nagyw e'n ca'l cig ddwywaith y dydd, ma' fe'n teimlo fel Draciwla heb waed.

Ces alwad oddi wrth y Shad heddi. Ishe fy llongyfarch ar fy llwyddiant arholiadol gan obeithio bod fy emosiyne i'n iawn erbyn hyn. O'n i moyn gweud 'tho fe bod 'yn emosiyne i'n iawn tro bla'n, mai 'i athrawon e o'dd â'r broblem, ond gaues i 'mhen!!

Ma'r ysgol mor *boring* ma' fe'n fflat. Tasen i'r teip, fitshen i bob dydd nawr achos do's dim byd i'w neud.

Dydd SUL 19 Gorffennaf

Newydd ddod 'nôl o dŷ Llinos. Parti bendigedig. Mas ar y lawnt o flaen y tŷ 'da llifoleuade bach a chanhwyllau! O'dd e mor lyfli ac effeithiodd hwnna ar y cwmni achos sa i 'di gweld Spikey a Rhids yn ymddwyn mor llednais a gwâr erioed. Wy'n credu eu bod nhw'n rhy gobsmacd i wneud dim, mewn gwirionedd!

Pan ethon ni o 'na, (dath Dad i'n nôl ni a rhoies i lifft iddyn nhw) wedon nhw yng nghefn y car,
    "Odi pobl yn byw fel 'na bob dydd 'te, Rhys?" O'dd e'n gweud y cyfan, achos ma' bywyde tyff iawn 'da nhw. Odyn, o'n i'n meddwl, ma' rhai pobl yn byw fel'na bob dydd.

Dydd LLUN 20 Gorffennaf

Ma' rhieni Llinos wedi ffono heno a gofyn i'n rhieni i os gaf i fynd ar wylie 'da nhw? A gès i ble? KENYA!!! Onest, ar saffari am bump wythnos syth ar ôl i'r ysgol gau. Wel, dŷn ni ddim wedi trefnu gwylie leni achos y garafán newydd so wedodd Dad ffone fe'n ôl ar ôl ca'l *chat* 'da fi a ma' fe wedi ca'l *chat* 'da fi a wy' moyn mynd ond wy' ofan dweud "ie" rhag ofn brifa i nhw a wy'n gwbod byddan nhw'n rhoi'r arian am y tocyn etc. a ma' hwnna'n neud i fi deimlo'n euog achos ma'r arian *redundancy*'n mynd fel slecs ond wedodd Mam-gu bydde hi'n rhoi decpunt!!!!

Blydi hel, wy' mor lwcus a wy'n gorfod gwneud penderfyniad heno achos, os wy'n mynd, ma' ishe pigiade, pasport dros-dro a miloedd o bethe cyn dydd Sadwrn.

Dydd MAWRTH 21 Gorffennaf

Ma' 'mraich i fel pincwsh. Odw, wy'n mynd a wy' 'di bod at y Doctor i ga'l pigiade!! Ma' Mam a Dad mor WYNDYRFFWL i fi!!! A wy' mor ddiolchgar. Gorfod mynd i'r banc fory amser cino, wedi cael caniatâd y Shad i newid arian. Ni'n aros yn Llunden dros nos cyn dal y plên yn Heathrow. Ac onest, ma' hwn mor gynhyrfus a dath Mam mewn i siarad â fi heno cyn mynd i'r gwely.

MAM: Ti'n falch bo' ti'n mynd?

FI: Odw.

MAM: Ma' nhw'n garedig on'd ŷn nhw.

FI: Ma' nhw'n grêt, Mam.

MAM: Fe fyddi di'n ofalus 'da Llinos, byddi di?

FI: Mam! Beth chi'n meddwl odw i??

MAM: Dyn ifanc, 'na gyd.

Ac ath hi mas 'da'r wên ddrwg lyfli 'na ar ei tshops.

Wrth gwrs wy' ffili cysgu heno achos ma' 'mraich i'n mynd i fod fel pêl rygbi o drwchus, medde'r Doctor. Gwerth e ddo!

Dydd MERCHER 22 Gorffennaf

Mae'r tymor 'di gorffen a sa i'n gwbod i ble ath blwyddyn gyfan o 'mywyd.

Amser 'ma llynedd o'n i llawn sbots ac ofn, a leni wy' llawn ofn ond dim sbots.

O'dd e'n od gweud "*So long*" wrth bawb achos sa i'n debygol o'u gweld nhw tan fis Medi. O'dd Îfs yn od. Yn gweud 'i fod e'n genfigennus mewn ffordd jôci iawn ife, ond yn 'i galon, o'dd e'n amlwg bod y gair yn agosach at y gwir na'r weithred. Spikey a Rhids ishe rheino yr un a Bili Ffat ishe rhyw hylif bydde'n helpu fe i golli pwyse, so pe bawn i'n cwrdd â Witsh Doctor . . . !! Bili Ffat wir!!!

Mae 'di bod yn flwyddyn a hanner. Colli 'ngwyryfdod

yn drawma ar y pryd, ond dim byd o'i gymharu â cholli Sharon . . . Îfs a'i broblem e . . . Mam-gu wastod yn gweud "Un dydd ar y tro" (rhyw ganwr Gogish *boring* ma' hi'n dwlu arno fe'n canu hwnna, medde hi – Trebor Mints neu rywbeth) ond, o'r ychydig sens mae'n siarad, ma' hwnna'n synhwyrol iawn.

Wel, erbyn mis Medi, bydd cymint 'da fi i'w weud wrth y Dyddiadur. Er falle af i â fe gyda fi. Cawn weld.

Ma'r adroddiad cyrhaeddiad ar y seidbord. Ma' Dad yn mynd i fframo fe, medde fe!! Well iddo fe, sa i'n credu bydda i byth mor glyfar â wy' 'di bod y tymor 'ma. Ffliwc o'dd e gyd, siŵr o fod.

Wy'n hapus on'd wy'? Pam fi, Duw? Pam fi?

Mwy o lên gyfoes o'r Lolfa!

ANDROW BENNETT
Dirmyg Cyfforddus
Ar wyliau yng Nghymru y mae Tom pan ddaw ar draws Anna, Americanes nwydus, dinboeth yn wir. . . Ie, hon yw hi – y nofel erotig gyntaf yn Gymraeg!
£6.95   0 86243 325 8

MARTIN DAVIS
Brân ar y Crud
Pwy sydd ag achos i ddial ar y Cynghorydd Ted Jevans, un o bileri'r gymdeithas? Wrth ddadlennu'r ateb mae'r awdur yn codi'r llen ar fyd tywyll, bygythiol yn llawn cyfrinachau rhywiol. . .
£5.95   0 86243 350 9

ELIS DDU
Post Mortem
Gweledigaeth uffernol o ddoniol o'r Gymru Hon – yn llythrennol felly: campwaith unigryw sy'n siŵr o ennyn ymateb o Fôn i Fynwy!
£5.95   0 86243 351 7

GLYN EVANS
Jyst Jason
O sedd ôl Morris Mil i sedd ffrynt y Myrc coch, taith ddigon egr a gafodd Jason Gerwyn ar hyd ei oes fer...cyfrol frathog yn llawn pathos a dychan.
£4.95   0 86243 398 3

LYN EBENEZER
Noson yr Heliwr
Cyfres Datrys a Dirgelwch
Pan ddarganfyddir corff myfyrwraig ger yr harbwr yn nhref brifysgol, Aber, mae'r Athro Gareth Thomas yn cynnig helpu'r Arolygydd Noel Bain i ddod o hyd i'r llofrudd. Nofel o'r ffilm o'r un enw.
£5.50   0 86243 317 7

DYFED EDWARDS
Dant at Waed
Nofel iasoer am Tania a'i chriw sy'n bodloni eu chwant am waed yng nghylbiau nos y ddinas: cyfrol gyffrous sy'n hyrddio'r nofel Gymraeg i faes cwbl newydd.
£5.95   0 86243 390 8

ROBAT GRUFFUDD
Crac Cymraeg
Nofel newydd swmpus, afaelgar am y Gymru gyfoes yn symud rhwng pentref Llangroes, Bae Caerdydd, Nefyn, Caer, Llundain, ac ynysoedd Groeg…
£7.95   0 86243 352 5

MABLI HALL
Ar Ynys Hud
Dyddiadur Cymraes ifanc sy'n mynd i weithio mewn gwesty ar Ynys Iona. Ychwanegir at naws hudolus y gwaith gan luniau pin-ac-inc Arlene Nesbitt.
£4.95   0 86243 345 2

MELERI WYN JAMES
Stripio
Casgliad o storïau bachog, tro-yn-y-gynffon gan awdur ifanc.
£4.95 0 86243 322 3

TWM MIALL
Cyw Haul
Nofel liwgar am lencyndod mewn pentref gwledig ar ddechrau'r saithdegau. Braf yw cwmni'r hogia a chwrw'r Chwain, ond dyhead mawr Bleddyn yw rhyddid personol. . . Clasur o lyfr o ysgogodd sioe lwyfan a ffilm deledu. Ailargraffiad 1994.
£4.95 0 86243 169 7

MIHANGEL MORGAN
Saith Pechod Marwol
Cyfrol o straeon byrion hynod ddarllenadwy. Mae'r arddull yn gynnil, yr hiwmor yn ffraeth ond yna'n sydyn sylweddolwn nad yw realiti fel yr oeddem wedi tybio o gwbwl. . . *Rhestr Fer Llyfr y Flwyddyn 1994.*
£5.95 0 86243 304 5

ELERI LLEWELYN MORRIS
Genod Neis
Dwsin o straeon syml, crefftus. Mae gan y cymeriadau eu hofnau a'u siomedigaethau ond mae ganddynt hefyd hiwmor ac afiaith iachus. . .
£4.95 0 86243 293 6

JOHN OWEN
Pam Fi, Duw, Pam Fi?
Darlun, trwy lygaid disgybl, o fywyd yn un o ysgolion uwchradd dwyieithog de Cymru; yr iaith mor *zany* â'r hiwmor, ond y mae yna ddwyster a thristwch hefyd. *Enillydd Gwobr Tir na n-Og 1995.*
£5.95 0 86243 337 1

ANGHARAD TOMOS
Titrwm
Nofel farddonol am ferch fud-a-byddar sy'n ceisio mynegi
cyfrinachau bywyd i'r baban sydd yn ei chroth. . .
£4.95   0 86243 324 X

URIEN WILIAM
Cyffur Cariad
Cyfres Datrys a Dirgelwch
Mae Lyn Owen, swyddog tollau, yn ymholi i mewn i farwolaeth
amheus merch a garai, a'r ymchwil yn ei arwain i'r Andes, ac i
borthladdoedd lliwgar Cyprus. . .
£4.95   0 86243 371 1

MARCEL WILLIAMS
Cansen y Cymry
Nofel hwyliog wedi'i lleoli yng nghefn gwlad Cymru pan oedd
gormes y *Welsh Not* ac arolygwyr ysgolion fel y merchetwr
Matthew Arnold yn dal yn hunllef byw. . .
£4.95   0 86243 284 7

EIRUG WYN
Elvis—Diwrnod i'r Brenin
Y gwir a'r gau, y cyhoeddus a'r preifat, y golau a'r tywyll am Elvis
mewn nofel sy'n croesholi a chroeshoelio;r eilun poblogaidd.
£4.95   0 86243 389 4

EIRUG WYN
Smôc Gron Bach
Mae criw o wŷr busnes am chwalu rhes o dai er mwyn codi
stiwdio deledu: nofel gyffrous sydd hefyd yn trin y gwrthdaro
rhwng safonau hen a newydd. . . *Gwobr Goffa Daniel Owen 1994.*
£4.95   0 86243 331 2

Dim ond rhai teitlau a restrwyd yn y tudalennau hyn.
Am restr gyflawn o'n holl lyfrau llenyddol a chyffredinol
mynnwch eich copi rhad o'n Catalog newydd, lliw-llawn,
48-tudalen—neu hwyliwch i mewn iddo ar y We Fyd-eang!

TALYBONT CEREDIGION CYMRU SY24 5HE
e-bost ylolfa@netwales.co.uk
y we http://www.ylolfa.wales.com/
ffôn (01970) 832 304
ffacs 832 782